Zwei
Die Galerie der Totenbilder

Jeremias Trumpf

Neckarufer Verlag
Stuttgart 2013

Buch

Der süßlich-faulige Geruch der Verwesung war allgegenwärtig, als in einem Altkleider-Container ganz in der Nähe des Max-Eyth-Sees die Leiche eines achtjährigen Jungen gefunden wurde. Dr. Simon Brandner und sein neuer Assistenzarzt standen vor einer großen Herausforderung, denn der Verwesungsgrad der Leiche und das Entwicklungsstadium der auf ihr gefundenen Insekten, passten nicht zusammen. Der als Weihnachtsmuffel bekannte Erste Kriminalhauptkommissar Kurt Schockenried, wollte eigentlich in diesem Jahr ein besinnliches Fest im Kreise seiner Familie organisieren, hatte dabei aber so manche Hürde zu überwinden. Auch Kriminalhauptkommissar Dennis Rathvan hatte neben seiner Arbeit noch alle Hände voll zu tun. Zu den üblichen Querelen mit seiner Schwester Anna und ihrem Freund Bernd Plums, gesellten sich in diesen Tagen nicht nur Scherereien mit den „Hausdrachen“ der Familie Stiefel, sondern auch noch seine Ex-Freundin Sonja. Außerdem versuchte er seine Kollegin, die Oberkommissarin Tatjana von Senden, darin zu unterstützen, endlich den ersehnten Heiratsantrag von ihrem Lebensgefährten zu erhalten. Das vorweihnachtliche Stuttgart versank im Schneechaos. Aber nicht nur deshalb sah das ungleiche Ermittler-Trio des Dezernats 1.1 kaum die Hand vor Augen. In einem Nebel aus über dreißig Jahren zurückliegenden Verbrechen, die Ihre Schatten in die Gegenwart warfen, versuchten sie verzweifelt den richtigen Weg zu finden.

Wieder begegnet man zahlreichen mehr oder weniger bekannten Orginal-Schauplätzen in Stuttgart. Alte Bekannte, eine gehörige Portion an Humor und Sarkasmus, sowie ein Hauch von Verwesung begleiten die Protagonisten durch die Adventszeit und die Heilige Nacht, in der alles schläft, aber einer wacht….

Der Autor

Jeremias Trumpf wurde 1974 in Stuttgart geboren. Er studierte in Tübingen und promovierte an der Medizinischen Fakultät. Er ist praktizierender Arzt und lebt mit seiner Frau und seinen zwei Töchtern in Stuttgart-Ost. Aus einer ersten Ehe hat er zwei Söhne, die bei der Mutter leben. Die Bücher im Neckarufer-Verlag erscheinen unter einem Pseudonym. Trumpf ist Mediziner und verfügt über profunde Kenntnisse auf den Gebieten der Rechtsmedizin und der Psychiatrie. In seinen Büchern wird deutlich, dass rechtsmedizinische und (kriminal-)psychologische Sachverhalte fundiert, aber trotzdem für jedermann verständlich dargestellt sind. Ein weiteres naturwissenschaftliches Spezialgebiet, auf dem sich Trumpf „frei bewegen" kann, ist die Forensische Entomologie, die Insektenkunde „an und um die Leiche".
„Zwei - Die Galerie der Totenbilder" ist nach dem großen Erfolg des Sommers 2013, „Eins", sein zweites Buch, das veröffentlicht wird. Er befindet sich derzeit in der Vorbereitungsphase auf sein drittes Buch, einen explosiven Thriller mit den gleichen Protagonisten.

„Zwei-Die Galerie der Totenbilder" ist außerdem in
verschiedenen Online-Shops als e-book erhältlich
www.neckarufer-verlag.de

Erstausgabe 2013

Veröffentlicht durch Neckarufer Verlag, Stuttgart
Umschlaggestaltung: Jan Kaiser
Druck und Bindung:
e.kurz+co druck und medientechnik gmbh, Stuttgart
ISBN: 978-3-00-044152-3

ISBN: 978-3-00-044152-3

9 783000 441523

Für Angela, Stella und Talia.
Für Jonathan und Moritz.
Für alle Kinder dieser Welt.

Für meinen Vater, der dem Schicksal
auf bemerkenswerte Weise die Stirn bietet.

In Gedenken an die Opfer der Lawinenkatastrophe vom
23. Februar 1999 in Galtür.

Und
für
Jeremias.

Zwei.
Die Zwei ist gerade.
Die Zwei verdoppelt und halbiert.
Die Zwei ist Wiederholung und zugleich Entscheidung.
Im Paar ist sie die Ergänzung zur Einheit.
Sie ist ambivalent.
Die Zwei ist Hitze und Kälte,
Licht und Finsternis,
Gut und Böse,
Leben und Tod.

M.N.S., MD

Prolog

Irgendwie mochte er die Stimmung, die in den großen Hallen und Terminals der Flughäfen herrschte. Ein stetes Treiben bestehend aus einer bunten Menschenmischung. Er liebte es, dort stundenlang zu sitzen und einfach nur die Leute zu beobachten. Er war überzeugt davon, bei vielen genau zu erkennen, warum sie dort waren. Da gab es die hektischen und gestressten Vielflieger und Meilensammler, die in ihrem Businessanzug und mit dem Laptop unterm Arm keinesfalls ihren Anschlussflug verpassen durften, während sie mit dem Handy am Ohr der Sekretärin noch schnell einige Anweisungen gaben. Diese Leute taten ihm irgendwie leid, obwohl sie selbst in den meisten Fällen sicher nicht ahnten, dass sie bemitleidenswert waren. Dann wimmelte es nur so vor aufgeregten Menschen, deren Gründe für die Aufregung allerdings sehr verschieden waren. Viele waren im Reisefieber und voller Vorfreude auf den Abflug in einen schönen und hoffentlich unvergesslichen Urlaub. Diese Menschen beneidete er, genauso wie jene, die es kaum erwarten konnten, am Ziel der Reise einen guten Freund, die große Liebe oder die Familie in die Arme schließen zu können. Bei anderen lag die Ursache des auffälligen Verhaltens woanders, denn sie waren sichtlich verängstigt und versuchten, unabhängig von der Tages- oder Uhrzeit, die bösen Geister der Flugangst mit Hochprozentigem zu vertreiben oder zumindest zu betäuben. Manche wiederum waren froh, nur noch einige Flugstunden und Meilen von zu Hause entfernt zu sein und verspürten nach einer langen Reise so etwas wie Heimweh. Zwischen all diesen Menschen sah man natürlich auch immer wieder diejenigen, die am Boden oder in der Luft überhaupt erst ermöglichten, dass wir fliegen konnten. Zuvorderst die Piloten, die mit aufrechtem Gang und frisch gebügelten Uniformen stolz, leicht arrogant und zugleich zielstrebig, durch die Hallen schritten, wohl wissend, dass die Leute sie anstarrten. Und wenn es nur ein halber Schritt war, aber doch zurückversetzt, folgten einige Flugbegleiterinnen, die akkurat sitzende Halstücher in den Farben ihrer Airline trugen und einen, gemessen an ihrer Körpergröße, viel zu großen Trolley hinter sich herzogen. Am schönsten empfand er aber die wundervolle Stimmung in den Ankunftshallen. Hier warteten Angehörige oft stundenlang auf die Ankunft geliebter Menschen und ließen sich auch vom immer wieder frustrierenden Blick auf die Anzeigetafel und dem Wort „delayed" nicht entmutigen. Sobald aber das Wort „approach" zu blinken begann, fingen sie an, aufgeregt hin und her zu gehen, das Hemd zurecht zu zupfen und nervös die Hände in die Taschen zu stecken, um sie fünf Sekunden später wieder heraus zu nehmen und hinter dem Rücken zu verschränken. Die Vorfreude und die Harmonie waren allgegenwärtig und greifbar. Das lag daran, dass in einer Ankunftshalle eigentlich nur Freunde und enge Angehörige warteten. Ein ungeliebter und einsamer Mensch wurde normalerweise von niemandem abgeholt, da es keinen gab, der sich auf seine Ankunft freute. Eine Ausnahme bildeten

die hochgehaltenen Schilder, um sich für erwartete Geschäftskunden oder Urlauber zu erkennen zu geben.
Er selbst gehörte leider in die Kategorie der Menschen, die von niemandem sehnsüchtig erwartet wurden. Dieses Gefühl hatte er weder selbst jemals verspürt, noch war es ihm je zuteil geworden. Noch nie war er in einer Ankunftshalle abgeholt oder erwartet worden. Aber warum auch, wer sollte sich schon, egal auf welchem Flughafen dieser Welt, über seine Ankunft freuen? Das war einer der Preise, die er für sein Leben bezahlen musste. Das war bitter, denn es war ja nicht so, dass er sich bewusst für dieses Leben entschieden hatte. Er hatte einfach keine andere Wahl gehabt. Er wusste momentan auch nicht so recht, ob er nun mit den letzten Tagen zufrieden sein sollte, oder nicht. Sicher war jedoch, dass er seine Mission erfüllt hatte. Nun steigerte sich auch seine Vorfreude. Sein Flug würde zwar mit mindestens einer halben Stunde Verspätung starten, aber in etwa zehn Minuten konnte er sich auf den Weg zum Gate machen.
Er saß am rechten Rand einer kleinen Bank in der Abflughalle des Terminal 1 im Stuttgarter Flughafen in Echterdingen. Vor ihm auf dem Boden stand sein Handgepäck, eine unauffällige graue Tasche mit Schultergurt, kaum größer als ein Rucksack. Zu seiner Linken befand sich eine Papiertüte mit dem Logo des Bäckers aus Terminal 3. Obwohl es schon Abend war, hatte er dort noch frisch gebackene Laugenbrezeln bekommen. Man konnte deren Wärme sogar noch durch die Tüte hindurch spüren. Für lange Zeit hätte er nicht mehr die Möglichkeit, eine echte schwäbische Laugenbrezel zu essen. Er überlegte, warum

diese von Bäckern auf der ganzen Welt nachgeahmt wurden, es aber niemand auch nur annähernd schaffte, das Original zu kopieren. Nicht äußerlich und schon gar nicht geschmacklich.

Er sah einige Meter entfernt einen verstört wirkenden Mann, der völlig außer Atem war und offensichtlich vergeblich etwas oder jemanden suchte. Nachdem der Mann ein Telefonat mit seinem Handy beendet hatte, fluchte er vor sich hin und machte einen äußerst angespannten und niedergeschlagenen Eindruck. Der Mann blickte sich nochmals nach allen Richtungen um und kam dann auf die Bank zu, auf der er saß. Als er gerade nach der Tüte mit den Brezeln greifen wollte, ließ sich der Mann wortlos, aber dafür mit einem lauten Seufzer auf die Bank plumpsen, landete dabei direkt auf seinen Brezeln und begrub diese unter sich. Der Kerl war so frustriert, dass er offensichtlich noch nicht einmal bemerkte, dass er sich auf die Tüte gesetzt hatte. „Entschuldigung", sagte er höflich und bat den Herrn, sich zumindest kurz zu erheben, um die Tüte wieder frei zu geben. Dieser drehte langsam seinen Kopf zu ihm und schaute ihn fragend an, als er sagte: „Wie bitte? Was soll ich tun?"

Er konnte dabei in seine trüben und erschöpften Augen schauen. „Nichts für ungut, aber Sie haben sich gerade auf meine Tüte mit frischen Backwaren gesetzt. Wenn Sie bitte so freundlich wären…"

„Oh!", entgegnete der Mann etwas überrascht und holte mit einer trägen Bewegung die platt gedrückte Tüte unter seinem Hintern hervor. „Tut mir leid. Ich habe die Tüte

nicht bemerkt. Hier bitte!", sagte er und reichte ihm die Tüte mit den Brezeln, beziehungsweise das, was davon übrig war.
„Ist schon gut. Was soll´s? Sie haben es ja bestimmt nicht mit Absicht gemacht, oder?"
„Nein, natürlich nicht. Ich habe die blöde Tüte nicht gesehen. Selbstverständlich bezahle ich für Ihren Schaden. Was schulde ich Ihnen?"
„Ach, vergessen Sie es. Wer wird denn im alten Jahr noch nachtragend sein?! Erzählen Sie mir lieber, warum Sie so durch den Wind sind."
Der Mann schien zwar keine Lust auf eine Unterhaltung mit einem Fremden zu haben, streckte ihm jedoch nach kurzem Zögern die Hand entgegen: „Meine Name ist Kurt Schockenried. Ich bin Kommissar bei der Kriminalpolizei Stuttgart."
„Das ist ja interessant. Dann sind Sie also dienstlich hier?"
„Ja. Wir suchen jemanden. Und wie Sie an meiner Laune unschwer erkennen können, haben wir ihn nicht gefunden."
„Soll das heißen, er ist Ihnen entwischt?"
„So sieht es wohl aus. Genau sagen kann man das aber nicht, denn wir wissen nicht einmal genau, nach wem wir eigentlich suchen."
„Ich verstehe nicht ganz?"
„Das wundert mich nicht. Ich verstehe es ja noch nicht einmal selbst. Wir suchen sozusagen ein Phantom. Aber es existiert definitiv, es ist keine Legende."
„Ich möchte nicht aufdringlich erscheinen, aber nun haben Sie mich doch sehr neugierig gemacht. Was ist denn das für ein Phantom?"

„Ein Mensch, dem viel Unrecht widerfahren ist, der aber auch selbst schlimme Dinge getan hat. Wir wissen aber weder genau, wie er jetzt aussieht, noch was er für einen Namen trägt."

„Aha, daher also die Bezeichnung „Phantom". Aber sagen Sie, wenn Sie die Dinge, die er getan hat, als schlimm bezeichnen, sind Sie sich sicher, dass er auch tatsächlich ein schlimmer Mensch ist?"

Mit nach wie vor verschleiertem Blick antwortete der Mann: „Ja, daran darf nicht der geringste Zweifel bestehen."

„Ich wollte keineswegs an Ihrer Menschenkenntnis zweifeln, dennoch hörte sich das nicht so an, als ob sie von dem überzeugt wären, was sie eben sagten. Wie dem auch sei, ich sehe das Problem trotz allem eher in unserer Gesellschaft und in den ihr zugrunde liegenden Systemen, als in der Natur des Menschen selbst. Ich finde es schlecht, dass Menschen abgestempelt und in Schubladen gesteckt werden, aus denen sie nicht wieder heraus können. Wer weiß, was sie zu dem gemacht hat, was sie sind?"

„Sie wollen mir jetzt doch bitte nicht weismachen, dass die Gesellschaft schuld daran ist, dass Verbrecher zu dem wurden was sie sind? Ich finde gut, dass unser System alles daran setzt, sie ihrer gerechten Strafe zuzuführen."

„Zweifelsfrei, Strafe muss sein. Aber die Gesellschaft trägt zumindest eine Mitschuld daran, was mit den Menschen passiert. Ich kann mir nicht vorstellen, dass jemand böse geboren wird, oder?"

„Oh doch, glauben Sie mir. Ich habe schon viele dieser Kreaturen gejagt und glücklicherweise auch einige von ihnen schnappen können. Vor allem habe ich gesehen, welches

Unheil sie über die Menschen und deren Welt gebracht haben."
„Ich möchte gar nicht abstreiten, dass es Menschen gibt, die schlechte Dinge tun. Aber nur in unserer Gesellschaft ist es möglich, dass gute Menschen böse werden. Nur der Mensch vermag zu bewirken, dass aus einem Held ein Mörder werden kann und umgekehrt."
Nachdem er diesen Satz gesagt hatte, schaute ihn der Mann, der sich als Polizeikommissar ausgegeben hatte, etwas gereizt an. Offensichtlich hatte er eine andere Sicht der Dinge. Daraufhin beschloss er, es sei besser, die Unterhaltung zu beenden. Ohnehin war es endlich so weit, dass er sich zum Gate begeben konnte. Er schaute auf die Uhr an seinem linken Unterarm und sagte zu seinem Gegenüber, während er ihm die Hand zum Abschied reichte: „Verzeihung. Ich habe völlig die Zeit vergessen. Gerne hätte ich noch ein wenig mit Ihnen philosophiert, aber mein Flug geht in Kürze. Man trifft selten jemanden, mit dem man sich über derartige Dinge unterhalten kann. Ich habe mich gefreut, Sie kennengelernt zu haben und bedanke mich für dieses interessante Gespräch, auch wenn wir wohl nicht ganz auf einer Wellenlänge lagen."
„Das kann man wohl sagen. Um ehrlich zu sein hatte ich sowieso keine Lust auf eine Unterhaltung. Und Entschuldigung nochmals wegen Ihrer Tüte."
„Schon vergessen!"
„Wohin geht denn Ihr Flug?"
„Nach Paris."
„Direkt?"
„Nein, über Zürich. Also dann, ich wünsche Ihnen einen guten Rutsch ins neue Jahr."

Teil 1
Der Hof des Grauens

1.
Rosental

Freitag, 19. August 1983

Die vierte Woche der Sommerferien in Baden-Württemberg war bald vorbei und in etwas mehr als zwei Wochen würde die Schule wieder beginnen. Nikolai Schiller ging zwar nicht ungern zur Schule, die Notwendigkeit war ihm jedoch zum jetzigen Zeitpunkt nicht mehr klar. Die Erwachsenen hatten seine Fragen nach dem Sinn der Institution Schule stets damit beantwortet, dass jedes Kind lesen, schreiben und rechnen lernen müsse. Nikolai war jetzt neun Jahre alt und hatte gerade mit ordentlichen Noten in Deutsch und Mathematik die dritte Klasse an einer Grundschule im Stuttgarter Stadtteil Dürrlewang hinter sich gebracht. Da er also mittlerweile alle Anforderungen erfüllte, bestand seiner Meinung nach kein Grund mehr, noch länger den Unterricht zu besuchen. Schließlich gab es so viele schöne Dinge, mit denen man seinen Tag verbringen konnte. Darum liebte er die Schulferien wahrscheinlich noch ein bisschen mehr, als die meisten anderen Kinder. Am 20. Juli, dem letzten Schultag vor den großen Ferien, hatte er sich bei der Zeugnisausgabe von seiner Klassenlehrerin und den Mitschülern verabschiedet, denn er war der festen Überzeugung, im neuen Schuljahr nicht mehr zum Unterricht zu erscheinen, da er die drei großen Lernziele nun erreicht hatte. Seine Eltern waren zunächst sprachlos gewesen, als der Sprössling ihnen sein Vorhaben mitteilte. Alle hielten seine Äußerungen für einen erstklassigen Scherz und in der Schule staunten sie nicht schlecht, als Nikolai am ersten Tag des neuen Schuljahres, tatsächlich nicht zum Unterricht erschien. Dass die Ursache hierfür allerdings kein Scherz, sondern die Verkettung einiger tragischer Ereignisse war, konnte zunächst niemand wissen. Nikolai Schiller war seit dem 19. August 1983 spurlos verschwunden.

Der August des Jahres 1983 war sehr warm gewesen in Baden-Württemberg. Da die Familie Schiller in diesem Sommer aus finanziellen Gründen nicht in den Urlaub gefahren war, sondern die Ferien zu Hause verbrachte, fuhr Nikolai an diesem Freitag, wie fast jeden Tag, mit seinem roten Rennrad, das er gebraucht von einer befreundeten Familie geschenkt bekommen hatte, ins etwa drei Kilometer von zu Hause entfernte Freibad Rosental in Stuttgart-Vaihingen. Es war kurz vor 13 Uhr und mit über 28° Celsius bereits sehr warm für die Tageszeit, die Luft war trocken. Das Thermometer sollte im Laufe des Nachmittages noch weiter, bis auf 30,7 °Celsius, ansteigen.

Er steuerte sein Rennrad auf den großen Fahrradabstellplatz direkt vor dem Eingang des Freibades. Obwohl es noch früh am Nachmittag war, hatte er große Mühe einen freien Platz zu ergattern, an dem er sein Fahrrad an einem der dafür vorgesehenen Fahrradständer anketten konnte.

Er war stets sehr gewissenhaft bei der Diebstahlsicherung seines Drahtesels, denn leider kam es hier sehr häufig vor, dass nicht abgeschlossene Fahrräder geklaut wurden und auf Nimmerwiedersehen verschwanden.

Er ging an der langen Warteschlange vor dem Kassenhäuschen vorbei, hielt einem braun gebrannten und sonnenbebrillten Herrn um die Fünfzig in kurzen weißen Hosen und Sandalen seine Saisonkarte entgegen und wurde auch prompt durch gewinkt. Die Saisonkarte hatte gleich mehrere Vorteile. Er hatte nämlich ausgerechnet, dass sich der Anschaffungspreis bereits ab dem siebzehnten Freibadbesuch amortisierte. Außerdem war die Karte inoffiziell auf andere Personen übertragbar, da außer einer handschriftlich auszufüllenden Zeile mit Angabe von Namen und Adresse, keine weiteren Identitätsnachweise erforderlich waren. So war es unter den Kindern und Jugendlichen üblich, den Kameraden die eigene Karte durch den schlecht gesicherten Freibadzaun zuzuschieben, um diesen einen kostenfreien Eintritt zu verschaffen. Der eingesparte Geldbetrag wurde dann gemeinsam an einem der Freibadkioske in Eis oder sonstige Süßigkeiten umgesetzt. Auf diese Weise gingen der Stadt Stuttgart zwar viele D-Mark an Eintrittsgeldern verloren, diese kamen aber wiederum den Kioskbetreibern zugute. Ein weiterer Vorteil war, dass die Karte auch freien Eintritt in das wesentlich kleinere Freibad in Stuttgart-Möhringen gewährte, was Nikolai aber bisher nicht öfter als zwei- oder dreimal in Anspruch genommen hatte. Das Beste aber tatsächlich war, dass man an heißen besucherstarken Tagen, einfach an der teilweise bis zu zwanzig Meter langen Warteschlange vorbei stolzieren konnte, um dabei einen mitleidigen Blick auf die Wartenden werfen zu können. Nikolai war heute, wie bisher fast jeden Tag in diesen Sommerferien, mit seinen gleichaltrigen Freunden Michael, Karsten und

Markus verabredet, die er aus dem Fußballverein kannte. Die vier Jungs waren in diesem Sommer eigentlich täglich zusammen, manchmal vergrößerte sich die Gruppe noch um weitere vier bis fünf Jungs, die sich ihnen aber nur in unregelmäßigen Abständen anschlossen, da sie teilweise auch mit ihren Familien im Urlaub waren. Die Jungen verabredeten sich nie zu einem festen Zeitpunkt, sondern jeder kam, wann ihm danach war, oder wann er konnte und durfte. Am Abend, nach einem langen Freibadtag, verabschiedeten sie sich dann lediglich mit den Worten: „Also dann bis morgen. Gleicher Platz wie immer!"

Nikolai war heute der erste aus der Gruppe, der im Freibad war. Als er zu ihrem Stammplatz kam, war noch keiner seiner Freunde dort. Wie immer breitete er sein weiß-rotes Handtuch mit dem großen VfB-Wappen darauf aus, stellte seine Schuhe und seine Tasche ordentlich daneben und zog sich bis auf die Badehose aus. Er hatte sich erst wenige Sekunden hingesetzt, als er einen Mann auf sich zukommen sah. Der Mann war nicht besonders groß und circa vierzig Jahre alt. Er hatte etwas schütteres dunkelblondes Haar und trug eine Jeanshose, sowie ein weißes T-Shirt mit Aufschrift. Über die linke Schulter hatte er eine kleine schwarze Tasche gehängt, die aussah wie eine Kameratasche. Der Mann wirkte sehr freundlich, als er Nikolai ansprach. Seinen Namen nannte er nicht. „Hallo, darf ich Dich kurz ansprechen? Ich möchte auch gar nicht lange stören!"

„Ja, natürlich. Worum geht es denn?"

„Ich komme von einer Werbeagentur, die damit beauftragt wurde, einen Katalog für Kindermode zu entwerfen. Dazu suchen wir Kinder, die bereit sind, sich von uns fotografieren zu lassen."

Er deutete auf die schwarze Tasche über seiner linken Schulter und fuhr fort: „Hier drin ist meine Kamera."
„Und wie kommen Sie dabei ausgerechnet auf mich?", wollte Nikolai wissen.
„Na ja, ganz unter uns gesagt, die meisten Kinder sind viel zu dick und hässlich. Die taugen nicht zum Fotomodell. Aber Du bist ein toll aussehender, sportlicher Junge. Ich bin seit einigen Tagen hier im Freibad unterwegs und suche nach geeigneten Kandidaten. Du kannst mir glauben, die Suche ist äußerst schwer. Du bist mir schon vor zwei Tagen aufgefallen. Ich habe Dich nur noch nicht angesprochen, weil Du immer mit Deinen Freunden gespielt hast. Und weißt Du, die wären sicher neidisch auf Dich gewesen und außerdem enttäuscht, dass sie nicht auch ein so tolles Angebot bekommen. Darum habe ich gewartet, bis ich Dich alleine antreffe. Wie heißt Du denn eigentlich?"
Nikolai war zwar etwas verwundert, aber nicht sonderlich überrascht darüber, dass der Mann ihn ausgewählt hatte. Denn schon oft war ihm gesagt worden, was er doch für ein hübscher, sportlicher Junge sei und wie besonders schön seine großen blauen Augen waren. „Ich heiße Nikolai, Nikolai Schiller."
„Was hältst Du denn davon, wenn ich einige Probeaufnahmen von Dir machen würde, Nikolai?"
„Ja, gerne. Wann und wo sollen wir das machen?"
„Die Probeaufnahmen können wir gleich heute machen. Dann zeige ich sie meinen Kollegen in der Agentur und melde mich in den nächsten Tagen bei Dir und gebe Bescheid, ob Du als Modell angenommen wurdest, oder nicht."

„Als Modell?“, fragte Nikolai geschmeichelt.
„Ja. Ich gebe Dir nachher auch etwas Geld, sozusagen als Gage. Wie bei einem richtigen Fotomodell eben.“
„Wie viel Geld könnte ich denn dafür bekommen?“
„Wären zwanzig Mark in Ordnung?“
Nikolai überlegte kurz. Zwanzig Mark waren nicht schlecht. Dafür könnten er und seine Freunde eine ganze Menge Eis essen. Aber warum sollte er nicht versuchen, etwas mehr herauszuholen? Also sagte er selbstbewusst: „Wie wäre es denn mit dreißig Mark?“
„Also gut, abgemacht!“, lenkte der Fotograf ein und reichte ihm die Hand, um die Abmachung zu besiegeln. Dann sagte er: „Ich muss jetzt noch einmal kurz weg, weil ich noch einige Dinge zu erledigen habe. Ich komme in etwa einer Stunde wieder und hole Dich ab, o.k.?“
„Ja, ist o.k.! Ich bin sowieso bis heute Abend hier. Ich muss erst um 19.00 Uhr zu Hause sein.“
„Also dann bis später, Nikolai.“
Der Mann verabschiedete sich mit einem Lächeln und ging davon.
Nikolai war stolz und zugleich ein wenig aufgeregt. Das musste er gleich seinen Eltern erzählen, die bestimmt auch begeistert sein würden. Er nahm den kleinen Geldbeutel aus seiner Tasche und machte sich auf den Weg zu dem Münzfernsprecher, der am anderen Ende des Freibades war. Er bahnte sich seinen Weg über die großen Liegewiesen hindurch zwischen all den Menschen, die, dicht gedrängt wie die Ölsardinen, Handtuch an Handtuch lagen und sich von der Sonne verwöhnen ließen. Dabei kam ihm sein Freund Michael entgegen, der ihn freund-

lich begrüßte: „Hi, Nikolai. Wo gehst Du denn hin? Am besten spielen wir uns gleich warm, damit wir unser Fußballspiel gegen die großen Jungs aus der C-Jugend wieder gewinnen, genau wie vor einigen Tagen, als wir sie eiskalt fertig gemacht haben!"

„Klar machen wir die wieder fertig. Ich muss nur noch schnell zu Hause anrufen, dann komme ich an unseren Platz."

„Also dann, bis gleich!", sagte Michael und ging weiter.

Nikolai stand vor dem mit einer Plexiglasüberdachung ausgestatteten Fernsprecher und öffnete seinen Geldbeutel. „So ein Mist!", brummte er vor sich hin, als er feststellte, dass er nicht genügend Kleingeld für ein Ortsgespräch hatte, das zwanzig Pfennig kostete. Er hatte zwar ein Fünfmarkstück bei sich, aber eben leider kein Kleingeld. Was sollte er jetzt machen? Er beschloss, zu dem nahe gelegenen Freibadrestaurant zu gehen, um sich das Geld in kleine Münzen wechseln zu lassen. Als er aber die lange Warteschlange an der Getränkeausgabe sah, die aus mindestens fünfzehn Leuten bestand, beschloss er, lieber einen seiner Freunde zu fragen, ob die ihm das Geld wechseln oder vielleicht auch leihen könnten. Als er zu ihrem Liegeplatz zurückkam, waren mittlerweile auch die anderen eingetroffen und redeten aufgeregt durcheinander, während sie Pläne schmiedeten, mit welcher Taktik die größeren Jungs heute wieder zu besiegen sein könnten. Das Leben dieser Kinder war so wunderbar unbeschwert. Es bestand in diesen Tagen eigentlich nur aus Ferien, Freunden, Sonne, Wasser, Eis und Fußball. Mehr brauchten sie nicht, um glücklich zu sein, auch wenn sie nicht, wie viele ihrer Altersgenossen, verreist waren. Nikolai stieg gleich voll in die Unterhaltung ein, diskutierte und plante eifrig mit, so dass er keinen Gedanken mehr an den Fotografen oder die zwanzig Pfennige verschwendete, die er für einen Telefonanruf zu Hause gebraucht hätte. Auf einmal stand der Mann, der ihn vorher angesprochen hatte, vor ihnen. Nikolai erinnerte sich natürlich sofort wieder an ihn und ihm fiel auf, dass er wesentlich länger gebraucht hatte um wiederzukommen, als die vorhin angekündigte Stunde. Als Nikolai seinen Freunden erklärte, dass er den Anfang des Spiels wohl verpassen würde und anschließend die Gründe dafür erläuterte, waren diese wenig begeistert. Sie zeigten jedoch Verständnis für seine Situation, was so viel heißen sollte, es sei schon in Ordnung und er solle eben zusehen, schnellstmöglich zum Match auf der großen Spielwiese nachzukommen. Der Mann erklärte, es wären im Freibad zu viele Menschen und sie sollten doch lieber in das nahe gelegene Rosental gehen, um richtig gute Fotos machen zu können. Das Rosental lag in der direkten Verlängerung zum Freibad. Da man aber nicht so einfach über den großen Zaun klettern konnte, musste man, um dort hin zu gelangen, das Freibad verlassen und einmal außen herum gehen. Aus diesem Grund und um auf den Fotos besser auszusehen, zog sich Nikolai seine Klamotten und Schuhe wieder an. Während er und der Fotograf davon gingen, beschlossen Michael und Karsten aus Neugier, den beiden heimlich zu folgen, allerdings nur in ihren Badehosen und ohne Schuhe. Das hatte zur Folge, dass den beiden Jungen auf dem heißen Asphalt die Füße schmerzten, weshalb Karsten schon sehr bald kapitulierte und wieder umkehrte. Michael war etwas hartnäckiger und versuchte immer wieder, auf kleinen Grasflächen am Wegesrand, seine Fußsohlen zu kühlen. Der Weg des Fotografen und Nikolai führte über den großen Parkplatz des Freibades. Dieser war jedoch nicht asphaltiert und so steinig, dass auch Michael seine Verfolgung schließlich schmerzgeplagt aufgeben musste und wieder zu den anderen zurückging. Plötzlich blieb der Mann vor einem Auto stehen, ging zum Kofferraum und öffnete diesen. Nikolai blieb in sicherer Entfernung zu dem Auto stehen und beobachtete ihn dabei. Allerdings konnte er nicht erkennen, was der Mann an dem Kofferraum machte, wunderte sich dabei aber, dass es doch einige Zeit dauerte. Leicht genervt schloss der Mann schwungvoll den Kofferraum seines Wagens, blickte sich um und ging auf Nikolai zu. „Komm, wir müssen weiter!", sagte er freundlich, aber bestimmt. Trotz der Hitze waren an diesem Mittag viele Spaziergänger und Fahrradfahrer auf den Wegen des Rosentals unterwegs. Der Fotograf schien nun irgendwie immer ungeduldiger zu werden und war mit keinem der Plätze zufrieden, die er wenige Augenblicke vorher noch vorgeschlagen hatte. Immer wieder machte er einige Fotos, indem er mehrfach hintereinander und in schneller Abfolge den Auslöser drückte, seine Laune schien jedoch nicht mehr besonders gut zu sein. Vorher war er netter gewesen, dachte sich Nikolai. Die vielen Passanten nahmen unglücklicherweise keine wesentliche Notiz von den beiden und wunderten sich offenbar auch nicht darüber, dass ein erwachsener Mann in freier Natur Aufnahmen von einem Jungen machte und ihn aufforderte, dabei bestimmte Posen einzunehmen.

Im Verlauf der polizeilichen Ermittlungen konnte später nicht ein einziger Zeuge ausfindig gemacht werden, der die beiden gesehen hatte.

Als der Mann plötzlich meinte, es sei nun genug für heute mit Aufnahmen, war Nikolai zwar überrascht, aber gleichzeitig auch froh, denn so würde er wenigstens früher zurück im Freibad sein, um seine Freunde bei der Fußballschlacht gegen die großen Jungs zu unterstützen. Selbstbewusst fragte er den Mann: „Was ist denn nun mit dem Geld, das Sie mir versprochen haben?"

Dieser knurrte und holte einen zerknüllten Zehn-Mark-Schein aus seiner vorderen rechten Hosentasche. Dabei fiel der Autoschlüssel heraus. Als er sich bückte um ihn aufzuheben, sagte er zu Nikolai: „Sorry, mehr habe ich gerade nicht bei mir. Wenn Du mich nochmal mit zum Auto begleiten würdest, könnte ich Dir den Rest der versprochenen dreißig Mark geben."

„O.k.!", sagte Nikolai. „Ich komme mit!"

2.
Tückische Blautannen und Internettelefon

Montag, 2. Dezember 2013,
der Tag nach dem ersten Advent

Der Erste Kriminalhauptkommissar der Stuttgarter Mordkommission, Kurt Schockenried, saß am Schreibtisch seines eigenen kleinen, aber wie er meinte durchaus feinen Büros im zweiten Stock des Polizeipräsidiums Stuttgart. Es war lediglich etwa elf Quadratmeter groß und eher karg eingerichtet. Vor ihm stand eine geschlossene Keksdose, auf der ein fliegender Elch abgebildet war. Er betrachtete die Dose aus sicherer Entfernung, zurück gelehnt in seinen Stuhl und die Hände in den Hosentaschen. Er hatte die Dose, mitsamt ihres Inhaltes, heimlich von zu Hause mitgehen lassen. Seine Frau Brigitte hätte sie ihm niemals freiwillig ausgehändigt, sie war nämlich aktuell auf dem Gesundheitstrip mit Nordic-Walking, Yoga, Bio-Tofu und sauerstoffangereicherten Haferflocken aus garantiert ökologischem Anbau lokaler Landwirtschaftsbetriebe. Und das ausgerechnet in der Vorweihnachtszeit, wo es überall so herrlich duftete und einen die Leckereien förmlich anlächelten. Ständig lag sie ihm in den Ohren, er solle sich gesünder ernähren und außer Bowling und Fußball im Fernsehen, auch selbst etwas mehr Sport treiben. Glücklicherweise wusste sie nicht, dass er seit Jahren wieder heimlich rauchte, zumindest dachte er, sie wüsste es nicht. Eigentlich mochte Kurt Weihnachten nicht besonders, abgesehen von den Plätzchen und den üppigen Feiertagsfestessen. Hauptgrund für seine Abneigung war, dass er selbst ausgerechnet am 24. Dezember Geburtstag hatte. Er mochte seine Geburtstage nicht. Erstens riefen jedes Jahr aufs Neue erstaunlich viele Menschen an, um ihm zu gratulieren, und das, obwohl er sich das ganze Jahr über große Mühe gab, sie zu vergraulen. Selbstverständlich erwarteten diese Leute dann auch im Gegenzug von ihm, dass er sie an ihrem Ehrentag gebührend würdigte und ihnen ebenfalls gratulierte. Womöglich bekam er sogar unnütze Geschenke, für die er sich dann auch noch höflich bedanken sollte und heucheln musste, wie toll doch die Überraschung geglückt sei. Der Teil mit der Überraschung stimmte zwar häufig, allerdings eher verursacht durch fassungsloses Staunen über den Ramsch, den manche Leute wagten, als Geschenk zu bezeichnen. Pflanzen suchte man bis vor kurzem noch vergeblich in seinem Büro. Nachdem er den großen Blumenstrauß, den er vor mehr als drei Jahren zu seinem dreißigjährigen Dienstjubiläum bekommen hatte, so lange auf Sparwasser gesetzt hatte, bis dieser einem Kaktus in der Wüste Nevadas Konkurrenz hätte machen können, um ihn dann anschließend aus Mitleid fast im Wasser zu ersäufen, beschloss er, dass eine botanisch geprägte Umgebung nichts für ihn war. Seine Kollegen sahen das im Übrigen genauso. Denn die Flutung des Jubiläums-Pseudo-Kaktusses hatte zur Folge, dass dieser völlig vergammelte und dabei fürch-

terlich stinkende Gase bildete, die man eigentlich sonst nur aus der Rechtsmedizin kannte, wenn der Bauchraum einer fünf Tage alten Wasserleiche eröffnet wurde. Es war übrigens nicht das einzige Mal, dass Kurt in den letzten Jahren für üble Gerüche im Präsidium verantwortlich war, doch einen großen Coup im letzten Jahr konnte er glücklicherweise einem Kollegen aus dem Dezernat 3.3 für Betrug und Computerkriminalität in die Schuhe schieben, der seither von offizieller Seite ein Zutrittsverbot für die Räumlichkeiten der Mordkommission hatte.
In diesem Jahr sollte alles anders werden. Kurt beschloss, Weihnachten eine Chance zu geben und wollte offen und fröhlich durch die Adventszeit gehen. Dazu passte sehr gut, dass sie momentan nicht viel Arbeit hatten und er über genügend Zeit verfügte, sich ausgiebig den Festvorbereitungen zu widmen. Die alten ungelösten Mordfälle aus den Fünfziger- und Sechziger-Jahren des zwanzigsten Jahrhunderts, konnten mit ihrer Aufklärung auch noch bis zum neuen Jahr warten, da vermutlich noch nicht einmal mehr die Mörder am Leben waren, ganz zu schweigen von den inzwischen bestimmt mittel- bis schwer demenzkranken Zeugen. Und falls doch noch ein Übeltäter versehentlich überlebt haben sollte, verbrachte er jetzt sicherlich seinen späten Lebensabend in einer sympathischen Seniorenresidenz mit einem schönen Namen wie beispielsweise „Abendrot“ oder „Letzte Wiese“, wo es bereits um 16.30 Uhr Abendessen gab. Kurt öffnete die oberste seiner drei Schreibtischschubladen und holte lässig eine Zigarette aus einer Packung, indem er den Deckel aufklappte und mit dem Zeigefinger gegen den Packungsboden schnippte.

Nachdem er zweimal tief inhaliert hatte und das Nervengift Nikotin bereits voll dabei war, seine angenehme Wirkung an den Synapsen in seinem Großhirn zu entfalten, wandte er seinen Blick zu dem kleinen Fenster des Büros und betrachtete seinen ganzen Stolz. Unter dem Fenster stand nämlich sein höchst selbst gekaufter Weihnachtsbaum, der eine in Relation zur Gesamtfläche des Büros, völlig überdimensionierte Größe hatte. Vergangenen Donnerstag hatte er, wie jede Woche außerhalb der Schulferien, seinen ältesten Enkelsohn mit dem sehr einfallsreichen und gleichermaßen ausgefallenen Doppelnamen „Kevin-Léon", zum Schwimmkurs ins Hallenbad nach Stuttgart-Sonnenberg gefahren. Nahziel des Kurses war die Erlangung des offiziell anerkannten „Seepferdchen-Abzeichens". Für alle, die dieses Ziel verfehlen sollten, zu denen leider auch Kevin-Léon gehörte, gab es als Trostpflaster das unter pädagogischen Gesichtspunkten äußerst motivierende und in keiner Weise diskriminierende Abzeichen der Seekuh. Auf der Fahrt zum Hallenbad kam er an einem großen Weihnachtsbaumverkaufsplatz vorbei und beschloss spontan, sich die Bäume genauer anzuschauen. Etwa vier Minuten später versuchte er, eine in ein Netz eingepferchte kaukasische Smaragd-Blautanne in den völlig überfüllten Kofferraum seines dunkelblauen VW-Passats zu laden. Das Verhandlungsgeschick, das Kurt beim Erwerb des Baumes an den Tag gelegt hatte, ließ allerdings sehr zu wünschen übrig, obwohl er der felsenfesten Überzeugung war, großes Geschick bewiesen zu haben, indem er den Verkäufer von 65 Euro auf 45 Euro herunterhandeln konnte. Am Polizeirevier angekommen, musste der arme Kevin-Léon den vernetzten Tannenbaum in den zweiten Stock des Präsidiums zu Kurts Büro schleppen. Mit der klaren Anweisung, seinen Eltern nichts davon zu erzählen, gab Kurt dem Jungen für diese körperliche Höchstleistung lumpige zwei Euro, denn er war der Meinung, dass ein Siebenjähriger mit einem höheren Betrag ohnehin nichts anzufangen wusste. Der Transportweg des Baumes führte durch die gesamte Kriminalinspektion1 des Präsidiums bis zum Dezernat für Tötungsdelikte. Obwohl der Baum noch recht frisch war, neigte er offenbar bereits drei Wochen vor Weihnachten zum übermäßigen Verlust von Nadeln. Man konnte eine grüne Spur genauestens bis vor eine Bürotüre im zweiten Stock verfolgen. Hinter dieser Tür befand sich das Gemeinschaftsbüro von Kriminalkommissarin Tatjana von Senden und von Kriminalhauptkommissar Dennis Rathvan. Aufgrund eines nicht nachvollziehbaren Planungsfehlers hatte Kurt Schockenrieds Büro keine eigene Zugangsmöglichkeit vom Flur aus, so dass es nur über das Büro der beiden wesentlich jüngeren Kommissare zu erreichen war. Das hatte schon häufiger für Irritationen gesorgt, besonders jetzt, als der bedauernswerte Kevin-Léon, fast am Ende seiner Kräfte, den Nadelbaum ächzend und stöhnend durch das Büro der beiden schleifte und dabei eine gehörige Sauerei hinterließ. Dennis Rathvan war diesbezüglich wenig empfindlich und hatte das Schauspiel eher amüsiert verfolgt. Tatjana von Senden jedoch hatte, vorsichtig ausgedrückt, einen Hang zur Pedanterie und leider auch zur Hysterie. Die lautstarken Beschimpfungen, die der Junge und der Erste Kriminalhauptkommissar über sich ergehen lassen mussten, waren alles andere als jugendfrei. Anschließend zwang sie beide dazu, jede einzelne Tannennadel aufzusammeln, den Boden zu kehren und nass zu wischen. Kurts Vorschlag, darauf zu warten, dass eine Putzfrau den Schmutz am nächsten Tag beseitigen würde, fand bei Tatjana keine Zustimmung. Insider-Informationen zufolge blieb die Angelegenheit nicht ohne Auswirkungen. Kevin-Léon litt seither unter Schlafstörungen, zeigte Verhaltensauffälligkeiten im Schulunterricht, würde nie wieder seinen Großvater bei der Arbeit besuchen und fand die Polizei sowieso ganz doof.

Indes gestaltete sich auch das Aufstellen des Baumes nicht völlig problemlos. Der Stamm der kaukasischen Smaragd-Blautanne hatte einen größeren Durchmesser, als die entsprechende Halterung des Christbaumständers. Der führende Sachbearbeiter des Kommissariats, Holger Grünbaum, der aufgrund seiner gutmütigen Art und des erhöhten Östrogenspiegels im Kollegium auch als „Chefsekretärin" bezeichnet wurde, eilte Kurt mit einem wahren Arsenal an Werkzeugen und einigen Deko-Artikeln zur Hilfe. Gemeinsam kämpften sie einen ganzen Vormittag lang mit Stichsägen, kleinen Äxten, Hobeln und Lametta, um schließlich im Schweiße ihres Angesichts triumphierend das Ergebnis zu präsentieren, nämlich einen äußerst unkonventionell geschmückten und deutlich in Schieflage befindlichen Weihnachtsbaum, der für seine Größe viel zu teuer war, eine Menge Arbeit machte und bei einem siebenjährigen Jungen voraussichtlich eine Psychotherapie unumgänglich gemacht hatte.

Während Kurt bei einem weiteren Glimmstängel seinen Baum betrachtete, beschloss er, mit den Planungen des

Heiligen Abends und gleichzeitig seines 59. Geburtstages, fortzufahren. Er hatte sich vorgenommen, seine Frau Brigitte mit einem perfekt arrangierten Familienfest bei ihnen zu Hause in ihrem Reiheneckhaus in Stuttgart-Möhringen überraschen. Dies implizierte den Versuch, die ganze Familie an einen Tisch zu bringen und das würde gar nicht so einfach sein. Seinen Sohn Harald mit Ehefrau und den drei Kindern würde er bald einladen, sobald der Rauch um die Geschichte mit Kevin-Léon etwas verzogen war. Die Einladung war reine Formsache dachte er sich, denn Harald, Fanny und die Kinder lebten auch in Stuttgart, genauer gesagt in Gablenberg. Ohnehin fielen sie mehrmals die Woche unangekündigt bei Brigitte und Kurt ein, wobei sie jedes Mal eine überzeugende Kostprobe ihres einnehmenden Wesens ablieferten.

Bei seiner Tochter Martina dürfte sich die Angelegenheit wesentlich schwieriger gestalten, denn diese wohnte mit ihrem Mann Todd Dumatranidis, den Kurt vereinfachenderweise immer nur den „Sumatra-Tiger" nannte, in der Nähe von Sydney. Martina war im Alter von dreiundzwanzig Jahren zu einer Rucksacktour nach Australien aufgebrochen, hatte dort ihre große Liebe Todd kennen gelernt und nach ihrer Rückkehr aus dem Urlaub kurzerhand alle Zelte in Deutschland abgebrochen. Sie eröffnete damals den besorgten Eltern Brigitte und Kurt, sehr zu deren Verwunderung, dass sie umgehend auswandern würde. Sie betonte, sie habe sich alles sehr gut überlegt und es bestehe nicht der geringste Anlass zur Sorge, denn ihr Studium der Ethnologie könne sie auch an der Universität von Sydney fortsetzen. Dass sie im Übrigen vor einer Woche diesen australischen Lebenskünstler geheiratet hatte, erwähnte sie eher beiläufig. Das war mittlerweile fünf Jahre her und seither war sie nicht ein einziges Mal mehr zu Hause bei den Eltern in Stuttgart gewesen. Überhaupt ließ sie eigentlich nur von sich hören, wenn sie wieder einmal komplett abgebrannt war und angeblich völlig unvorhergesehene Ausgaben anstanden. Kurt liebte seine Tochter jedoch sehr und ließ sich ein ums andere Mal von ihr um den Finger wickeln, wobei Martina auch genau wusste, wie sie das anzustellen hatte.

Kurt hatte sich im Elektrofachhandel eine Webcam besorgt und sich von Holger Grünbaum die mitgelieferte Software installieren, sowie ein Gesprächskonto bei einem Internettelefonanbieter einrichten lassen. Er wusste, dass Martina ebenfalls bei diesem Anbieter registriert war und beschloss, sie zu überraschen, indem er versuchte, sie über dieses Medium zu kontaktieren. Er befestigte die Webcam am oberen Rand seines Bildschirmes und öffnete gegen 16.08 Uhr seinen Account. Sein Profil gab nicht mehr Informationen über ihn preis, als unbedingt nötig und die Anzahl seiner Kontakte beschränkte sich auf zwei, nämlich Martina Schockenried-Dumatranidis und Holger Grünbaum. Aufgeregt verfolgte er auf dem Bildschirm den Verbindungsaufbau, doch Martina hatte sich auch nach dem vierten Versuch noch immer nicht gemeldet. Ein letztes Mal noch würde er es probieren und im Falle eines weiteren Fehlversuches eben am nächsten Tag nochmals zur Tat schreiten. Vielleicht funktionierte ja auch etwas nicht richtig und Holger hatte bei der Einrichtung des Gesprächskontos einen Fehler gemacht. Auf

die Idee, an seiner Handhabung könnte etwas nicht in Ordnung sein, kam Kurt nicht. Auf einmal meldete sich eine verschlafene Stimme und er sah etwas verzögert das sich träge bewegende Gesicht seiner Tochter in der Mitte des Bildschirmes. „Hallo Martina, ich bin es, Dein Papa. Ist das nicht eine Überraschung?"
„Das kann man wohl sagen!", antwortete sie immer noch verschlafen und deutlich verärgert. „Verdammt, weißt Du eigentlich wie spät es ist?"
Kurt schaute auf die schwarze Digitaluhr mit Plastikarmband an seinem linken Handgelenk und sagte hilfsbereit: „Ja, natürlich. Da ich noch im Büro bin, kann es noch nicht so spät sein. Es ist gleich viertel nach vier."
„Bei Euch in Deutschland ist es vielleicht viertel nach vier! Hier ist es viertel nach zwei! Und zwar morgens! Schon einmal etwas von Zeitverschiebung gehört?!", fuhr sie ihn an.
„Entschuldige bitte, Liebes. An die dämliche Zeitverschiebung habe ich nicht gedacht", sagte Kurt ungewöhnlich kleinlaut. „Ich wollte Dich überraschen und war einfach nur stolz, dass wir über das Internet kostenlos reden und uns dabei sehen können!"
„Ist ja schon gut. Das mit der Zeitverschiebung ist auch schon anderen passiert. Ich schlafe derzeit sowieso sehr schlecht. Aber ich bin in der Tat überrascht, auf diesem Wege von Dir zu hören. Du warst nun wirklich der Allerletzte, mit dem ich jetzt gerechnet hätte."
„Ja, toll, nicht wahr?! Ich finde es auch schön, dass wir uns mal wieder sehen können, und wenn es auch nur übers Internet ist."

„Also ich kann Dich nicht sehen, Papa."
„Wie kann das sein?", fragte Kurt verwundert und fummelte an der Webcam über seinem Bildschirm herum. „Ich kann Dich nämlich sehr gut sehen!"
„Mag ja sein, ich jedenfalls sehe nur ein schwarzes Feld, wo eigentlich Dein Bild erscheinen sollte. Dafür höre ich Dich umso besser. Was verschafft mir denn aber nun die Ehre Deines nächtlichen Anrufes?"
„Wie Du weißt, bin ich ja ein Geburtstagsmuffel und obendrein allergisch gegen Weihnachten, Ostern, Pfingsten, Namenstage und so weiter."
„Ja, das ist mir bekannt."
„Also, ich habe beschlossen, in diesem Jahr ein besinnliches Weihnachtsfest zu verbringen und gleichzeitig meinen Geburtstag im Kreise der Familie zu feiern. Damit möchte ich auch Deine Mutter überraschen, die ahnt nämlich nicht das Geringste."
„Soll das dann womöglich eine Einladung nach Deutschland sein?"
„Ja, genau. Ich würde mich sehr freuen, wenn Du und der Tiger in diesem Jahr nach Stuttgart kommen würden, um mit uns Weihnachten zu feiern. Wie in einer richtigen Familie eben."
„Er heißt Todd, Papa. Wenn Du Dir das doch bitte endlich einmal merken würdest!"
„Ja, natürlich, Liebes. Todd, das meinte ich doch eigentlich auch!", säuselte Kurt und konnte sich dabei ein Lächeln hinter vorgehaltener Hand nicht verkneifen, da er schon wieder vergessen hatte, dass Martina ihn ja gar nicht sehen konnte.

„Das ist sehr nett von Dir, Papa. Aber wie Du weißt, sind wir finanziell nicht gerade auf Rosen gebettet und bei Todd ist die Auftragslage derzeit nicht besonders gut."

„Was denn für eine Auftragslage? Ist Schafe zählen gerade nicht mehr angesagt bei Euch in der australischen Walachei?"

„Wenn Du schon wieder so anfängst, Papa, dann komme ich ganz bestimmt nicht!"

„Entschuldige. War nicht so gemeint. Ich mache mir eben immer etwas Sorgen um Dich. So sind wir Väter nun einmal. Ich habe aber eine Überraschung für Dich. Ich möchte Dich und Deinen Mann über die Weihnachtstage zu uns nach Hause einladen. Und mach Dir mal keine Sorgen wegen der Kosten, die übernehme selbstverständlich ich!"

„Das ist aber ein tolles Angebot von Dir, Papa. Vielen Dank. Ich würde Euch ja wirklich gerne wiedersehen und außerdem wird es Zeit, dass Ihr Todd endlich einmal persönlich kennenlernt. Weißt Du was, ich rede gleich morgen früh mit ihm und gebe Euch in den nächsten Tagen Bescheid."

„Wunderbar, ich freue mich riesig!"

„Kommt Harald auch?"

„Ich habe ihn noch nicht persönlich eingeladen, aber geplant ist, dass er mit Fanny und den Kindern auch kommt, ja! Warum fragst Du?"

„Na ja, Du weißt ja, dass wir nicht immer das beste Verhältnis hatten. Außerdem mag ich die Kinder nicht besonders, die nerven."

„Na hör mal. Das sind immerhin Deine Nichten und Neffen und obendrein meine Enkelkinder."
„Ist schon gut, Papa. Jetzt muss ich aber schlafen. Schade, dass ich Dich nur gehört habe und nicht sehen konnte. Bis dann und grüß mir bitte die Mama!"
Dann verschwanden die bewegten Bilder von Martina und die Verbindung war beendet. Kurt freute sich und war voller Hoffnung, dass sein Plan vom schönen Weihnachtsfest im Kreise der Familie aufgehen würde. Warum aber konnte ihn Martina während des Gesprächs nicht sehen? Jetzt hatte er sich doch extra diese Webcam zugelegt und dann funktionierte das Mistding nicht. Er war dabei, die Kamera von seinem Monitor zu entfernen und wollte sie gerade fluchend in den Mülleimer pfeffern, als die Türe zu seinem Büro aufging und Dennis Rathvan hereinkam.
„Kurt, was machst Du denn da, wenn ich fragen darf? Du willst doch nicht etwa die Webcam in den Mülleimer werfen, oder?"
„Doch, und ob ich das will. Das verdammte Ding funktioniert nicht. Eigentlich sollte man sie zurückbringen und dem Verkäufer um die Ohren hauen. Anstatt meines schönen Gesichts, kann man wohl nur ein dunkles Feld sehen."
„Das macht die Kamera ja grundsätzlich einmal eher sympathisch!", witzelte Dennis und sagte dann: „Gib mal her, das Ding!"
Er drehte sie einige Male in seinen großen Händen hin und her, um dann ein höhnisches Grinsen aufzusetzen, welches Kurt überhaupt nicht behagte. „Na, was ist? Warum grinst Du denn so frech?"

„Also auf mich macht diese Kamera einen einwandfreien Eindruck. Wenn Du mich fragst, ist eher am Bediener etwas faul!"
„So, was denn Du Klugscheißer?", entgegnete Kurt genervt.
„Wenn Du die Schutzfolie von der Kameralinse entfernt hättest, dann könnte Dein Gesprächspartner Dich anstatt der Folienrückfläche betrachten."
Er legte die Kamera vor dem verdutzten Kurt auf den Schreibtisch und verließ mit einem triumphierenden Grinsen den Raum.

3. Gefangen in Stein

Freitag, 19. August 1983

Alles tat ihm weh, als er erwachte. Er hatte das Gefühl, jeden einzelnen Knochen seines Körpers zu spüren. Ohne es sehen oder tasten zu können, wusste er, dass außer den Daumen, jeder seiner Finger aus drei einzelnen Knochen bestand. Wo war er? Was machte er hier und vor allem, wie war er nur hierher gekommen? Es war stockfinster und er spürte den kalten Steinboden unter seinem kleinen Körper. Nikolai Schiller setzte sich auf und wartete in der Hoffnung, mit der Zeit etwas besser sehen zu können. Wenn er in seinem Kinderzimmer nachts aufwachte und einige Minuten die Augen offen hielt, konnte er plötzlich sehr gut in der Dunkelheit sehen. Aber jetzt geschah nichts. Seine Augen schafften es nicht, den Kampf gegen die Finsternis zu gewinnen. Sie wurden immer schwerer und fielen schließlich wieder zu.

Als er wieder aufwachte, wusste er nicht, wie lange er geschlafen hatte. Er fühlte sich etwas wacher und kräftiger als noch beim letzten Erwachen. Auf allen Vieren krabbelte er vorsichtig Stück für Stück vorwärts, da er immer noch nicht das Geringste sehen konnte. So weit er aber auch krabbelte, es veränderte sich nichts an seiner Umgebung. Er bewegte sich über kalten Steinboden, der sich so ähnlich anfühlte, wie der im Gewölbekellers seines Großvaters. Irgendwann stieß er mit der linken Hand gegen eine Wand.

Er tastete an der Wand entlang aufwärts und stellte fest, dass sie von gleicher Beschaffenheit war, wie der Boden. Je weiter er der Wand mit seinen Händen in die Höhe folgte, desto stärker wurde ihre Wölbung. Wahrscheinlich befand er sich tatsächlich in einem Gewölbekeller. Krabbelnd versuchte er die anderen Wände des Raumes zu erreichen, um so eine Vorstellung von der Größe der Fläche zu bekommen. Als er nach einer gefühlten Ewigkeit schließlich die vierte Wand ertastet hatte, sank er in sich zusammen, zog die Knie ganz nah an seinen Körper und umfasste sie mit seinen Armen. Vom Krabbeln auf dem Steinboden waren sie blutig geworden. Er lehnte sich an die Wand und begann laut zu weinen. Die Ereignisse des Tages waren plötzlich wieder präsent in seiner Erinnerung und ihm wurde klar, dass er sich in einem steinernen Gefängnis befand.

4. Grünbaumtee

Dienstag, 3. Dezember 2013

Kriminaloberkommissarin Tatjana von Senden saß aufrecht an ihrem Schreibtisch. Ein ärztliches Attest wegen chronischer Rückenbeschwerden hatte es möglich gemacht, dass sie seit zwei Wochen als einzige Mitarbeiterin im gesamten Präsidium einen höhenverstellbaren Schreibtisch und einen dazu passenden ergonomischen Stuhl hatte. Einige Kolleginnen und Kollegen waren darüber wenig erfreut, da sie bereits wesentlich mehr Lebens- und auch Dienstjahre auf ihrem ebenfalls häufig schmerzenden Buckel hatten, als die sehr sportliche Tatjana mit ihren fünfunddreißig Jahren, die von vielen für ihren durchtrainierten Körper beneidet wurde. Aber aus finanziellen Gründen hatte bisher keiner von ihnen einen solchen Arbeitsplatz genehmigt bekommen. Kriminalrat Hans-Dieter Scheible war auch nicht sehr erfreut über die teure Ausstattung von Tatjanas Arbeitsplatz, denn die unvorhergesehene Anschaffung riss in der Tat ein kleines Loch in sein ohnehin nicht gerade üppiges Budget für die Kategorie „Sonstiges“.

Tatjana blätterte seit etwa einer halben Stunde hochkonzentriert in einer Akte, die Holger Grünbaum erst zwei Stunden zuvor beim Landeskriminalamt Baden-Württemberg in Bad Cannstatt angefordert, und die den Weg auf ihren Schreibtisch erstaunlich schnell gefunden hatte. Sie machte sich eifrig Notizen, während sie immer wieder den Kopf schüttelte. Der achtjährige Jonas Bergmann wurde seit dem 18. September 2013 vermisst. Die Vermutung, er könne einem Gewaltverbrechen zum Opfer gefallen sein, wurde heute Vormittag, also fast elf Wochen später, zur traurigen Gewissheit, als sein Leichnam von den völlig aufgelösten Eltern identifiziert wurde. In den frühen Morgenstunden war die Feuerwehr wegen eines seit Tagen zunehmenden grässlichen Gestanks zu einem Altkleider-Container nach Stuttgart-Hofen, in der Nähe des Max-Eyth-Sees, gerufen worden. Als die Beamten beim Container waren, rechneten sie eigentlich mit dem verwesenden Kadaver eines größeren Tieres, beispielsweise dem eines Hundes. Von außen war bereits ein seltsames Rauschen aus dem Inneren des Containers zu hören, wobei man andere Tiere im Verdacht hatte, die möglicherweise in den Kleidern herumwühlten. Ein Feuerwehrmann beschrieb, dass nach dem Öffnen des Containers zunächst ein merkwürdig heftiger Wärmeschwall entwich und der Gestank atemberaubend wurde. Nachdem sie die oberen Kleidersäcke beiseite geräumt hatten, entdeckten sie den toten Jungen und tausende von Maden am und um den Leichnam herum. Die hinzu gerufenen Kollegen des Kriminaldauerdienstes verständigten umgehend das Dezernat für Tötungsdelikte, genauer gesagt die Mordkommission Stuttgart 1. Schließlich waren Tatjana und Kriminalhauptkommissar Dennis Rathvan gegen 6.11 Uhr am Fundort der Leiche eingetroffen. Der süßlich-faulige Geruch der Verwesung war allgegenwärtig und kaum zu ertragen, ebenso wie der Anblick der Kinderleiche, die bereits mit Fäulnisblasen übersät war. Unzählige Maden verliehen dem Rücken des auf dem Bauch liegenden Leichnams ein weißes Gewand. Es wimmelte nur so von Erkennungsdienstlern und allem was Spuren sichern konnte. Nach einer ersten unbefriedigenden Einschätzung, die der Leiter des Rechtsmedizinischen Instituts, Dr. Simon Brandner, am Tatort abgab, war der Junge seit mehreren Wochen tot. Genaueres konnte er aufgrund der fortgeschrittenen Leichenfäulnis zum jetzigen Zeitpunkt noch nicht sagen.

Um 14.15 Uhr trafen sich die Kommissare Kurt Schockenried, Dennis Rathvan und Tatjana von Senden im kleineren der beiden Besprechungsräume im zweiten Stock des Präsidiums. Ebenfalls anwesend waren Kriminalrat Hans-Dieter Scheible und ein Beamter des LKA, Ralf Mendler. Nachdem Tatjana, wie so oft, trotz winterlicher Außentemperaturen erst einmal sämtliche Fenster des Raumes zum Lüften geöffnet hatte, waren alle hocherfreut, als Holger Grünbaum endlich den versprochenen heißen Tee brachte. Auch dieses Mal hatte er sich mit Zimtstangen eine schöne, zur Adventszeit passende, Dekoration für die Untertassen einfallen lassen. Der Stuhl direkt gegenüber von Kurt war noch frei. Hier saß für gewöhnlich Dr. Simon Brandner, sofern er denn an den Besprechungen teilnahm, was natürlich nicht immer der Fall war. Doch heute wurde er mit Spannung erwartet, denn bereits am Vormittag, direkt im Anschluss an die Identifizierung Jonas Bergmanns durch die Eltern, begann er in Anwesenheit von Tatjana und eines zweiten Beamten mit der richterlich angeordneten Leichenöffnung. Hans-Die-

ter Scheible eröffnete wie üblich die Besprechung und bat Herrn Mendler vom LKA um eine Schilderung des Falles Jonas Bergmann. Ralf Mendler war stellvertretend anwesend für die Zentralstelle für Vermisste und unbekannte Tote des LKA, die für die bisherigen Ermittlungen zuständig war. Der hagere Beamte schlürfte genüsslich seinen Tee, bevor er die Tasse mit einer anerkennenden Geste beiseite stellte. „Mmh, der Tee ist wirklich lecker. Was ist das für eine Mischung?"
„Das weiß keiner so genau, außer Herrn Grünbaum. Angeblich ist es eine geheime Spezialmischung aus alter Familientradition, die die Grünbaum`schen Frauen von Generation zu Generation weitergeben. Wir kommen seit Jahren in den Genuss dieses Tees, respektieren aber das Familiengeheimnis der weiblichen Grünbaums. Wenn Sie nun also bitte die Güte hätten, uns an ihrem Wissen über den Fall teilhaben zu lassen, Herr Mendler?!", fertigte Kurt die Frage des Beamten kurz und bündig ab. Dieser blickte etwas ratlos, da er die Sache mit den weiblichen Familienmitgliedern und Herrn Grünbaum nicht so recht zusammenführen konnte. Man konnte ihm förmlich ansehen, wie sein Gehirn die Geschichte nach inhaltlichen Fehlern durchsuchte. Doch dann begann er mit seinen Ausführungen: „Am Abend des 18.09.13, genauer gesagt um 20.48 Uhr, erschien der Vater des Jungen, Herr Ralf Bergmann, bei Ihren Kollegen des KDD in der Christophstrasse und meldete, dass sein Sohn Jonas am Abend nicht nach Hause gekommen sei. Die Beamten nahmen die Meldung auf und versuchten, den aufgeregten Vater zunächst einmal zu beruhigen,

da häufig ein harmloser Grund für das Fernbleiben der Kinder vorlag."
„Aber eben nur häufig und leider nicht immer!", redete Dennis dazwischen.
„Ja, leider", stimmte Mendler zu und fuhr fort: „Als Jonas bis 22.30 Uhr immer noch nicht zu Hause war, wurden gezielte Suchaktionen und Befragungen im Umfeld des Jungen eingeleitet, die aber alle weitestgehend ergebnislos blieben. Der Tagesablauf von Jonas ließ sich folgendermaßen rekonstruieren: Bis 11.15 Uhr war er in der Schule. Die letzte Unterrichtsstunde der Klasse 2c an diesem Mittwochvormittag war Deutsch. Weder den Lehrerinnen und Lehrern der Pestalozzi-Schule in Stuttgart Rohr, noch seinen Mitschülern oder anderen Schülern der Grund – und Werkrealschule, war an diesem Tag etwas Besonderes im Zusammenhang mit Jonas aufgefallen. Auch darüber hinaus wurden weder am Tag seines Verschwindens, noch an den Tagen und Wochen zuvor, Auffälligkeiten im Schulalltag oder im Umfeld der Schule registriert. Jonas war ein leicht überdurchschnittlicher Schüler, der nie besonders aufgefallen war, weder positiv noch negativ. Er hatte einige Freunde und, soweit wir das wissen, keine Feinde."
„Welcher Achtjährige hat schon Feinde?!", platzte Tatjana dazwischen.
„Kinder können ganz schön grausam sein!", entgegnete Mendler und erntete die Zustimmung von Kurt: „Oh ja, wem sagen Sie das?! Davon kann ich ein Lied singen!" Dann fuhr der LKA-Beamte fort: „Wie fast jeden Tag, machte sich Jonas auch am 18.9. zu Fuß auf den 2,7 Kilometer langen Heimweg. Die Familie Bergmann wohnt in einem Reihen-

haus, fast am Ende der Musberger Strasse im Wohngebiet Rohrer Höhe. Im Eichgehrenweg verabschiedete er sich wie immer von seinem Klassenkameraden und Kumpel Moritz Wagner. Dieser konnte noch sehen, wie Jonas in Richtung der kreuzenden Strasse Brenntenhau ging und dann rechts abbog. Es war bereits 11.46 Uhr, da sich die beiden Jungen, wie so häufig, viel Zeit für den Heimweg genommen hatten. Diese Uhrzeit wurde uns zumindest von Moritz Mutter, Frau Wagner, als Ankunftszeit ihres Sohnes genannt. Sie konnte sich so genau erinnern, weil zeitgleich im Radio eine Verkehrssondermeldung mit Uhrzeit durchgesagt wurde. An diesem Punkt reißt der Faden ab und Jonas weitere Handlungen lassen sich nur noch bruchstückhaft rekonstruieren."

Ralf Mendler nahm einen Schluck des mittlerweile merklich abgekühlten, aber deshalb nicht minder leckeren Tees. Indes forderte Herr Scheible ihn auf: „Bitte reden Sie doch weiter!"

Mendler schnäuzte sich kurz die Nase mit einem Papiertaschentuch, das nicht mehr viel Aufnahmekapazität zu haben schien und fuhr fort: „Der Junge muss irgendwann zwischen der Verabschiedung von Moritz Wagner um 11.46 Uhr und 15.45 Uhr zu Hause gewesen sein. Und zwar für etwa anderthalb Stunden."

„Wie kamen Sie zu dieser Erkenntnis? Aus der mir vorliegenden Akte geht das leider nicht klar hervor. Ich hoffe, Sie haben noch etwas mehr Einzelheiten auf Lager, als in Ihren Unterlagen dokumentiert sind?!", mischte sich Tatjana erneut etwas unwirsch ein.

Mendler ging auf die provozierenden Worte Tatjanas nicht weiter ein, was im Sinne eines reibungslosen Fortgangs der Besprechung sicherlich klug war. „Untersuchungen zufolge braucht ein achtjähriger Junge für die Distanz zwischen dem Haus der Wagners und dem Zuhause von Jonas etwa zehn Minuten, wenn man zugrunde legt, dass er alleine etwas zügiger geht, als in Begleitung."
„Reine Spekulation!", winkte Tatjana ab.
„Dies beruht auf der Annahme, dass sich zwei unterhaltende Freunde langsamer fortbewegen, als eine Einzelperson. Uns ist selbstverständlich klar, liebe Frau Kollegin, dass Jonas auch einen Umweg nach Hause genommen haben könnte, hierfür gibt es allerdings keinerlei Hinweise, so dass wir vom genannten Ablauf ausgehen können. Da er aber definitiv zu Hause ankam, ist dies, mit Verlaub, nicht das alles entscheidende Zeitintervall in der Rekonstruktion der Ereignisse!"
Tatjana schlug die Beine übereinander und wandte sich leicht von Mendler ab: „Wenn Sie sich da mal nicht täuschen, mein Lieber!"
Ralf Mendler schaute etwas hilfesuchend in die Runde, doch keiner der Anwesenden zeigte auch nur die geringste Regung, die ihn hoffen ließ, jemand würde ihn verteidigen. Die Teamarbeit und der Zusammenhalt in der Mordkommission 1 funktionierten offenbar gut, das hatte er schon in der Angelegenheit „Holger Grünbaum und das Vermächtnis der geheimen Rezeptur" feststellen müssen. Etwas verunsichert fuhr der LKA-Beamte fort: „Zuhause hatte sich Jonas dann den Rest der Lasagne vom Vorabend, den ihm Frau Bergmann bereitgestellt hatte, einverleibt.

Zumindest war die Lasagne weg und in der Mikrowelle waren Spritzer an der Decke, was darauf hindeutete, dass er sie nach dem Aufwärmen gegessen hat. Ein Teller mit Besteck und Essensresten stand außerdem oberhalb der Spülmaschine."

„Schlecht erzogen, was?", flachste Kurt. „Wenn ich zuhause mein schmutziges Geschirr nicht in die Spülmaschine räume, bekomme ich immer Ärger mit Brigitte."

„Wohl dem, der überhaupt eine Spülmaschine hat!", stieg Dennis mit ein.

Nachdem beide noch kurz gemeinsam gelacht hatten, verstummten sie jedoch genauso schnell wieder, als sie bemerkten, dass weder Scheible noch Tatjana besonders amüsiert zu sein schienen.

„Wo bin ich denn hier bloß gelandet?", fragte sich Ralf Mendler und breitete kurz leicht resigniert die Arme aus. „Dann wissen wir noch, dass Jonas ferngesehen haben muss und im Badezimmer war, unter anderem um sich die Zähne zu putzen. Bevor er wieder aus dem Haus ging, hat er sich umgezogen. Seine Schultasche stand noch im Eingangsflur und war nicht für den nächsten Tag gepackt. Die zu erledigenden Hausaufgaben hatte er auch nicht gemacht. Er dürfte für die Tätigkeiten insgesamt etwa neunzig Minuten gebraucht haben. Das heißt, wir vermuten, dass er das Haus etwa gegen 13.30 Uhr wieder verlassen haben könnte. Des Weiteren sind zwei Dinge sicher: Als Frau Bergmann um 15.45 Uhr nach Hause kam, war Jonas nicht zu Hause. Und um 13.53 Uhr löste er beim Fahrer der Buslinie 82 einen Einzelfahrschein an der Haltestelle „Am Wildwechsel", um vier Haltestellen später, an der Haltestelle „Pestalozzi-Schule“, wieder auszusteigen. Die Fahrtdauer ist laut Fahrplan mit zehn Minuten veranschlagt. Der Busfahrer sagte bei der Befragung aus, es habe auf dieser Route an diesem Tag keine besonderen Vorkommnisse oder Verzögerungen gegeben. Da die Linie 82 um diese Uhrzeit und in dieser Fahrtrichtung nicht besonders frequentiert ist, konnte er sich gut an Jonas erinnern. Er war während der gesamten Fahrt alleine und hat mit niemandem gesprochen. An der Haltestelle „Pestalozzi-Schule“ stieg er dann als einziger Fahrgast aus. Der Busfahrer hat sonst niemanden an der Haltestelle gesehen. Die Beschreibung der Kleidung deckt sich in etwa mit den Angaben von Frau Bergmann, die anhand der fehlenden Kleidungsstücke in Jonas Kleiderschrank feststellte, was er getragen haben muss. Dies wurde auch vom Ehepaar Seifert bestätigt, die die letzten zu ermittelnden Zeugen waren, die Jonas noch vor seinem Verschwinden gesehen haben. Das war um circa 14.50 Uhr in der Freibadstrasse, ungefähr auf der Höhe eines großen Parkplatzes, der zum Freibad Rosental gehört. Auch hier war der Junge alleine und zeigte angeblich keine Auffälligkeiten, außer dass er das ältere Ehepaar im Vorbeigehen wohl freundlich gegrüßt hatte, was diese von einem unbekannten Jungen seiner Altersgruppe angenehm überraschend fanden und nicht erwartet hätten.“

„Wie war Jonas denn gekleidet?“, fragte Dennis.

„Er trug Bluejeans und einen braunen Stoffgürtel mit einer großen bronzefarbenen Gürtelschnalle, auf der sich das Relief eines Greifvogels befand. Außerdem ein langärmeliges hellblaues Hemd, welches er am 27. Juli von der Patentante zu seinem achten Geburtstag geschenkt bekommen hatte und das ihm noch etwas zu groß war. Am 18. September war es sehr warm, so dass er keine Jacke bei sich hatte. Er trug neongelbe Turnschuhe, seine Lieblingsschuhe. Die hatte er sich über einen längeren Zeitraum von seinem Taschengeld zusammengespart."

„Und weiter?", wollte Kurt wissen. „Wissen Sie, was er in der Nähe des Freibads wollte? Wohin führte seine Spur in den nächsten Stunden, Tagen und Wochen?"

Mendler schaute zu Boden, als er bedrückt sagte: „Wir wissen es nicht, Herr Schockenried."

„Soll das heißen, Ihr habt ab diesem Zeitpunkt keine weiteren Anhaltspunkte mehr über den Verbleib von Jonas Bergmann?"

„Ja, leider. So ist es. In der Freibadstrasse in Vaihingen verlor sich seine Spur. Er wurde bis zum Fund seiner Leiche nicht mehr gesehen. Alle Befragungen liefen hoffnungslos ins Leere und weitere Spuren wurden nicht gefunden."

„Das gibt's doch gar nicht!", sagte Dennis. „Irgendwelche Spuren gibt es doch immer. In über neunzig Prozent der Fälle ist eine Person aus dem unmittelbaren Umfeld des Opfers für das Verschwinden verantwortlich. Früher oder später kommen bei den Befragungen immer Ungereimtheiten ans Licht."

Jetzt wurde es auch Ralf Mendler langsam aber sicher etwas zu bunt und er ärgerte sich maßlos über die Belehrungen und Anfeindungen der Kommissare. Gereizt entgegnete er: „Danke für die Nachhilfestunde, Herr

Kommissar. Sie können versichert sein, dass wir alles Erdenkliche in Betracht gezogen haben!"
„Tatsache ist, dass wir jetzt nicht mehr nach einem vermissten Kind suchen müssen, sondern nach seinem Mörder!", brachte es Kurt trocken auf den Punkt.

5. Adieu Advent

Dennis Rathvan nutzte die halbstündige Besprechungspause, um zwei Anrufe in eigener Sache zu tätigen. Der Erste war schnell erledigt. Er musste seinen Vermieter offiziell davon in Kenntnis setzen, dass er seit dem 1. Dezember neben seinem langjährigen Untermieter Bernd Plums, nun auch eine Untermieterin hatte, nämlich seine dreizehn Jahre jüngere Schwester Anna. Anna Rathvan und Bernd waren seit dem Spätsommer des vergangenen Jahres ein Paar und entgegen aller Befürchtungen Dennis`, entwickelte sich die Beziehung prächtig und die beiden profitierten sehr voneinander. Nicht nur Dennis fand, dass sie sich hervorragend ergänzten. Dass Anna in Wirklichkeit schon seit über neun Monaten mit Bernd und Dennis in der Vier-Zimmer-Altbauwohnung im Stuttgarter Westen wohnte, verschwieg er dem Vermieter natürlich. Eigentlich hatte Dennis auch keine Veranlassung gesehen, einen weiteren Untermieter zu melden, doch seine Schwester war aktuell nirgendwo gemeldet, also praktisch ohne festen Wohnsitz, und außerdem war ihnen das neugierige Ehepaar Stiefel aus dem ersten Stock langsam aber sicher auf die Schliche gekommen. Bestimmt hätte es nicht mehr lange gedauert, bis sie ihn bei der Hausverwaltung angeschwärzt hätten und damit hätte auch sein Vermieter unweigerlich von ihrer Wohnsituation Kenntnis erlangt. Herr Rockenbach, so hieß sein Vermieter, nahm die Angelegenheit jedoch völlig unaufgeregt zur Kenntnis und bedankte sich für die Information bei Dennis, der nun ein Problem weniger hatte. Das Problem, das mit seinem zweiten Anruf verbunden war, machte seiner Magenschleimhaut wesentlich mehr zu schaffen. Seine Ex-Freundin Sonja hatte über seinen Anrufbeantworter dringend um Rückruf gebeten. Sonja, mit der er vor der Ära Bernd Plums einige Zeit gemeinsam in der Wohnung gelebt hatte, war vor mittlerweile über fünf Jahren nach Leipzig gezogen, um dort einen Magisterstudiengang in Kommunikationswissenschaften zu belegen. Über die Jahre und die Entfernung hatten sich die beiden so sehr auseinander gelebt, dass sie sich noch nicht einmal mehr offiziell trennen mussten, denn beiden war einvernehmlich klar gewesen, dass ihre Beziehung zu Ende war. Dennis hatte nie darunter gelitten, fühlte sich aber nach Sonjas Auszug etwas einsam und suchte sich einen Untermieter. Er traf auf Bernd, was er retrospektiv allerdings nicht immer als Glücksfall empfand. In besagtem Telefonat hatte ihm Sonja nun angekündigt, dass sie noch vor Weihnachten einen Besuch in Stuttgart machen wollte und sich unbedingt mit Dennis treffen müsse, da sie ihm etwas sehr Wichtiges zu sagen habe. Dennis war schon ganz mulmig zumute, denn Sonja war berüchtigt für ihre spontanen und äußerst unkonventionellen Einfälle. Was soll´s, dachte er sich und klammerte sich an die Hoffnung, Sonjas Besuch in der Heimat könne ja ebenso spontan wie er geplant worden war, auch wieder ins Wasser fallen, denn besonders zuverlässig war sie noch nie gewesen.

Dr. Simon Brandner nahm auf seinem Stuhl gegenüber von Kurt Schockenried platz. Tatjana von Senden und Hans-Dieter Scheible waren noch nicht aus der Pause zurückgekehrt und Ralf Mendler saß still da. Dennis und Simon hatten im Laufe der Jahre ein kumpelhaftes Verhältnis zueinander aufgebaut. Außerdem hatten sie einen gemeinsamen Freund, beziehungsweise Bekannten aus alten Zeiten.

„Na, Simon, wie kommt es denn, dass Du heute Morgen eine Leiche auf dem Sektionstisch hattest und uns schon wenige Stunden später persönlich einen Bericht erstatten kannst? So zügig arbeitest Du doch sonst nicht!", fragte Dennis provozierend.

„Mit einem schriftlichen Bericht kann ich leider noch nicht dienen, mein lieber Dennis. Trotzdem habe ich einige wichtige Informationen für Euch. Dass ich noch viel schneller arbeiten kann, als ich das ohnehin schon immer getan habe, liegt daran, dass ich seit einigen Tagen einen neuen und sehr tüchtigen ärztlichen Assistenten habe. Wohlgemerkt beeinträchtigt die Geschwindigkeit meiner Arbeit in keiner Weise die Qualität derselben. Dabei handelt es sich um eine Eigenschaft, die nur wenigen vergönnt ist."

„Ist ja schon gut", unterbrach Dennis den etwas übergewichtigen Rechtsmediziner in seinem selbstgefälligen Redeschwall. Denn er wusste, wenn Simon Brandner sich einmal warm geredet hatte, würde er so schnell nicht wieder aufhören. „Wo hast Du denn Deinen neuen Assistenten aufgetrieben? Trägt er auch brav Deine Tasche, so wie das die Anderen in Deinem Gefolge bisher auch getan haben?“

„Der ist mir praktisch zugelaufen“, antwortete Simon Brandner mit einem verschmitzten Lächeln. „Und nein, er schleppt meine Tasche nicht. Man muss sich doch glatt vorstellen, dass er sie einfach stehen ließ, als ich ihn gebeten habe, sie zu tragen. Stattdessen drückte er mir seine Tasche in die Arme und ging wortlos davon.“

„Wenn Ihr mich fragt, hört sich das sehr sympathisch an“, flachste Kurt.

„Glücklicherweise hat Dich hat aber keiner gefragt, Kurt!“, konterte Simon amüsiert. „Jedenfalls macht der gute Mann bisher einen hervorragenden Eindruck, auch wenn er rechtsmedizinisch so blank ist wie ein weißes Blatt Papier. Die Kunst besteht nun darin, ihn durch geschickte Motivationsmanöver glauben zu machen, er hätte Ahnung von dem, was er da macht und ihn so zu Höchstleistungen anzustacheln.“

„Du bist schon ein gerissener Hund!“, pflichtete ihm Dennis etwas sarkastisch bei und fügte hinzu: „Bin ich froh, dass Du nicht mein Chef bist!“.

In diesem Moment kamen Herr Scheible und Tatjana ins Besprechungszimmer, so dass die lustige Phase des Gesprächs ein Ende gefunden hatte. Als sie sich gesetzt hatten, begann Simon einen seiner typischen Monologe: „Ich habe keine besonders guten Nachrichten für Sie, meine Damen und Herren. Ich muss vorwegschicken, dass sich meine Befürchtungen, die ich bereits am Tatort geäußert hatte, leider bestätigt haben. Aktuell ist keine zuverlässige Aussage bezüglich des Todeszeitpunktes möglich."

„Soll das etwa heißen, Sie wissen nicht, wann Jonas Bergmann gestorben ist? Und was meinen Sie mit aktuell?", fiel ihm Tatjana ins Wort, was Dr. Brandner gar nicht gefiel.

„Wenn Sie die Güte hätten mich weiterreden zu lassen, Frau von Senden, teile ich gerne meine Erkenntnisse mit Ihnen. Sollte Ihnen das nicht möglich sein, verabschiede ich mich hiermit und verweise auf meinen Bericht, der Ihnen in einigen Tagen zugehen wird."

„Ich bitte Euch, Leute!", hob Dennis beschwichtigend die Hände und blickte die beiden abwechselnd an. „Bitte, Simon, könntest Du mit Deinen Ausführungen fortfahren? Wir sind eben alle ein bisschen nervös. Keiner fällt Dir mehr ins Wort, versprochen!"

„Also gut!", sagte Simon Brandner mit einem großmütigen und etwas überheblichen Blick in Tatjanas Richtung. Dann erklärte er: „Die Fäulnis der Leiche ist bereits so weit fortgeschritten, dass anhand der äußeren Todeszeichen keine genaue Einschätzung der Todeszeit vorgenommen werden kann. Klar ist nur, dass Jonas schon mehrere Wochen tot ist. Meiner Meinung nach mindestens vier. Erschwerend kommt hinzu, dass die äußeren Bedingungen alles andere als konstant waren. Wir haben zwar gerade Winter, allerdings ist es relativ warm für diese Jahreszeit. In der Nacht fallen die Temperaturen aber trotzdem teilweise unter den Gefrierpunkt, was sich eher verlangsamend auf den Verwesungsprozess ausgewirkt haben dürfte. Wenn man also den fortgeschrittenen Verwesungszustand bei den aktuellen Außentemperaturen betrachtet, muss dies

bedeuten, dass Jonas schon seit mindestens sechs Wochen tot ist."
„Na also, wo ist denn dann das Problem?", fragte Kurt.
„Es gibt einige Ungereimtheiten", betonte Simon Brandner
„Und welche, wenn ich fragen darf?"
„Tatort und Fundort sind nicht identisch. Das heißt, Jonas Leiche kann vorher auch schon über einen unbestimmten Zeitraum an einem anderen Ort gelegen haben, an dem völlig andere äußere Bedingungen herrschten, nämlich solche, die den Verwesungsprozess beschleunigten."
„Und was wären das für Bedingungen?"
„In warmer und feuchter Umgebung laufen die Prozesse um ein Vielfaches schneller ab."
„Dann müssen wir ganz klar davon ausgehen, dass Jonas noch nicht lange im Container gelegen hat, oder?"
„Ja und nein. Das Milieu im Container ist nämlich keineswegs mit dem Milieu der äußeren Umgebung gleichzusetzen. Die Aussage des Feuerwehrmannes hat mich dann schließlich darauf gebracht."
„Jetzt verstehe ich gar nichts mehr!", schüttelte Kurt den Kopf. „Worauf hat Dich denn die Aussage des Feuerwehrmanns gebracht?"
„Er beschrieb ein Rauschen aus dem Inneren des Containers, das schon von außen zu hören war. Außerdem entwich schwallartig eine beträchtliche Wärme, als die Kollegen der Feuerwehr die obere Hälfte des Containers abnahmen."
„Ja und?", wollte nun auch Hans-Dieter Scheible ungeduldig wissen.

„Im Container befanden sich Massen von Insektenlarven, die einen sogenannten Madenteppich auf der Leiche bildeten. Die Larven bewegten sich wild durcheinander und rieben dabei aneinander. Durch diese Reibung entstand zum einen Wärme, die zu einem erheblichen Temperaturanstieg führen konnte, vor allem in einem fast geschlossenen System, wie es im Container vorlag. Zum anderen entstand durch die Reibung der Massen ein charakteristisches Geräusch, das man durchaus als Rauschen interpretieren kann. Auch in der Literatur sind derartige Phänomene häufig beschrieben."
„Das ist ja ekelhaft!", rief Tatjana angewidert.
Dr. Brandner war aber noch lange nicht fertig. „Außerdem war es im Container wesentlich feuchter als draußen, wo Wind und Sonne die Umgebung immer wieder abtrockneten. Durch regennasse Kleidersäcke, die in den Container geworfen wurden, nahm die Feuchtigkeit stetig zu. Hinzu kam noch eine nicht unerhebliche Flüssigkeitsmenge, die im Rahmen des Fäulnisprozesses durch die Leiche entstanden ist."
„Dann wäre das also doch die Erklärung für die starke Verwesung?", folgerte Scheible.
„Nicht ganz, denn das nächste Problem ist, dass die vorgefundenen Maden in Farbe, Größe, Gewicht und somit auch dem Alter, nicht dem entsprechen, was man auf einer Leiche in diesem Zustand erwartet hätte. Sie waren wesentlich jünger. Was ich damit zum Ausdruck bringen möchte ist, dass ich momentan nicht beurteilen kann, wie lange Jonas schon tot ist. Es können drei, aber auch sieben Wochen sein."

„Na super!“, schüttelte Kurt den Kopf.
„Um bei den schlechten Nachrichten zu bleiben, muss man festhalten, dass die Fäulnis nicht viele Spuren an Jonas und seiner Kleidung übrig gelassen hat. Der Nachweis einer fremden DNA beispielsweise, wird sicherlich nicht mehr möglich sein. Die Kleidungsstücke entsprechen im Übrigen denen, die er den Beschreibungen zur Folge, auch bei seinem Verschwinden vor elf Wochen getragen hatte.“
„Hast Du auch gute Nachrichten für uns, Simon?“, fragte Dennis.
„Immerhin konnte ich die Todesursache herausfinden, nämlich äußeres Ersticken durch Erdrosseln. Die Strangulation muss mit großer Kraft durchgeführt worden sein, denn Kehlkopf und Zungenbein waren gebrochen. Die inneren Befunde lassen ebenfalls nicht den geringsten Zweifel an der Todesursache zu. Die rechte Herzkammer war erweitert und die Lungen infolge der forcierten Atembewegungen, die er während des Todeskampfes reflektorisch ausgeführt hatte, überbläht.“
„Gibt es wenigstens Hinweise auf die Tatwaffe?“, wollte Kurt wissen.
„Es könnte ein breites, schweres Drosselwerkzeug gewesen sein, beispielsweise eine Eisenkette.“
Hans-Dieter Scheible hob fragend die Hand. „Um für das Verständnis nochmals einen Schritt zurück zu gehen, der Junge war also schon tot, bevor er in den Container gelangte?“
„Ja, Jonas wurde tot in den Container geworfen. Wir haben Versuche mit einer Puppe ähnlicher Statur durchgeführt und diese mehrfach über die Klappe in den Container geworfen. Sie landete genau so, wie Jonas aufgefunden wurde.“

„Wurde der Junge sexuell missbraucht?", fragte Tatjana.
„Ich konnte zumindest keine Anzeichen einer Penetration mehr feststellen. Das schließt einen Missbrauch natürlich nicht aus, macht ihn jedoch unwahrscheinlicher."
Simon Brandner beendete seinen Vortrag und wies darauf hin, dass er noch sehr viel zu tun hatte und jetzt sofort nochmals zum Leichenfundort aufbrechen wollte, da er mit dem vorhandenen Informationsmaterial nicht zufrieden war. Für seinen Geschmack gab es viel zu viele Ungereimtheiten und das wollte er so nicht hinnehmen.
Nachdem Simon Brandner und auch Ralf Mendler die Runde verlassen hatten, planten Kriminalrat Scheible und die drei Kommissare nun das weitere Vorgehen, wobei sie nicht viele Ansatzpunkte hatten. „Da wir von den Kollegen des LKA nicht gerade mit heißem Spurenmaterial verwöhnt wurden, bleibt uns nichts anderes übrig, als nochmals ganz zum Beginn der Geschichte zurückzugehen, nämlich zum Tag des Verschwindens, dem 18. September", bedauerte Scheible und Kurt fügte kämpferisch hinzu: „Und wenn es sein muss, noch weiter zurück!"
Dennis schlug vor: „Wir sollten auch das Umfeld von Jonas nochmals durchpflügen und fangen am besten bei den Eltern an. Auch wenn sie momentan ganz bestimmt Fürchterliches durchmachen, können wir ihnen das nicht ersparen. Schließlich müssen wir auf weitere Erkenntnisse aus der Rechtsmedizin hoffen. Ich bin sicher, dass Simon noch etwas herausfinden wird!"
Abschließend stellte Tatjana ernüchtert fest: „Wenn wir einen Tatort finden könnten, wäre dies sicherlich sehr

hilfreich für unsere weiteren Ermittlungen. Momentan fischen wir völlig im Trüben."

Kurt Schockenried ging in sein Büro, schloss die Türe hinter sich und setzte sich auf seinen Schreibtischstuhl. Er zündete eine Zigarette an und betrachtete die kaukasische Smaragd-Blautanne, um sich schließlich selbst zu bedauern: „Tja, lieber Kurt, jetzt ist es wohl vorbei mit der beschaulichen Adventszeit."

6.
Mega Push-up´s und tonnenweise Haargel

Mittwoch, 4. Dezember 2013

So sehr sich Dennis auch anstrengte, er schaffte es nicht, den eingetrockneten Rahmspinat an den Tellern vollständig zu entfernen. Sonst war Anna nur auf frische Bio-Produkte aus, aber gestern hatten sich sie und Bernd offensichtlich für die Fertigvariante aus dem Discounter entschieden. Das Zeug klebte wie Pech an seinen Tellern aus der Reihe „Jardin de l´ automne" eines französischen Porzellanherstellers, die selbst Holger Grünbaum für seine Küche zu feminin gewesen wären. Hatte er nicht gestern noch mit Kurt Witze über Spülmaschinen gerissen? Was würde er jetzt um einen solch lärmenden Kasten geben! Alternativ käme natürlich auch in Betracht, die Verursacher der Sauerei dieselbige auch beseitigen zu lassen. Da es 7.35 Uhr am Morgen war, Anna und Bernd aber selten vor 13.00 Uhr wach waren, musste Dennis wohl oder übel selbst einen Teil des Chaos beseitigen, um überhaupt einen sauberen Teller für seine gezuckerten Cornflakes zu ergattern. Er setzte sich im Wohnzimmer vor den Fernseher und aktivierte die Videotextfunktion. Er genoss dieses morgendliche Ritual sehr, denn es war die einzige Zeit des

Tages, in der er sicher sein konnte, dass weder Bernd noch Anna die Couch belagerten. Schmatzend verleibte er sich die Cornflakes ein und brachte sich dabei zappend auf den neuesten Stand des Weltgeschehens. Herrlich diese Ruhe, dachte sich Dennis. Diese ruhigen Minuten waren für ihn meistens die schönste Zeit des Tages. Aber nicht heute! Als er gerade den vierten gehäuften Löffel mit Cornflakes zum Mund führte, kam Anna halbnackt ins Wohnzimmer gestürmt.

„Los, Bruder. Erhebe Dich von der Couch. Hier muss irgendwo mein BH liegen!"

„Hallo Anna. Ich wünsche Dir auch einen guten Morgen. Hast Du gut geschlafen?"

„Ich habe jetzt keine Zeit für Deine Förmlichkeiten. Los, steh jetzt endlich auf!"

„Was hast Du denn für einen Ton am Leib, sag mal? Und warum um Himmels Willen bist Du überhaupt schon wach? Wohl aus dem Bett gefallen, was? Um diese Uhrzeit ist von Euch normalerweise nichts zu hören und zu sehen."

„Heute ist doch mein großer Tag!"

„Welcher große Tag? Mir scheint, ich habe da etwas nicht mitbekommen. Hast Du etwa beschlossen, nicht mehr nackt durch die Wohnung zu rennen? Oder möchtest Du ab heute immer fleißig den Abwasch machen und pünktlich Deinen Mietanteil bezahlen? Womöglich ist es noch besser und Du möchtest ausziehen?"

„Das könnte Dir so passen, was?! Nein, mein Lieber. Mich kriegst Du so schnell nicht mehr los."

„Ich habe es befürchtet, aber man wird ja wohl noch hoffnungsvoll nachfragen dürfen, oder?"

„Sicher, fragen darfst Du schon. Es geht aber um etwas ganz anderes. Heute ist doch mein Vorstellungsgespräch bei „Heile die Welt“, sagte Anna mit stolzem Unterton.
„Wer oder was soll denn das sein? Also ich kenne nur Haile Gebrselassie!“, witzelte Dennis und fand sich dabei unwiderstehlich komisch.
„Sehr komisch, Du Ignorant. Das ist eine weltweit tätige und sehr renommierte Umweltorganisation, die seit diesem Sommer auch in Stuttgart eine Zweigstelle hat.“
„Und womit beschäftigen die sich so?“
„Na, Du stellst vielleicht doofe Fragen. Natürlich mit allem, was mit Umweltschutz zu tun hat. Aber der Fokus liegt derzeit vor allem auf dem Schutz bedrohter Meeressäuger, also im Klartext, den Walen.“
„Wusste gar nicht, dass es im Max-Eyth-See Wale gibt?“
„Dennis, Du bist ein unverbesserlicher Ignorant und obendrein ein Idiot. Steh jetzt bitte auf, denn hier muss wie gesagt irgendwo mein BH liegen.“
„Hast Du denn nur diesen einen?“, fragte Dennis und wollte sich gar nicht vorstellen, was Annas BH eigentlich auf der Wohnzimmercouch zu suchen hatte.
Betont langsam erhob er sich und siehe da, tatsächlich war das gute Stück unter ihm in eine Ritze zwischen den Sofakissen gerutscht. Er hielt den BH in die Höhe und musterte ihn anerkennend: „Mega-Push-up, wow! Ich wusste ja gar nicht, dass Du das nötig hast?! Aber es stimmt schon, wenn man genauer hinschaut kommt man zu dem Schluss, dass die Schwerkraft dem Menschen nicht nur Vorteile bringt!“
Anna riss ihm das gute Stück mit dem Ausruf „Gib schon endlich her, Du Depp!“ aus der Hand und stapfte beleidigt davon.

Dennis rief ihr hinterher: „Schöne Farbe übrigens, das Grün passt sicher gut zu Deinen Fingernägeln! Und Anna, ich wünsche Dir natürlich viel Erfolg!"
Dann erhob er kämpferisch die Faust und schmetterte: „Rettet die Wale!"
Das Intermezzo mit Anna hatte Dennis Zeit gekostet und er war mittlerweile viel zu spät dran. Um 8.30 Uhr sollte er eigentlich Tatjana zu Hause in Stuttgart-Sillenbuch abholen. Anschließend wollten sie weiter zum Wohngebiet Rohrer Höhe fahren, um mit den Eltern von Jonas Bergmann zu sprechen. Dennis rannte polternd die Treppen hinunter. Als sich im ersten Stockwerk, wie immer rein zufällig die Wohnungstüre der Familie Stiefel öffnete, musste er mit ansehen, wie sich Herr Stiefel, der trotz der kalten Jahreszeit lediglich mit seiner blauen Feinrippunterwäsche bekleidet war, stöhnend nach der Tageszeitung bückte, die vor ihm auf dem Boden lag. Um keinesfalls in ein lästiges Gespräch verwickelt werden zu können, rief Dennis dem verdutzten Herrn Stiefel im Vorbeirauschen zu: „Nicht jetzt, Herr Stiefel. Ich bin leider sehr in Eile!"
Draußen angekommen, suchte Dennis wieder einmal sein Auto, denn er konnte sich nicht mehr genau erinnern, in welcher Querstrasse er es gestern Abend nach der vierzigminütigen Parkplatzsuche abgestellt hatte. Die Parkplatzsituation im Stuttgarter Westen war nach wie vor eine Katastrophe, daran hatte auch die Einführung der Anwohnerparkausweise nichts geändert. Das Überqueren der Forststrasse hätte er an diesem Morgen beinahe mit seinem Leben bezahlt. Die mittlerweile im gesamten Wohngebiet berüchtigte Fahrerin eines schwarzen Ren-

ault-Twingo hatte ihn noch nicht einmal zur Kenntnis genommen, als sie mit völlig überhöhter Geschwindigkeit um die Ecke gerast kam. Wer würde dieser Gefahr auf vier Rädern endlich ein Sitzkissen schenken, damit sie wenigstens mit beiden Armen gleichzeitig das Lenkrad zu fassen bekam?

Mit fast zwanzigminütiger Verspätung kam Dennis in Sillenbuch an. Als er vor dem Drei-Familien-Wohnhaus anhielt, in dessen mittlerem Stockwerk Tatjana und ihr Freund wohnten, lehnte diese bereits demonstrativ schlecht gelaunt am Gartenzaun. Dennis sah, wie ihr Lebensgefährte unentwegt auf sie einredete, doch sie würdigte den armen Jörg Maurer weder eines Blickes, noch eines Wortes. Der gab schließlich entnervt auf und kam zu Dennis ans Beifahrerfenster. „Morgen, Dennis. Ich weiß nicht, was ich schon wieder verbrochen habe, aber ihre Laune ist jedenfalls mal wieder unerträglich heute. Viel Spaß damit! Ach ja, wir wollten uns doch mal auf ein Bierchen oder einen Glühwein treffen? Du hattest angekündigt, etwas mit mir besprechen zu wollen. Wann passt es Dir denn?“

Bereits jetzt bereute Dennis, dass er Jörg vor einiger Zeit ein Gespräch unter Männern angeboten hatte. Dennis war nämlich der Auffassung, dass Tatjana deutlich entspannter wäre, wenn sie endlich den heiß ersehnten Heiratsantrag von Jörg bekommen würde. Dieser machte jedoch bisher keinerlei Anstalten sie zu fragen, was ehrlicherweise irgendwie nachvollziehbar war. Tatjana hatte zwar ein gutes Herz, aber sie war eine der anstrengendsten Persönlichkeiten, die Dennis je kennengelernt hatte.

Und das wollte etwas heißen, denn da waren immerhin so Kaliber dabei, wie seine Schwester Anna und sein Untermieter Bernd Plums, oder seine Ex-Freundin Sonja. Ganz zu schweigen von Kurt Schockenried, Holger Grünbaum und Konsorten, die auch allesamt nicht gerade das waren, was man als unkompliziert bezeichnen würde. Freundlich antwortete er Jörg und hoffte, sich damit ein wenig Zeit zu verschaffen: „Wie Du sicher weißt, haben wir gerade einen neuen Fall und dadurch nicht viel Zeit. Ich melde mich bei Dir, wenn ich zeitlich wieder flexibler bin, o.k.?"
Jörg verabschiedete sich etwas enttäuscht und trottete davon. Tatjana stieg zu Dennis ins Auto, natürlich nicht ohne ihm einen Rüffel für seine Verspätung zu erteilen. Über den Grund ihrer Auseinandersetzung mit Jörg wollte sie nicht reden.
Aufgrund des hohen Verkehrsaufkommens brauchten die beiden weitere fünfunddreißig Minuten, bis sie endlich beim Haus der Bergmanns ankamen.
Trotzdem gingen die beiden langsamen Schrittes auf das Reihenhaus zu. Es war keine beneidenswerte Aufgabe, Eltern befragen zu müssen, die vor kurzem erfahren hatten, dass ihr Sohn einem Gewaltverbrechen zum Opfer gefallen war. Schon oft hatten sie sich im Kollegenkreis darüber unterhalten, dass im Rahmen der polizeilichen Ausbildung viel zu wenig Wert auf Verhaltensschulung und Gesprächsführung in diesen unangenehmen Situationen gelegt wurde. In dem kleinen Vorgarten lagen ein Skateboard mit abgefahrenen Rollen und ein bunter Fußball, der dringend einmal wieder aufgepumpt werden müsste. Alles wirkte so, als ob hier ein fröhliches Kind

wohnen und spielen würde und nichts deutete von außen auf die bittere Trauer hin, die sich hinter den Türen des Hauses verbarg.

Der Besuch bei den Bergmanns war selbstverständlich angekündigt, dennoch dauerte es etwa eine Minute, nachdem Tatjana und Dennis geläutet hatten, bis Daniela Bergmann die Haustüre öffnete. Frau Bergmann hatte tiefe Ringe unter den vom Weinen geröteten Augen. Die letzten Wochen hatten sie schwer gezeichnet. Ihr Leben war von einem Moment auf den anderen aus den Angeln gehoben worden. Zunächst war ihr Kind spurlos verschwunden und schließlich wurde seine fürchterlich entstellte Leiche gefunden. Obendrein gab es nicht die geringsten Hinweise dafür, wer diese grausame Tat begangen hatte und vor allem warum. Sie war trotzdem bemüht, sich nicht gehen zu lassen. Dabei war sie sehr ordentlich gekleidet und aufwendig geschminkt. Für Tatjanas Geschmack sogar etwas zu aufwendig. Nach kurzen Beileidsbekundungen folgten die Polizisten Frau Bergmann ins Wohnzimmer.

„Ist denn Ihr Mann nicht zu Hause?“, fragte Tatjana.

„Nein. Er hat einen Termin beim Bestattungsunternehmen, um vorab einige Formalitäten zu besprechen, auch wenn noch nicht klar ist, wann ihre Kollegen die Untersuchungen an Jonas Leichnam abgeschlossen haben. Der Bestatter hatte angeboten zu uns zu kommen, ich bat meinen Mann jedoch, sich nicht hier und vor allem ohne mich darum zu kümmern. Ich würde das momentan nicht ertragen, auch wenn ich weiß, dass es nun mal sein muss. Ich bin Ralf sehr dankbar, dass er mir das abnimmt.“

„Falls wir Fragen haben sollten, werden wir uns vorbehalten, Ihren Mann ins Präsidium einzuladen. Eigentlich sind angekündigte Gespräche unsererseits verbindliche Termine. Bei allem Verständnis für Ihre Situation, aber diesen Termin mit uns zu ignorieren ist nicht in Ordnung“, stellte Tatjana klar.
Dennis kam auf den Punkt: „Es ist davon auszugehen, dass Jonas noch einige Tage im Rechtsmedizinischen Institut bleiben muss, bevor sein Leichnam zur Bestattung freigegeben werden kann. Die Obduktion konnte uns bisher nicht den erhofften Umfang an Erkenntnissen liefern.“
„Welche Erkenntnisse hat sie denn geliefert?“, fragte Daniela Bergmann.
„Wir wissen, dass Jonas schon mehrere Wochen tot war, bevor seine Leiche gefunden wurde. Er war also bereits schon lange nicht mehr am Leben, als er in den Container geworfen wurde. Aufgrund der fortgeschrittenen Verwesung ist der genaue Todeszeitpunkt nicht exakt zu bestimmen. Das ist jedoch für unsere Ermittlungen ungemein wichtig und deshalb müssen noch einige Tests erfolgen. Das gilt im Übrigen auch für den Tatort, denn dieser ist sicher nicht identisch mit dem Fundort, auch wenn beide juristisch bei fehlendem Tatort gleichgesetzt werden.“
„Wie ist unser Junge denn gestorben?“
„Er wurde erdrosselt.“
„Meinen Sie, dass er sehr leiden musste?“
„Ich denke nicht, Frau Bergmann. Beim Erdrosseln verliert das Opfer schon sehr früh das Bewusstsein“, rettete sich Dennis in eine Notlüge.

Dann begann er mit der Befragung: „Wie Sie wissen, verliert sich Jonas Spur kurz vor 15.00 Uhr am Nachmittag des 18. September. Außerhalb der Rechtsmedizin besteht unsere einzige Chance nun darin, den Tag von Jonas` Verschwinden nochmals so genau wie möglich zu rekonstruieren, um gegebenenfalls übersehene Auffälligkeiten festzustellen. Es gibt nämlich bereits einige Ungereimtheiten, die uns beschäftigen."
„Und die wären? Wie kann ich Ihnen helfen?" Tatjana übernahm wieder das Wort: „Uns beschäftigt vor allem die Frage, warum sich Jonas umgezogen hat, bevor er das Haus wieder verlassen hat. Tat er das öfter?"
„Ja, wenn seine Kleidung verschmutzt oder verschwitzt war, kam das schon manchmal vor. Allerdings selten freiwillig." Sie schaute Dennis an und sagte: „Sie wissen ja wie das mit den Jungs ist, die muss man schon darauf hinweisen, dass die verschwitzte Sportkleidung besser gewechselt werden sollte."
Dennis hob abwehrend die Hände: „Ich weiß nicht wovon Sie reden. Hatte Jonas denn an diesem Tag Sportunterricht?"
„Nein, hatte er nicht."
„Sehen Sie", sagte Tatjana. „Genau das irritiert uns nämlich. Er hatte keinen Sportunterricht und es war auch kein außergewöhnlich heißer Tag, der ihn zum Schwitzen hätte bringen können. Und wenn er üblicherweise tagsüber die Kleidung nicht unaufgefordert gewechselt hat, wieso hat er es dann an diesem Tag aus freien Stücken getan?"
„Ich weiß es nicht", antwortete Daniela Bergmann. „Vielleicht war er ja mit jemandem verabredet?"

„Darüber denken wir auch nach. Haben Sie eine Idee wer das gewesen sein könnte? Hatte er eine Freundin oder war er verliebt?"
„Nicht dass ich wüsste. Soweit ich weiß, fand er Mädchen noch uninteressant."
„Gab es jemanden, den er vielleicht beeindrucken wollte?"
„Für jeden gibt es Menschen, die man beeindrucken möchte, oder nicht? Worauf wollen Sie hinaus?"
„Jonas entschied sich an diesem Mittag, sein schönstes Hemd und seine Lieblingsschuhe anzuziehen. Außerdem hatte er vorher geduscht, sich die Zähne geputzt und in rauen Mengen Haar-Gel verbraucht. So haben Sie es zumindest zu Protokoll gegeben."
„Ja, das stimmt!"
„Es liegt also auf der Hand, dass er sich für einen bestimmten Anlass schick gemacht hat. Das bedeutet ganz klar, er hatte noch etwas vor an diesem Tag. Wahrscheinlich hatte er sich mit jemandem verabredet. Die Frage ist nur mit wem? Und warum hat er sich dafür so schick gemacht?"
„Ging Jonas oft ins Schwimmbad?"
„Nein, nicht so oft. Er war diesen Sommer höchstens dreimal dort gewesen. Er hat erst verhältnismäßig spät schwimmen gelernt und fühlte sich noch unsicher. Außerdem schämte er sich ein wenig vor den anderen Kindern, die es größtenteils schon wesentlich besser konnten, als er. Und mir war es ehrlich gesagt auch ganz recht, dass er nicht so oft ins Schwimmbad ging, denn ich wusste, dass er kein guter Schwimmer war."

„Was könnte er dann an diesem Mittag dort gewollt haben? Enge Freunde von ihm wohnten doch nicht in der Nähe, oder?“
„Nein, meines Wissens nicht.“
„Diese Frage stellt den zentralen Punkt unserer Nachforschungen dar. Gibt es noch irgendetwas, was Ihnen in diesem Zusammenhang seltsam vorkam? Es könnte auch etwas sein, dem Sie zunächst keine Bedeutung beigemessen haben.“
„Eigentlich nicht, höchstens.....“ Frau Bergmann zögerte.
„Ja? Bitte reden Sie weiter!“, forderte Dennis sie auf.
„In diesen Wochen lief abends eine beliebte Casting-Show im Fernsehen. Der Gewinnerin und dem Gewinner winkte ein Vertrag als Fotomodell. Ich habe zugegebenermaßen eine Schwäche für diese Sendungen und hatte die vom Vorabend aufgezeichnet, da ich sie mir wegen eines Termins nicht anschauen konnte. Jonas muss diese Aufzeichnung am Tag seines Verschwindens angeschaut haben, denn sie war gelöscht worden. Jonas hatte die Angewohnheit immer alles zu löschen was er angesehen hatte, egal ob noch jemand Interesse an der Sendung oder dem Film hatte, oder nicht. Wir hatten deshalb schon einige Auseinandersetzungen mit ihm, die sogar bis zum Fernsehverbot geführt hatten. Warum er aber diese Sendung angeschaut hatte, konnte ich mir überhaupt nicht erklären. Für so etwas interessierte er sich eigentlich überhaupt nicht.“
Nachdem Tatjana und Dennis noch einige Zeit in Jonas Zimmer verbracht und erfolglos in seinen persönlichen Gegenständen nach Hinweisen gesucht hatten, die die

Kollegen des LKA vielleicht übersehen hatten, verabschiedeten sie sich von Frau Bergmann.

Noch bevor sie beim Auto waren, bekam Dennis einen Anruf vom Rechtsmedizinischen Institut und eine Sekretärin ließ ausrichten, sie mögen sich bitte auf dem schnellsten Wege zu Herrn Dr. Brandner begeben, denn der hätte interessante Neuigkeiten zu bieten.

„Dann nichts wie hin!", sagte Dennis hoffnungsvoll!

7.
Umsonst ist nicht der Tod

Sonntag, 21. August 1983

Nikolai war völlig entkräftet. Seit einer gefühlten Ewigkeit hatte er nichts mehr gegessen und getrunken. Er konnte überhaupt nicht einschätzen, wie lange er nun schon in diesem kühlen, steinernen und finsteren Gefängnis eingesperrt war. Vor lauter Erschöpfung war er immer wieder eingeschlafen. Er vermisste seine Eltern und seine Schwester, er vermisste sein Zuhause und seine Freunde. Wie war er nur hierher gekommen und wer hatte ihn hier eingesperrt? War es der Fotograf gewesen? Aber warum? Nikolai hatte ihm doch nichts getan! Er war wie immer höflich und freundlich gewesen, ganz so, wie seine Eltern es ihm beigebracht hatten. „Bringe allen Menschen das gleiche Maß an Höflichkeit und Respekt entgegen, das Du Dir von ihnen wünschst, dann werden sie Dich behandeln wie einen Freund!", klangen die Worte seines Vaters in seinen Ohren. Das hatte er doch auch getan, oder etwa nicht? Nein, der Fotograf hatte ihn bestimmt nicht in dieses Verlies gesperrt, das ergab keinen Sinn. Falls er es doch gewesen war, würde das beweisen, dass die Worte seines Vaters nicht richtig waren. Wahrscheinlich war es jemand ganz anderes. Wenn er sich doch nur erinnern könnte. Vielleicht war ja alles auch nur ein blödes Missverständnis.

Die letzten Bilder in seinem Gedächtnis zeigten ihm, wie er vor dem Auto des Fotografen auf dem Freibadparkplatz stand. Aber dieses Mal war er näher am Fahrzeug und nicht so weit weg wie beim ersten Mal, als er den Mann aus sicherer Entfernung am Kofferraum beobachtet hatte. Ein fürchterlicher Gedanke schoss ihm durch den Kopf: Was wäre, wenn niemand käme, um nach ihm zu suchen? Er würde sicher bald verdursten, denn er wusste, dass ein Mensch zwar einige Zeit ohne Essen auskommen konnte, nicht aber ohne zu trinken. Bei dieser Vorstellung steigerte sich sein Durstgefühl ins Unerträgliche. Sein Mund war staubig und der Rachen fühlte sich vollkommen ausgetrocknet an. Das Schlucken bereitete ihm Schmerzen. Er nahm seine letzten Kräfte zusammen, schrie panisch um Hilfe und flehte um Wasser. Doch nichts geschah. Er schleppte sich in eine Ecke des Verlieses und leckte mit seiner Zunge an der kalten Gesteinswand. Dies verschaffte ihm zumindest in seiner Phantasie das Gefühl, etwas Kühles zu trinken. Dann übermannte ihn die Erschöpfung wieder und er schlief ein.
Einige Zeit später weckte Ihn ein lautes Knarren. Reflexartig hielt er sich die Hand vor Augen, denn diese schmerzten empfindlich, als sie erstmals nach Tagen von Lichtstrahlen getroffen wurden. Er blickte auf eine Türe, die sich inmitten einer Wand etwa zwei Meter über dem Boden befand. In der Türe konnte er die Umrisse eines Mannes erkennen. Der Mann trat näher, stoppte jedoch, bevor er in die Tiefe und damit in den Raum stürzte, in dem sich Nikolai befand. Jetzt konnte er ihn erkennen. Es war der Fotograf. Was sich nun in Nikolais Gehirn abspielte, scho-

ckierte ihn selbst, doch er konnte es nicht beeinflussen. Er empfand weder Angst noch Erleichterung, sondern er war ungeheuer wütend. Bemerkenswerterweise war er aber nicht wütend auf den fremden Mann, sondern auf seinen eigenen Vater. Die Erfahrung, die er in diesem Moment machte, durchlebten die meisten Kinder erst einige Jahre später und vor allem weniger schmerzhaft. Nämlich die Erkenntnis, dass der eigene Vater, den man stets als Maß aller Dinge betrachtet hatte, bei weitem nicht immer uneingeschränkt Recht hatte, mit dem was er sagte oder tat. So empfand er zumindest in diesem Moment. Er war nett und höflich zu dem Fotografen gewesen und trotzdem hatte ihn dieser gefangengenommen und eingesperrt. Was also hatte ihm der Respekt für andere eingebracht? Nichts! Im Gegenteil, denn wahrscheinlich würde er bald verdursten und sterben.

„Hallo Nikolai!", sagte der Fotograf. Seine Stimme hörte sich dabei wesentlich tiefer und kälter an, als Nikolai sie in Erinnerung hatte. Wortlos schaute er den Mann mit halb offenem Mund an. Die Schleimhäute waren so ausgetrocknet, dass die Mundwinkel verklebt waren. Obwohl er sich aufsetzte, musste er seinen Kopf in den Nacken legen, um nach oben zur Türe schauen zu können. Wenige Sekunden hatten bereits genügt, um seine Augen wieder an das Licht zu gewöhnen. Blitzschnell versuchte er die Gelegenheit zu nutzen und schaute sich den Raum an, in dem er gefangen gehalten wurde. Je mehr Informationen er speicherte, desto besser konnte er sich in der Dunkelheit zurecht finden, wenn die Türe wieder geschlossen war. Eigenartigerweise ging er felsenfest davon aus, dass sie wieder geschlossen

werden würde. Er rechnete in keiner Weise damit, dass der Mann ihn jetzt gehen lassen würde. Und so kam es auch.
„Wie geht es Dir, Nikolai? Du siehst müde aus!"
„Ich habe so fürchterlichen Durst. Bitte, ich möchte etwas trinken!"
„Zu gegebener Zeit wirst Du etwas bekommen, versprochen!"
„Ich möchte jetzt etwas, bitte, bitte! Ich verdurste sonst und muss bestimmt sterben."
„Hör auf zu jammern! So schnell verdurstet niemand."
„Wo bin ich? Warum halten Sie mich hier fest? Ich habe Ihnen doch nichts getan."
„Nichts getan? Dass ich nicht lache! Das sagen sie alle. Aber irgendwann wirst Du verstehen, dafür werden wir schon sorgen."
„Ich weiß nicht, was Sie meinen. Bitte lassen Sie mich nach Hause, ich vermisse meine Familie. Ich habe große Angst!"
„Glaub mir, Du kleines Aas, das wird vergehen. Du siehst Deine Familie nie wieder. Gewöhn Dich schon mal an den Gedanken, denn hier bei uns ist jetzt Dein Zuhause. Wir werden Dich ganz langsam und schrittweise daran gewöhnen. Wir haben hier sogar einen Freund für Dich!"
„Einen Freund?"
„Ja, Du hast mich schon richtig verstanden. Einen Freund und Spielgefährten. Er lebt schon einige Tage länger bei uns und kann es kaum erwarten, Dich kennenzulernen. Siehst Du, ist doch alles halb so schlimm, oder?"
„Wann darf ich denn meinen Freund sehen?"
„Jetzt mal nicht so schnell. Du sollst Dich, wie gesagt, erst einmal an uns gewöhnen und Dich von Deinem bisherigen

Leben verabschieden. Dafür bekommst Du zwei weitere Tage Zeit. Wenn Du mir dann beweisen kannst, dass Du es ernst meinst und bei uns bleiben willst, bekommst Du zu essen und zu trinken so viel Du willst."

„Wie soll ich denn das beweisen?", sagte Nikolai vor Verzweiflung weinend.

„Du musst Dir etwas einfallen lassen, um uns zu überzeugen. Du musst lernen, dass es nichts mehr ohne Gegenleistung gibt. Umsonst ist noch nicht einmal der Tod. Also, wie gesagt, zwei Tage."

Er drehte sich um und verschwand. Dabei zog er die Türe knarrend und quietschend hinter sich zu. Nikolai hörte wie sich ein schwerer Schlüssel zweimal im Schloss drehte und anschließend nochmals die Klinke gedrückt wurde, um zu kontrollieren, ob die Türe auch wirklich verschlossen war."

„So ein Scheiß!", schrie Nikolai. „Wieso schließt Ihr die Türe ab? Ich kann sie doch sowieso niemals erreichen!"

Erst im nächsten Moment wurde ihm bewusst, was dies alles für ihn bedeutete. Er war sicher, er würde verdursten, wenn er nicht bald etwas zu trinken bekäme. Aber auch wenn er nicht verdursten sollte, das Leben, das er bis jetzt geführt hatte, endete an diesem schönen Sommertag im August 1983, im Alter von neun Jahren.

8.
Maden und Puppen

Mittwoch, 4. Dezember 2013

Tatjana und Dennis waren auf dem schnellsten Wege zum Rechtsmedizinischen Institut gebraust und waren sehr gespannt auf die Neuigkeiten, die ihnen Dr. Brandner zu bieten hatte. Nachdem der Besuch bei Frau Bergmann einige neue Aspekte geliefert hatte, hofften sie nun, einen weiteren und vielleicht sogar entscheidenden Schritt voranzukommen. Am Empfang des Instituts zeigten sie wie immer, dem freundlichen älteren Herrn ihre Dienstausweise. Daraufhin wurden sie zu einer Sekretärin vorgelassen, die sie sofort in den Sektionssaal Nummer zwei weiterschickte, mit der Bemerkung, sie würden bereits von Dr. Brandner und seinem neuen Assistenzarzt erwartet. Sie betraten den Vorraum zum Sektionssaal und begrüßten den Ärztlichen Leiter des Instituts, der sich gerade genüsslich ein belegtes Schinkenbrötchen mit Ei und rohen Zwiebeln einverleibte. Bei dem Geruch sträubten sich Tatjana die nicht vorhandenen Nackenhaare und sie rümpfte auffällig laut die Nase. Simon Brandner ließ sich dadurch nicht aus der Ruhe bringen und deutete durch die große Glasscheibe in den Sektionssaal. Kauend sagte er: „Mein Kollege beseitigt gerade die letzten Spuren von Untersuchungen, die wir nochmals an den inneren Organen von Jonas Bergmann vorgenommen haben."

„Du hattest ihn doch schon obduziert?", fragte Dennis etwas erstaunt.

„Bei besonders schwierigen Fällen, wie hier ohne jeden Zweifel einer vorliegt, mache ich oft einen zweiten Durchgang, nur um sicher zu gehen, dass ich nichts übersehen habe."

„Und, hattest Du etwas übersehen?"

„Natürlich nicht!"

„Natürlich, was für eine blöde Frage von mir."

Dennis schaute neugierig durch die Scheibe auf Simons neuen Kollegen, konnte aber nicht viel von ihm erkennen, weil er ihnen den Rücken zugewandt hatte und sich gerade über einen Tisch beugte. Man konnte lediglich erahnen, dass er ziemlich groß sein musste.

„Und?", fragte Dennis. „Bist Du immer noch zufrieden mit ihm?"

„Ja!", entgegnete Simon spontan und meinte es offensichtlich auch ernst. „Schade, dass er nicht dauerhaft bei uns bleibt!"

„Warum, hat er schon genug von Deinem patriarchalischen Führungsstil?"

„Nein, das nicht. Aber er hat andere Pläne und ich denke, das sollte man respektieren", sagte Simon und musste dabei so sehr grinsen, dass ihm ein Stück Eigelb aus dem Mundwinkel rutschte, was Tatjana erneut äußerst angewidert zur Kenntnis nahm.

Als sie gemeinsam in den Sektionssaal gingen, begrüßte Dennis den neuen Arzt. Ein wahrer Hüne von annähernd zwei Metern richtete sich auf und drehte sich um, wobei er und Simon Brandner gleichzeitig in schallendes Gelächter ausbrachen. Beim Anblick des Mannes blieb Dennis fast die Spucke weg. „Mark, Mensch Alter, was machst Du denn hier? Bist Du etwa der neue Wasserträger dieses Leichenfledderers?"

„Die Überraschung ist gelungen, was?", freute sich Mark, Dennis bester Freund aus Schulzeiten, der eigentlich Orthopäde war. Im letzten Jahr konnte Mark seinem Freund Dennis und der Mordkommission indirekt sogar bei der Aufklärung eines Falles helfen, indem er engstirnige Psychiater davon überzeugen konnte, das wichtige Verhör eines psychisch kranken Mörders zu genehmigen. Bis heute wusste Dennis nicht, wie Mark das damals angestellt hatte.

„Wie kommst Du denn hier her, Mann?"

„Wie Du weißt, verzögert sich der Start meiner eigenen Praxis am Killesberg auf unbestimmte Zeit, weil der Investor massive Probleme beim Innenausbau der Immobilie hat. Da ich aber für diese Übergangsphase keine adäquate Stellung in einer Klinik finden kann, war ich mehr oder weniger gezwungen, zu Hause zu bleiben. Meine Frau und die Kinder freuen sich zwar darüber, zumindest tun sie so, aber mir fiel echt langsam die Decke auf den Kopf. Stell Dir vor, ich habe sogar schon angefangen, unter einem Pseudonym Krimis zu schreiben."

„Oh je!", sagte Dennis und fügte schmunzelnd hinzu: „Ich hatte ja keine Ahnung, dass es bereits so schlimm um Dich steht!?"

„So bin ich hier bei Simon gelandet, ein Anruf genügte. Wir sind ja alte Kumpels von der Uni!“, erklärte Mark, eher an Tatjana gerichtet, denn Dennis wusste natürlich um die Verbindung der beiden Mediziner. „Die ideale Gelegenheit, noch einmal etwas ganz anderes zu machen. Und außerdem ist die Forensik eine meiner heimlichen Leidenschaften“, sagte Mark weiter.

„Wenn wir den Kaffeeklatsch dann mal beenden könnten?!“, platzte Tatjana dazwischen und tippte dabei mit ihrem rechten Zeigefinger auf das Ziffernblatt der Uhr an ihrem linken Handgelenk. „Was haben Sie denn nun für Neuigkeiten, Dr. Brandner?“

„Ich habe so einiges auf Lager! Leider kann ich aber noch keine exakten Daten vorlegen, bin aber sehr zuversichtlich, in einiger Zeit sehr genau sagen zu können, wie lange Jonas Bergmann schon tot war.“

„Welchen Zeitraum meinst Du denn, wenn Du von „einiger Zeit“ sprichst?“, fragte Dennis enttäuscht, denn er hatte gehofft, gleich hier und jetzt handfeste Ergebnisse präsentiert zu bekommen.

„In zwei bis vier Wochen wissen wir mehr.“

„Wie bitte?“, schluckte Dennis und wiederholte ungläubig Simons Aussage.

„Ja, Du hast mich schon richtig verstanden, in zwei bis vier Wochen werde ich Euch voraussichtlich den genauen Todestag von Jonas sagen können. So lange brauchen meine Tests nun mal eben, da kannst Du Dich aufregen so lange Du willst, mein lieber Dennis.“

„Das gibt's doch gar nicht, vier Wochen? In dieser Zeit kann ich persönlich beim Weihnachtsmann am Nordpol meine Päckchen abholen, und zwar zu Fuß!"
Mark hakte ein: „Geh doch ruhig zum Nordpol, ein bisschen Bewegung könnte Dir nicht schaden. Ich kann mir aber beim besten Willen nicht vorstellen, dass für Dich auch nur ein einziges Päckchen abgegeben wurde. Merk Dir eines, die Natur und den Kreislauf des Lebens kann man nicht überlisten, ebenso wenig wie man die Zeit beschleunigen kann!"
Dennis reagierte verärgert, denn ein arroganter Rechtsmediziner hatte ihm eigentlich genügt. Offensichtlich mutierte jetzt aber auch sein bester Freund schon nach wenigen Tagen in diesem Job zu einem überheblichen Pinsel. Das musste an den Leichengasen und Chemikalien liegen, die hier im Überfluss verströmt wurden. „Was ist denn das schon wieder für eine Weisheit? Und warum gibst Du überhaupt ungefragt Deinen Senf dazu? Bist Du jetzt etwa auch unter die professionellen Klugscheißer gegangen, oder was?"
Simon beruhigte den armen Dennis: „Das ist keine Weisheit, sondern eine unumstößliche Tatsache. Aber lasst uns endlich mal zur Sache kommen, ich habe ja auch gute Nachrichten für Euch."
„Wird auch Zeit!", grummelte nun auch Tatjana, die bisher erstaunlich ruhig geblieben war.
„Ich hatte ja angekündigt, mich mit den bisher vorliegenden Informationen und Befunden nicht zufrieden geben zu wollen. Darum bin ich gleich nach unserer Bespre-

chung gestern Nachmittag mit Mark nochmals zum Altkleider-Container beim Max-Eyth-See gefahren."

„Das ist ja wohl auch das Mindeste, was man erwarten kann!", stichelte Tatjana, die nun auch langsam Fahrt aufzunehmen schien.

„Es gab einige Dinge, die nicht so richtig zusammengepasst haben, doch jetzt ist mir Vieles klarer."

„Und was waren das für Dinge?", fragte Dennis ungeduldig.

„Die Leiche war bedeckt mit vielen tausend Maden. Bei diesen winterlichen Temperaturen legen aber viele Fliegen gar keine Eier mehr ab. Wie sollten also ohne Eier Maden schlüpfen können?"

„Du wirst es uns sicherlich gleich verraten!"

„Im Container herrschte eine erhöhte Feuchtigkeit, unter anderem bedingt durch nasse Kleidersäcke und durch Regenwasser, das beim Öffnen der Klappe eindringen konnte. Aber auch wenn man berücksichtigt, dass die Feuchtigkeit zwischen den nassen Säcken bestens konserviert wurde und dass im Inneren des Containers zu wenig Luftzirkulation möglich war, um einen trocknenden Effekt zu erzielen, reichte das nicht aus, um eine ausreichende Wärme zu generieren, die eine derartig fortgeschrittene Leichenfäulnis erklären würde."

„Aber Du sagtest doch selbst, dass die Fäulnis davon abhängt, wie lange eine Mensch schon tot ist? Dann war Jonas Bergmann eben schon viele Wochen tot, oder?"

„Es kann unter anderem damit zusammen hängen, wie lange ein Mensch tot ist, das ist schon richtig. Aber viel

mehr hängt der Grad der Fäulnis von der Umgebung ab, in der sich die Leiche die meiste Zeit befunden hat."
„Heißt das etwa, dass Jonas Bergmanns Leiche schon woanders vor sich hin gammelte, wo es mollig warm war und dann erst in den Container geworfen wurde?", kombinierte Tatjana.
„Nicht schlecht, Frau von Senden. Um ehrlich zu sein, war das auch mein erster Gedanke, zumal das Entwicklungsstadium der Larven an der Leiche ebenfalls dafür sprach, dass sie noch nicht lange an diesem Ort war. Aber nach meiner nochmaligen und sehr gewissenhaften Tatortinspektion, kann ihre Theorie eindeutig widerlegt werden."
Dr. Brandner legte eine kleine Pause ein, um künstlich die Spannung zu erhöhen. Schließlich tat ihm Dennis den Gefallen und sagte: „Jetzt mach es doch bitte nicht so spannend!"
„Also gut!", sagte Simon und fuhr fort: „Wir haben im wahrsten Sinne des Wortes tiefgründiger geforscht und wurden dafür belohnt. Die Fäulnis als solche, ist chemisch als anaerober, alkalischer Prozess zu bezeichnen. Hierbei werden eine Menge Gase freigesetzt, beispielsweise Kohlenwasserstoffe und verschiedene schwefelhaltige Gase, die den üblen Geruch erklären. Es kommt zu einer Dunsung und Aufblähung des Körpers, außerdem fallen Haare und Nägel aus. Fäulnistranssudation bewirkt die typische Blasenbildung zwischen den einzelnen Hautschichten. Das Fettgewebe verflüssigt sich zunehmend und Eiweißverbindungen lösen sich auf. Im Klartext heißt das, die Leiche produziert selbst eine erhebliche Menge an Flüssigkeit."

Tatjana, die während Dr. Brandners Schilderungen zunehmend grün im Gesicht geworden war, hielt sich plötzlich würgend die Hand vor den Mund und konnte nur noch rufen: „Mir wird übel!“, bevor sie aus dem Raum stürmte.
„Ob sie es noch rechtzeitig nach draußen schafft?“, gab sich Simon Brandner skeptisch.
„Ich setze einen Fünfer, dass sie es nicht schafft!“, preschte Mark nach vorne.
„Und ich halte einen Zehner dagegen!“, stieg Dennis auf die geschmacklose Wette seines Freundes ein. Die beiden klatschten ab und hatten sich offenbar, ohne darüber sprechen zu müssen, nach ihrer kleinen Auseinandersetzung von vorhin, schon wieder vertragen. Dann beruhigte sich die kichernde Männerrunde wieder und Simon ging weiter ins Detail: „Eure Kollegen von der Spurensicherung hatten zwar nach der Leichenbergung zwischen den Kleidersäcken gesucht, aber nicht gründlich genug. Wir haben alle Säcke zur Seite geschafft und fanden am Boden des Containers einen See aus Fäulnisflüssigkeit.“
„Klar, verstehe. Flüssigkeit läuft der Schwerkraft folgend nach unten“, warf Dennis zustimmend ein.
„Richtig. Ich habe mich mit dem Gesicht praktisch genau über den See gelegt und habe darin winzige kleine Kriechspuren entdecken können, die alle davon weg in die Peripherie führten. Diese Kriechspuren stammen von Larven, die sich in der Flüssigkeit voll gefressen und anschließend in Puppen umgewandelt haben. Um keine leichte Beute für Feinde zu werden, kriechen sie fort und verstecken sich.“
„Und diese Puppen hast Du gefunden?“

„Ja, jede Menge davon. Je älter eine Puppe ist, desto dunkler und härter ist ihre Hülle. Und was ich gefunden habe, passt absolut zum fortgeschrittenen Fäulniszustand von Jonas Bergmanns Leiche. Im Klartext heißt das, dass die unzähligen jungen Maden auf seiner Leiche schon mindestens die zweite oder dritte Larvengeneration repräsentierten."

Dennis war schwer beeindruckt. Dass Simon Brandner gut war, wusste er. Aber dass er offenbar ein wahrer Meister seines Fachs zu sein schien, hatte er nicht geahnt. Beeindruckt fragte er: „Und wie willst Du jetzt den genauen Todeszeitpunkt ermitteln?"

Simon schaute zu Mark und sagte: „Erklär es ihm bitte, Kollege!"

Mark konzentrierte sich und begann: „Also, wenn ein Entomologe vom Todeszeitpunkt spricht, solltest Du stutzig werden. Eigentlich ist auch Liegezeit nicht ganz korrekt, denn viel mehr sollte man von der Besiedlungszeit einer Leiche sprechen. Allerdings dürften im Fall von Jonas Bergmann alle Drei annähernd identisch sein."

„Warum?", fragte Dennis

„Es war ja von jeher klar, dass die Leiche nicht länger als fünfundzwanzig Tage im Container gelegen haben konnte!"

Jetzt verstand Dennis wirklich gar nichts mehr. „Wieso denn das, bitteschön?"

„Na ja, Ihr habt doch sicherlich auch recherchiert, dass der Container jeden ersten Freitag im Monat geleert wird. Das war im November allerdings ein Feiertag, so dass die letzte

Leerung erst eine Woche später, also am 8. November erfolgte."

Dennis schlug sich mit der Hand gegen die Stirn und schüttelte den Kopf.

Mark hakte nach: „Wie, soll das etwa heißen, Ihr Flachzangen hattet das gar nicht überprüft?"

Mark und Simon hauten sich gegenseitig johlend auf die Schultern, während Dennis zähneknirschend einräumte: „Ja, verdammt! Das haben wir offenbar verbummelt. Da wir unter uns sind, könntet Ihr das vielleicht für Euch behalten und nicht an die große Glocke hängen? Ich werde meine Kollegen natürlich von diesem Bock unterrichten, den wir da geschossen haben."

„Mein Lieber, das kostet Dich aber ein Abendessen für uns drei beim Vietnamesen am Marienplatz!"

„Geht klar! Aber nochmals zurück zum Todeszeitpunkt. Wie wollt Ihr das denn jetzt herausfinden?"

Mark zeigte auf eine weiß lackierte Metalltüre. „In einem der Labore hinter dieser Türe haben wir die Umgebungsbedingungen nachgestellt, die im Container geherrscht haben. Wir haben frische Schmeißfliegen Eier ausgelegt und müssen jetzt nur noch abwarten und beobachten, bis sie sich im gleichen Stadium befinden, wie die ältesten Puppen bei der Auffinde Situation, dann wissen wir es. Mit etwas Glück dauert es genau fünfundzwanzig Tage, dann haben wir den exakten Todestag."

Dennis wurde unruhig: „Und man könnte eventuell schlussfolgern, dass der Täter wusste, wann der Container geleert wird. Und um Zeit bis zur Leichenfindung zu gewinnen, musste er nur bis zu diesem Tag warten, um

Jonas zu töten und die Leiche hineinzuwerfen. Wenn jemand Kenntnis von den Leerungsterminen eines bestimmten Altkleidercontainers hat, könnte dies bedeuten, dass er entweder in unmittelbarer Nähe wohnt, oder etwas mit der Leerung zu tun hat. Freunde, Ihr habt mir sehr geholfen!"

Als die drei Herren an den Büros und dem Süßigkeiten-Automaten in der Eingangshalle des Rechtsmedizinischen Instituts vorbei in Richtung Ausgang gingen, sahen sie eine fluchende Putzfrau mit einem überdimensionalen Wischmopp und einem großen Putzwagen, die äußerst angewidert Erbrochenes vom Boden wischte.

Ohne Dennis anzuschauen, hielt ihm Mark die geöffnete Handfläche entgegen und forderte mit triumphierendem Unterton: „Dann mal her mit der Kohle! Offenbar hat es Tatjana nicht mehr bis zum Ausgang geschafft."

Ebenfalls ohne ihn eines Blickes zu würdigen, drückte ihm Dennis mit einer demonstrativ abfälligen Geste einen Geldschein in die Hand, wobei ihm ein Lächeln über das Gesicht huschte, das er jedoch gut zu verbergen wusste.

9.
Viele Türen

Dienstag, 23. August 1983

Endlos zogen sich die Stunden hin. Irgendwann in den letzten zwei Tagen hatte ihm jemand eine Plastikflasche mit Wasser und ein trockenes Brötchen ins Verlies geworfen. Noch nie in seinem Leben war er so hungrig und durstig gewesen. Er hätte es nicht für möglich gehalten, sich jemals so über Wasser und Brot zu freuen. Er war nahezu dankbar dafür gewesen. Sein Durst- und Hungergefühl war zwar noch lange nicht befriedigt, aber er spürte deutlich, wie sich sein Befinden seit der Nahrungsaufnahme gebessert hatte. Seine Lebensgeister waren wieder erwacht und momentan war er auch nicht besonders traurig, was ihn irgendwie irritierte. Er war jetzt durchaus in der Lage, klare Gedanken zu fassen und begann, seine Eindrücke zu sortieren. Zunächst zeichnete er vor seinem geistigen Auge die Beschaffenheit seines Gefängnisses nach. Der Raum war annähernd rechteckig und mit schätzungsweise zehn mal vier Metern ziemlich groß und vor allem sehr hoch. Von ihm aus gesehen befand sich die Türe in der rechten Hälfte einer der längeren Wände. Sie war groß, schwer und dunkelgrau, vermutlich aus Metall. Innen hatte sie eine schwarze Türklinke und da er gehört hatte, wie sie von außen betätigt wurde, musste auch dort eine Klinke sein. Die Türe befand sich ungefähr zwei Meter über dem Boden. Über dem aufrecht stehenden Fotografen war noch eine Menge Platz gewesen, so dass die Türe ebenfalls mindestens zwei Meter hoch sein musste. Also dürfte der Raum insgesamt eine Höhe von vier Metern haben. Diese Türe würde er niemals erreichen, und falls doch, dann war sie sowieso verschlossen. Einen Lichtschalter hatte er an keiner der stark gewölbten Wände finden können. In der Mitte der Decke hing eine Vorrichtung mit einer Glühbirne darin, wie er sie noch von der Baustelle ihres Reihenhauses auf der Rohrer Höhe kannte. Es befanden sich keinerlei Gegenstände im Raum, außer einem alten Wäschekorb aus blauem Plastik. Darin waren so etwas ähnliches wie Kieselsteine. Die Konstruktion erinnerte ihn ein bisschen an das Katzenklo auf der Toilette bei seinem Freund Moritz Wagner.

Was ihn aber viel mehr beschäftigte, war, was der Fotograf zu ihm gesagt hatte. Warum tat der Mann so, als hätte ihm Nikolai etwas getan? Es hörte sich so an, als wäre der Fotograf nicht alleine, weil er dauernd etwas von „wir" und „uns" gesagt hatte. Aber wie sollte Nikolai denn bloß beweisen, dass er bleiben wollte? Vor allem stimmte das ja gar nicht, denn er wollte nichts lieber als wieder nach Hause zu seiner Familie und seinen Freunden. Ein wenig gespannt war er allerdings auf den Freund von dem der Fotograf gesprochen hatte. War tatsächlich noch ein anderer Junge hier bei den Männern? Vielleicht konnten sie ja wirklich Freunde werden und miteinander spielen. Mal sehen, sagte er sich und beschloss tapfer zu sein, egal was auf ihn zukommen würde. Die zwei weiteren Tage in

der Finsternis müssten eigentlich bald vorbei sein und dann würde der Fotograf zurückkommen.
Nikolai benutzte den Wäschekorb mit den Kieselsteinen als Toilette. Da der Inhalt des Korbes langsam zu stinken anfing, hielt er sich meistens auf der gegenüberliegenden Seite des Verlieses auf. Es war kühl und wie so häufig saß er zusammengekauert mit dem Rücken an die Wand gelehnt. Sein Blick war die ganze Zeit auf die Metalltüre gerichtet, denn er sehnte den Moment herbei, in dem der Fotograf zurückkam. Dann war es endlich soweit. Der Schlüssel drehte sich im Schloss und unter dem bekannten Knarren und Quietschen öffnete sich die Türe. Das Licht schmerzte dieses Mal sehr in seinen Augen, so dass er sie zunächst mit seinen Händen verdecken musste. Zwischen seinen Fingern hindurch versuchte er vorsichtig die Augen an das Licht zu gewöhnen, indem er sie immer wieder kurz öffnete. Er konnte erkennen, dass ein Mann in der Türe stand, es war aber nicht der Fotograf! „Los, komm mit!", sagte eine Stimme, die er noch nie zuvor gehört hatte. Der Mann warf eine dünne Strickleiter in das Verlies hinunter und befestigte sie auf dem Boden der Türe. Nikolai war verängstigt, trotzdem ging er, getrieben von der Möglichkeit, seinen Kerker verlassen zu können, ganz zielstrebig zur Leiter. Das Klettern bereitete ihm große Probleme, da seine Arme und Beine völlig kraftlos waren. Der Mann hätte ihm helfen können, wenn er ihn an den Armen gefasst und hinaufgezogen hätte. Er tat es aber nicht, sondern stand einfach still da und sah zu, wie Nikolai sich quälte. Endlich oben angekommen, griff Nikolai hastig nach einem der beiden rostigen Haken, die auf dem Boden

vor der Türe angebracht waren und an denen die Strickleiter befestigt war. Er schaffte es sich festzuhalten, doch er riss sich dabei die linke Hand auf und blutete. Nun befand er sich in einem kahlen Raum, der aussah wie eine große Garage. Früher könnte das einmal eine Scheune gewesen sein, dachte er sich. Es gab keine Fenster, aber zwischen den Lücken in den Holzwänden hindurch fiel Tageslicht ein, dessen Helligkeit ausreichte, um den ganzen Raum überblicken zu können. Der Mann packte ihn brutal am rechten Oberarm und zog ihn hinter sich her. Der Kerl war größer und kräftiger als der Fotograf. Er hatte dunkle Haare, die an den Schläfen bereits ergraut waren. Nikolai konnte seinen Körpergeruch wahrnehmen. Es war ein süßlicher und zugleich beißender, ekelhafter Geruch, den er nicht kannte. Sie verließen den großen Raum durch eine schmale, unauffällige Türe in der hintersten Ecke, nachdem sie einige Stufen hinunter gegangen waren. Der Mann beleuchtete einen dunklen Gang mit einer Taschenlampe, die er vom Boden direkt neben der Türe aufgehoben hatte. Über den engen und niedrigen Gang kamen sie an eine verschlossene Türe. An der Wand befand sich ein schmaler Haken, woran ein großer Metallring mit einem Schlüssel baumelte. Nachdem die Türe aufgeschlossen war, gingen sie hindurch und wieder einige Stufen nach unten. Auf der rechten Seite konnte Nikolai im Halbdunkel in einer Nische eine weitere Türe erkennen, an der sie aber vorbei gingen. Schließlich standen sie vor einer Wand. Nikolai verstand überhaupt nichts mehr. Warum hatte ihn der unbekannte Mann zu dieser Stelle geschleppt, wo doch der Weg hier endete und sie sich offensichtlich in einer Sackgasse befanden? Aus der Wand ragte an der Seite ein gebogenes Rohr. „Mach auf, wir sind da!", sprach der Mann laut und deutlich in die Öffnung des Rohres. Ein lautes Geräusch setzte ein und dann sah es so aus, als ob ein Teil der Wand nach vorne gezogen und dann zur Seite geschoben wurde. Nikolai und der Mann standen nun in einem Raum, der aussah wie ein Wohnzimmer. Es war lange nicht so schön, wie das bei ihnen zu Hause, aber es wirkte irgendwie gemütlich. An einem großen rechteckigen Tisch saß der Fotograf. An dem Tisch standen sechs Stühle. Jeweils einer an den Stirnseiten und zwei weitere an jeder Seite. Der Mann ließ jetzt seinen Arm los und schubste ihn so heftig in Richtung des Tisches, dass Nikolai ins Straucheln kam und stürzte. Er knallte mit der Stirn gegen die Kante des Holztisches und spürte sofort, wie ihm Blut über das Gesicht lief. Der Schmerz war sehr heftig, aber glücklicherweise nicht von langer Dauer. „Setz´ Dich hin!", befahl im der Fotograf. Noch bevor er saß, konnte er sehen, wie der andere Mann einen Schalter betätigte, der aussah wie ein Lichtschalter. Daraufhin wurde der offene Teil der Wand wieder zurückgefahren und verschwand wieder in der übrigen Wand, als ob nie etwas gewesen wäre. Nichts ließ mehr erahnen, dass es sich um eine Art Geheimtür handelte. Wahrscheinlich würden die beiden zur Tarnung noch den großen Bauernschrank davor schieben, der unmittelbar daneben stand, dachte er sich. „Kommen wir zur Sache, Nikolai", begann der Fotograf. „Wie Du bereits weißt, wirst Du ab jetzt hier bei uns leben. Du wirst uns dienen. Wir müssen aber sicher sein, dass Du uns treu ergeben bist. Darum müssen

wir Dich und Deine Treue auf die Probe stellen. Das werden wir ab heute in regelmäßigen Abständen immer wieder tun. Wenn Du die Tests bestehst, wir Dir vertrauen können und Du Deine Arbeit gut machst, wird es Dir hier bei uns gut gehen. Und noch etwas: Fliehen ist zwecklos. Du würdest niemals von hier weg kommen. Solltest Du jedoch trotzdem auf die unendlich dumme Idee kommen und einen Fluchtversuch wagen, werden wir Dich töten. Um es Dir leichter zu machen, gar nicht erst daran zu denken, bekommst Du diese hier!"
Er zeigte auf eine Eisenkugel, die an einer etwa einen Meter langen Kette hing. Mit einem lauten Klicken rastete das Schloss der Kette oberhalb Nikolais rechter Fessel ein.
„So, mein Junge. Ich hatte Dir zwei Tage Zeit gegeben, um zu überlegen, wie Du uns Deine Ergebenheit beweisen möchtest. Zu welchem Ergebnis bist Du gekommen?"
Das Blut, das Nikolai bis in den Mund gelaufen war, begann bereits zu trocknen. Mit einem metallischen Geschmack im Mund stotterte er: „Ich weiß nicht. Ich weiß nicht wie ich Ihnen beweisen kann, dass ich hier bleiben möchte. Wie soll ich das denn machen?"
Wütend stand der Fotograf auf. „Du enttäuschst mich, Nikolai! Aber gut, ich werde Dir zugute halten, dass Du neu bei uns und möglicherweise noch etwas verwirrt bist. Ich gebe Dir zwei weitere Tage Zeit um nachzudenken." Dann sagte er zu dem anderen Kerl: „Jetzt schaff ihn mir aus den Augen!"
Dieser schnappte ihn wieder am Arm und das Schauspiel mit der fahrbaren Wand begann von neuem. Sie befanden sich wieder in dem dunklen Gang und die schwere

Kugel polterte bei jedem Schritt hinter Nikolai über den unebenen Boden. Der Mann brachte ihn zu der Türe in der Nische, die Nikolai vorhin schon entdeckt hatte. Er schloss sie auf und stieß den Jungen in einen stockfinsteren Raum. Gleich darauf wurde die Türe wieder geschlossen. In diesem Raum war der gleiche Geruch wahrzunehmen, den Nikolai auch an dem Mann bemerkt hatte. Nur war er hier viel stärker. Es war kühl und der Boden hatte die gleiche Beschaffenheit, wie sein Gefängnis der letzten Tage. Im Dunkeln stieß er mit der Hand gegen etwas, das sich fest, kalt und glitschig anfühlte. Der beißende Geruch wurde immer stärker. Der Gegenstand schien recht groß zu sein und er tastete sich vorsichtig daran entlang. Die Oberflächenstrukturen, die er tasten konnte, schienen ihm irgendwie bekannt und vertraut. Dann kam er mit der Hand an eine Öffnung und steckte den Zeigefinger hinein. Augenblicklich erschrak er fürchterlich und schrie panisch. Es fühlte sich an, als hätte er Zähne berührt. Er glitt mit der Hand weiter nach oben und konnte nun eindeutig eine Nase und Augen ertasten, bevor er schließlich einen Haarschopf in der Hand hatte. Vor ihm lag ein toter Mensch. Nikolai kreischte vor Angst und Ekel. Er zog sich schnell von dem leblosen Körper zurück, kauerte sich auf der Seite liegend ganz fest zusammen und weinte bitterlich. Dann schreckte er auf einmal hoch. Was war das? Da war doch ein Geräusch. Es hörte sich an wie das Schluchzen und Wimmern eines anderen Kindes. Es musste noch jemand außer ihm und dem toten Körper in diesem Raum sein. „Hallo, ist hier jemand?“, sagte er mit zittriger Stimme. Es kam keine Antwort, doch er konnte das Geräusch ganz genau hören. Er rief jetzt nochmals etwas entschlossener: „Hallo, wer bist Du?“ Aus einer Ecke des Raumes hörte er die zaghafte Stimme eines Jungen: „Ich, ich bin Severin!“

10.
Hölle, der Nikolaus und Tannenfotos

Freitag, 6. Dezember 2013, Nikolaustag

Da an diesem Freitag die alljährliche Skiausfahrt der Stuttgarter Kriminalpolizei, genauer gesagt nur der Kriminalinspektionen Eins und Drei, stattfand, war Kurt sehr einsam im zweiten Stock des Präsidiums. Warum sich die Kriminalinspektion Zwei vor einigen Jahren abgekapselt hatte und eine eigene Skiausfahrt veranstaltete, wusste auch Holger Grünbaum nicht, der so ziemlich der einzige war, der Kurt die Treue hielt und auch zur Arbeit erschienen war, anstatt sich morgens um 4.30 Uhr in einen überfüllten Reisebus zu quetschen, um ins Paznauntal zu fahren. Kurt hatte eine Vermutung für die Ursache der Abspaltung von Kriminalinspektion Nummer 2. Er wusste nämlich genau, wie diese Events abliefen, denn schließlich kannte er seine Pappenheimer und war oft genug bei diesem, neben Weihnachtsfeier und Sommergrillfest, dritten innerbetrieblichen Jahreshighlight dabei gewesen. Bereits am Autobahnrasthof Gruibingen würden die Kollegen, allen voran Fred Zimmermann vom Dezernat für Betrug, die erste bierbedingte Pinkelpause einlegen müssen und gleichzeitig die Gelegenheit nutzen, um im Rasthofshop Biernachschub und drittklassige Schmuddelheftchen zu besorgen. Auf der Weiterfahrt würde der Busfahrer genötigt werden, die Gassenhauer von Wolfgang Petri, Jürgen Drews und Manni Mallorca hoch und runter zu spielen. Spätestens auf der Höhe von Illertissen lägen sich Kriminalrat Scheible und Kriminaloberrätin Susanne Pilz-Finkelstein scheinheilig und schunkelnd in den Armen, während sie grölten: „Hölle, Hölle, Hölle! So ein Wahnsinn……!" Ungefähr bei Wangen im Allgäu drohte Fred Zimmermann dann dem armen Busfahrer mit zwei Jahren Haft auf Bewährung, hielte er nicht sofort auf dem Seitenstreifentreifen an, damit Fred ein Geschäft erledigen könne. Beim Grenzübergang Hörbranz verzögerte sich die Weiterfahrt um etwa eine Stunde, weil einige die Order „Wir halten nur kurz an, um eine Vignette zu kaufen" derartig missverstanden, dass sie die Schnitzelbrötchen aus der „Heißen Theke" des Shops plündern und anschließend auf dem Parkplatz hinter den Toiletten Fußball spielten. Die Begegnung lautete „Alt gegen Jung", wobei es sehr merkwürdig anmutete, dass Hans-Dieter Scheible mit seinen vierundfünfzig Lenzen darauf bestünde, Mannschaftskapitän bei den Jungen zu sein. Die Kapitänsbinde würde dabei aus einer Ski-Socke von Pilz-Finkelstein gebastelt worden sein. Aus dem Verliererteam müsste im Anschluss zur Strafe jeder einen doppelten Ouzo kippen. Dabei wäre stets das Phänomen zu beobachten, dass sich merkwürdigerweise auch einige Spieler des Siegerteams dieser Strafe unterzögen. Weil man jetzt eine Menge Zeit verplempert hätte, stünde man vor dem Pfändertunnel erst einmal eine weitere Stunde im Stau. Schließlich käme der gecharterte Bus des Reutlinger Reiseunternehmens

„Alpenglühen" gegen 10.30 Uhr auf dem Dorfplatz des schönen Ortes Galtür in Tirol an.
„Galtür?", sagte Holger fragend.
Er hatte Kurts lauten Gedanken gelauscht und legte die Stirn in Falten. „Ist das nicht der Ort, in dem vor einigen Jahren ein schlimmes Unglück passiert ist? Ich glaube es hatte etwas mit einer Lawine zu tun, oder?"
„Ja, Holger. Das hatte es", knurrte Kurt. „Es war an einem Nachmittag im Februar 1999, als eine Lawine Schaden nicht vorhersehbaren Ausmaßes angerichtet hatte. Mehr möchte ich dazu nicht sagen. Die Medien haben damals genug berichtet und damit einen Katastrophen-Geilheits-Tourismus herauf beschworen. Der Ort und seine Einwohner haben sich aber mittlerweile wieder erholt und schon lange herrscht wieder normaler Fremdenverkehr. Brigitte und ich halten Galtür weiterhin die Treue und sind einmal jährlich zum Skifahren dort."
Dann zeigte Kurt auf sein linkes Bein. „Aber nicht in diesem Jahr, wie Du weißt."
„Ja, ich weiß, Dein Bein!", nickte Holger.
Etwa fünfzehn Monate war es nun her, dass Kurt Schockenried eine schwangere Frau in letzter Sekunde aus einem brennenden Haus retten konnte. Ihm selbst blieb zur Rettung nur noch der Sprung aus der ersten Etage, wobei er sich eine komplizierte Fraktur des linken Unterschenkels zugezogen hatte. Drei Operationen hatte er seither über sich ergehen lassen müssen. In einem ersten Eingriff wurde der Titannagel in sein Schienbein eingesetzt, einige Wochen später dann ein Verriegelungsbolzen entfernt, so dass die Knochenenden am Nagel entlang

gleiten konnten und bei Belastung Kompression auf den Bruchspalt ausgeübt wurde. Dadurch sollte die Knochenheilung angeregt werden. Die Unfallchirurgen sprachen bei diesem Vorgang von „Dynamisierung“. Vor drei Wochen wurde ihm der Titannagel schließlich wieder entfernt, da der Knochen laut Aussage der Ärzte gut verheilt war. Dass er jetzt noch Schmerzen unterhalb der Kniescheibe hatte, wurde ebenfalls als völlig normal bezeichnet, denn an dieser Stelle wurde der Nagel von außen ins Knochenmark eingeführt und schließlich auch später wieder herausgeholt. Ein Oberarzt hatte dies taktloserweise als kollateralen Flurschaden bezeichnet, der unvermeidbar sei. Dafür hätte ihm Kurt am liebsten eine gezimmert, was ihm aber wohl noch weitere kollaterale Probleme eingebracht hätte. In diesem Winter war jedenfalls nicht an Skifahren zu denken, weder mit der Familie, noch mit den Kollegen.

Alle Jahre wieder standen am Morgen des Nikolaustages ein prall gefüllter Teller mit Weihnachtsgebäck und ein großer Schokoladen-Nikolaus auf Kurts Schreibtisch. Holger, der sich die weihnachtliche Dekoration des gesamten Dezernats auf die Fahnen geschrieben hatte, ließ sich diese Aufmerksamkeit gegenüber seinem Ersten Hauptkommissar und langjährigen Weggefährten nicht nehmen. Kurt wusste das sehr zu schätzen und beschloss, um seiner Anerkennung Ausdruck zu verleihen, Holger etwas mehr in den aktuellen Fall einzubinden, zumal die anderen Kollegen sowieso gerade auf der Skipiste weilten: „Wir tappen bei der Suche nach Jonas Bergmanns Mörder völlig im Dunkeln.“

„Wenn man wenigstens einen Hinweis auf das Motiv hätte, dann wüsste man vielleicht in welchen Kreisen der Mörder zu suchen ist“, ergänzte Holger.
„Da hast Du Recht, Holger. So lange wir nicht mehr wissen, müssen wir die üblichen Verdächtigen abklappern, wie man so schön sagt.“
„Und wer sind diese Verdächtigen?“, fragte Holger.
„Da ist an erster Stelle das Umfeld von Jonas zu nennen. Aber Familie, Freunde, Bekannte und Verwandte, Mitschüler, Lehrer und so weiter, alle diese Überprüfungen waren erfolglos. Gegen keinen der Befragten besteht auch nur der leiseste Verdacht, dass er mit dem Verschwinden und dem späteren Tod von Jonas etwas zu tun haben könnte. Kriminaltechnik und Rechtsmedizin tun was sie können, aber die starke Leichenfäulnis gibt einfach nicht mehr viel an Spuren her. Selbst wenn genetische oder nicht genetische Fingerabdrücke und Spuren an Jonas hinterlassen wurden, sind sie jetzt nicht mehr nachweisbar.“
„Was ist mit bekannten Kindermördern?“, schlug Holger vor. „Vielleicht ist einer rückfällig geworden?“
„Es gibt in Baden-Württemberg seit dem Ende des zweiten Weltkrieges kein unaufgeklärtes Tötungsdelikt an Kindern. Die Täter sitzen alle hinter Schloss und Riegel oder befinden sich in Sicherungsverwahrung. Einige Mörder sind mittlerweile auch verstorben.“
„Es könnte aber auch einer gewesen sein, der bisher noch nicht als Mörder in Erscheinung getreten ist, beispielsweise ein Mensch mit krankhaft pädophilen Neigungen. Auf jeden Fall sollten wir die bekannten Personen genauestens unter die Lupe nehmen.“

„Ja, das stimmt“, pflichtete ihm Kurt bei. „Selbstverständlich sind die Überprüfungen bereits in vollem Gange. Bisher leider auch ohne jeden Erfolg. Wenn der Kerl ein Anfänger ist und bisher noch nicht polizeilich registriert wurde, führt dieser Weg allerdings auch in eine Sackgasse.“
„Ich habe übrigens die Ergebnisse der Datenbankauswertungen vorliegen“, sagte Holger und Kurt ahnte anhand Holgers Mimik bereits die Antwort auf seine folgende Frage: „Und?“
„Leider negativ. Sonst hätte ich es Dir doch schon lange gesagt! Ralf Mendler vom LKA hat mir vorhin die Auswertungen zukommen lassen. Das Violent Crime Linkage Analysis System, kurz ViCLAS, konnte keine Parallelen oder Zusammenhänge zu gespeicherten Daten herstellen.“
„Ich kenne das System, Holger. Es ist gut und kann sehr hilfreich sein. Auf jeden Fall hat es einen hohen Stellenwert bei der Erkennung von Tatmustern, Serien oder sonstigen Gemeinsamkeiten zwischen teilweise zeitlich weit auseinander liegenden Verbrechen. Aber genau hier befindet sich auch die Schwäche dieses Systems.“
„Ach ja?“, fragte Holger interessiert.
„Das ViCLAS existiert ja nicht seit dem Anbeginn der Polizeiarbeit. Also wurden Delikte, die vor Einführung des Systems begangen wurden, erst nachträglich anhand der Aktenlage eingespeist. Wenn also eine Akte schlampig geführt wurde, oder Details übersehen wurden, sind diese auch nicht im System hinterlegt und können somit auch nicht der Erkennung von Zusammenhängen dienen. Überhaupt sind die gespeicherten Informationen auch

heute noch Bediener-abhängig, also im Klartext von den Personen, die die Daten einspeisen."

„Ja, das leuchtet mir ein. Jedenfalls gab es keine für uns relevanten Ergebnisse. 1996 wurde eine Frauenleiche in einem Altkleidercontainer in der Nähe von Biberach an der Riß gefunden. Wie sich herausstellte, war es eine klassische Beziehungstat mit vorausgegangenen Eifersuchtsdramen. 2012 wurde bundesweit eine Mutter gesucht, die in Thüringen ihr Neugeborenes in einen Container geworfen hatte. Auch dieser Fall ist mittlerweile aufgeklärt, unter anderem durch die tatkräftige Mithilfe der Medien."

„Dennis´ Spur müssen wir ebenfalls nachgehen, sie könnte tatsächlich vielversprechend sein!", sagte Kurt.

„Du meinst die Suche nach jemandem, der über die Leerung des Containers am 8. November Bescheid wusste?"

„Ja! Peinlich genug, dass keiner von uns das überprüft hat. Aber ich kann ja schließlich nicht an alles denken, nicht wahr? Wozu hat man denn die Nachwuchskommissare? Große Klappe und nichts dahinter, so sieht es doch aus, oder?"

„Ich finde Du übertreibst mal wieder etwas, Kurt! Immerhin hat Dennis Dir die Wahrheit gesagt. Er hätte ja auch so tun können, als sei er selbst auf die Idee gekommen."

„Du weißt, dass er mich im letzten Jahr angelogen hat, als er behauptete bei einer Obduktion die ganze Zeit anwesend gewesen zu sein. Wie sich aber hinterher herausstellte, war er gerade einmal die ersten fünf Minuten dabei und hat so tatrelevante Befunde verpasst. Ich denke aber, er hat seine Lektion gelernt."

„Hattest Du eigentlich während Deiner Polizeilaufbahn schon häufiger mit Kindermorden zu tun, Kurt?"
„Nein, glücklicherweise nicht. Ende der Neunziger Jahre haben wir einen grausamen Fall aufgeklärt, dessen Ausgangspunkt über fünfzehn Jahre zurück in den frühen Achtzigern lag. Seither hatte ich nichts mehr mit Kindermorden zu tun, bis zu unserem jetzigen Fall. Ich kann viel ertragen, aber getötete Kinder kann mein Verstand nicht fassen. Dabei werden Grenzen überschritten, die denjenigen, der es getan hat, auf direktem Weg in die Hölle führen, falls es diese denn gibt. Es ist gut, dass unser Rechtsstaat die Täter ihrer Strafe zuführt, auch wenn diese für meinen Geschmack oft viel zu milde ausfällt."
„Ist lebenslänglich mit anschließender Sicherungsverwahrung denn nicht genug?"
„Dazu habe ich eine ganz bestimmte Meinung, die ich aber niemals laut äußern werde, denn sonst hätte ich selbst Konsequenzen zu fürchten. Hätte aber jemals einer meinen Kindern, beziehungsweise würde jetzt jemand meinen Enkelkindern etwas antun, ich würde vergessen, dass ich Polizist bin und die Angelegenheit nach meinen Vorstellungen von Gerechtigkeit regeln."
Holger und Kurt hatten sich redlich bemüht, den gesamten Plätzchenteller zu aufzuessen, was ihnen bis auf zwei Zimtsterne auch gelungen war.
„Stell Dich doch mal da rüber zu Deinem tollen Weihnachtsbaum!", forderte Holger.
„Das ist nicht nur ein Weihnachtsbaum, sondern eine kaukasische Smaragd-Blautanne, wenn ich bitten darf."

„Na gut, dann stell Dich eben bitte neben Deine Supertanne aus dem Kaukasus, damit ich ein Foto von Euch beiden Hübschen machen kann. Es wäre schön, wenn Du dabei versuchen würdest, ein freundliches Gesicht zu machen, auch wenn ich weiß, dass es wenige Dinge gibt, die Dir schwerer fallen."

„Sehr witzig, Du Hinterlader!"

„Bitte, Kurt. Keine Diskriminierung am Arbeitsplatz aufgrund sexueller Neigungen, sonst wende ich mich mit einer Beschwerde gegen Dich an die Beauftragte für Minderheiten und Du weißt, wer das ist, oder?", konterte Holger scherzhaft.

„Ja, Tatjana! Aber die „Frau von Drüben", gehört ja selbst einer Minderheit an."

„Und welcher?"

„Sie gehört zweifelsfrei der Gattung der seltenen „Ostdeutschen Zwangsneurosen-Schnepfe" an. Charakteristisch für diese Schnepfenart ist, dass sie niemals einen Partner findet, der ihr einen Heiratsantrag macht."

Die beiden mussten so sehr lachen, dass Kurt Tränen in die Augen schossen. Er ging zum Spiegel über dem kleinen Waschbecken an der Wand gegenüber seines Schreibtisches, wischte sich die Tränen und einige Plätzchenkrümel aus dem Gesicht und kämmte sich die lichten Haare. Schließlich wollte er ja auf dem Foto, das Holger von ihm und der Blautanne machen wollte, gut aussehen. In diesem Moment schlugen die Gedanken wie Blitze in seinem Gehirn ein und hinterließen eine Spur der vollkommenen Verwirrung. Er schaffte es nicht, die Gedanken zu sortieren. Er war von einer Sekunde auf die andere maximal angespannt. Da war etwas in seinem Kopf, er hatte etwas gefunden und sah es vor sich, konnte es aber noch nicht genau erkennen. Er warf den armen Holger umgehend aus dem Zimmer. Dass er ihm nicht noch einen Tritt in den Allerwertesten verpasste, war alles. „Raus hier, und zwar sofort. Ich muss nachdenken!"

„Und was ist mit dem Foto?", fragte der verblüffte und völlig überrumpelte Holger.

„Du kannst mir gestohlen bleiben mit Deinem Foto. Fotografier doch wen Du willst, aber nicht mich! Ich will ab jetzt übrigens von nichts und niemandem gestört werden, ist das klar?!"

Die Zimmertüre flog zu und Holger stand wie bestellt und nicht abgeholt in Tatjanas und Dennis` Büro. Fassungslos schüttelte er den Kopf und tippelte davon.

11.
Schlafsack im Schweinestall

Montag, 9. Dezember 2013

„Und wenn ich es Dir doch sage, Dennis. Er ist seit fast drei Tagen ununterbrochen in seinem Büro. Vielleicht war er zwischendurch kurz zu Hause um zu schlafen, aber die restliche Zeit des Wochenendes hat er bei geschlossener Türe in seinem Büro verbracht. Ich mache mir langsam aber sicher Sorgen, denn er hat noch nicht einmal Kaffee bei mir geordert!", berichtete Holger Grünbaum ganz aufgebracht, als Dennis an diesem Morgen kurz vor 8.00 Uhr im Präsidium ankam. „Und Du hast keine Erklärung dafür?", fragte Dennis und war äußerst erstaunt, da Kurt nicht unbedingt berühmt dafür war, sich freiwillig die Wochenenden im Büro um die Ohren zu schlagen.
„Es fing wie gesagt ganz plötzlich an. Ich wollte ein Foto von ihm und seinem Wunderbaum machen und auf einmal hat er durchgedreht."
„Er muss doch etwas gesagt haben?!"
„Er hat mich unsanft hinausbefördert, aber ansonsten hat er nicht viel gesagt. Er hat in den Spiegel geschaut, um sich für das Foto die Haare zu kämmen. Dann sah er von der einen auf die andere Sekunde aus, als wäre er dem Leibhaftigen begegnet."

„Nun gut!“, sagte Dennis amüsiert. „Dass Kurt seinen eigenen Anblick nicht mehr ertragen konnte, musste ja irgendwann einmal so kommen. Sind wir doch mal ehrlich, es war lediglich eine Frage der Zeit, bis das geschehen würde. Dass er aber deshalb gleich so abdreht, finde ich ein wenig übertrieben. Ich werde wohl mit ihm reden müssen.“
„Sei bloß vorsichtig!“, warnte Holger.
Als Dennis in ihr gemeinsames Büro kam, saß Tatjana bereits am Schreibtisch und studierte die Datenbankanalysen des LKA. Die Verbindungstüre zu Kurts Büro war verschlossen. Sie unterhielten sich über einige lustige Begebenheiten auf der Skiausfahrt, als Kurt aus seinem Zimmer gestapft kam. Er schaute nicht rechts und nicht links und ging wortlos an den beiden vorüber. Dabei wirkte er hoch konzentriert und in sich gekehrt. Als er draußen war, nutzten Dennis und Tatjana die Gelegenheit, um in seinem Büro auf Spurensuche zu gehen. Beinahe hätte die beiden Kommissare der Schlag getroffen. Es stank fürchterlich nach Zigarettenqualm, der Aschenbecher quoll über und auf seinem Schreibtisch türmten sich Akten und handbeschriebene Notizzettel. Auf dem Boden neben dem Weihnachtsbaum war ein uralter Schlafsack ausgebreitet.
„Der hat tatsächlich in diesem Schweinestall geschlafen!“, sagte Tatjana entsetzt, um gleich darauf hinterherzuschicken: „Bestimmt hat er dann seit drei Tagen auch nicht mehr geduscht!“
Dieser Gedanke schien sie am meisten zu irritieren. Kurt kam wieder zurück und setzte sich. Er störte sich nicht daran, dass die beiden in seinem Zimmer standen und

suchte in dem Chaos auf dem Schreibtisch nach seinen Zigaretten. Dies alles geschah, ohne dass er ein einziges Wort sagte. „Entschuldigung, wer sind Sie und was haben Sie mit Kurt Schockenried gemacht?", fragte Dennis scherzhaft. Wieder kam keine Antwort. Tatjana schüttelte den Kopf und sagte zu Dennis: „Das hat keinen Sinn, lass uns wieder gehen!"

Auf einmal ließ sich Kurt doch noch zu einigen Worten hinreißen: „Vergesst nicht, die Türe zu schließen, wenn ihr geht und zwar von außen!"

„Jetzt ist er vollkommen durchgeknallt!", spottete Tatjana und ahmte mit ihrer Hand einen Scheibenwischer nach.

„Es sieht ganz danach aus!", musste auch Dennis eingestehen, der fast immer hinter Kurt und seinem teilweise sehr unkonventionellen Verhalten stand.

Tatjana führte an diesem Vormittag das noch ausstehende Gespräch mit Ralf Bergmann, dem Vater von Jonas. Herr Bergmann entschuldigte sich nochmals dafür, den vereinbarten Termin vor einigen Tagen verpasst zu haben und beantwortete so gut er konnte Tatjanas Fragen. Genau wie seine Frau, hatte auch Herr Bergmann in den Tagen und Wochen vor Jonas´ Verschwinden nichts Auffälliges bemerkt. Eine Erklärung dafür, warum sich Jonas schick gemacht hatte, bevor er am Mittag des 18. September wieder das Elternhaus verließ, hatte auch er nicht. Tatjana glaubte den Bergmanns, denn sie wirkten sehr ehrlich und es gab keinen Anlass, an ihren Angaben zu zweifeln. Sie war sich sicher, dass die Eltern nichts mit dem Verschwinden und dem Tod ihres Sohnes zu tun hatten. Ralf Bergmann war sichtlich erleichtert, als Tatjana ihm mitteilte, dass

Jonas´ Leiche mit dem heutigen Tag endgültig freigegeben wurde. Mit leiser und trauriger Stimme sagte er: „Das ist schön. Endlich können wir unseren Jonas bestatten, damit er seinen Frieden finden kann. Es wird ein Urnenbegräbnis geben, wir werden den Leichnam verbrennen lassen. Sein geschundener Körper soll dadurch endlich zur Ruhe kommen. Wissen Sie, was das Schlimmste an allem ist, Frau von Senden?"
„Alles an Jonas´ Geschichte seit seinem Verschwinden ist schlimm. Aber was für Sie das Schlimmste ist, maße ich mir nicht an, beurteilen zu können", antwortete Tatjana mitfühlend.
„Er hat gelitten. Er war mehrere Wochen entführt und hat gelitten. Er hatte Angst, vielleicht auch Schmerzen. Wer weiß, ob er nicht doch missbraucht wurde, unser armer Jonas. Er hatte furchtbare Angst und niemand war da, der ihm geholfen hat. Er hat sich seine Eltern herbei gewünscht. Denn Eltern helfen ihren Kindern immer, egal was passiert. Das haben wir ihm immer wieder gesagt und gehofft, dass er uns vertraut. Aber wir sind nicht gekommen. Als uns Jonas am meisten gebraucht hat, waren wir nicht da. Niemand war da, auch nicht die Polizei. Wie verlassen von Gott und der Welt muss sich unser Junge gefühlt haben? Und am Ende wurde er getötet, feige erdrosselt. Bestimmt hat er dabei um sein Leben gekämpft, weil er immer noch hoffte, dass jemand kommen würde, um ihn zu holen. Aber nichts geschah, außer, dass er wie ein Sack getragener Kleider weggeworfen wurde. Was für eine Bestie hat das getan? Wer ist zu so etwas fähig? Er war doch ein Kind!".

Herr Bergmann brach nach diesen Worten in Tränen aus. Es war sehr schwer für Tatjana, nun die richtigen Worte zu finden. „Ich weiß es leider nicht, Herr Bergmann. Es gibt solche Bestien, auch wenn es außerhalb jeglicher Vorstellungskraft liegt, was einen Menschen dazu bringen kann, einem achtjährigen Jungen so etwas anzutun."

Als Ralf Bergmann sich verabschiedet hatte, atmete Tatjana tief durch. Aus ihrem rechten Augenwinkel wischte sie eine Träne. Auf jeden Fall mussten sie bei der Bestattung von Jonas anwesend sein, einerseits aus gebührendem Anstand und Respekt, andererseits um nach Auffälligkeiten Ausschau zu halten. Nicht nur in Kinofilmen kam es vor, dass Täter den Begräbnissen ihrer Opfer beiwohnten. Dennis recherchierte im Internet Täterprofile von Kindermördern. Er fand dabei wenig Aufschlussreiches. Die meisten Morde wurden engen Verwandten und Bekannten zugeschrieben, oder Tätern, die zwar keinen engen Kontakt zu ihren Opfern hatten, aber auf das Kind aufmerksam wurden, weil sie es oft sahen. In Illinois war beispielsweise ein Fall beschrieben, in dem ein Bauarbeiter ein kleines Mädchen entführt und vergewaltigt hatte, weil er auf einer Baustelle arbeitete, die auf dem Schulweg des Mädchens lag und er sie jeden Tag vorbeigehen sah. Die meisten Kindsmorde wurden Eltern zugeordnet, die ihre Kinder durch Gewalt misshandelten oder sie verwahrlosen ließen. Danach erst kamen Täter mit abartigen und krankhaften sexuellen Vorlieben.

All diese Informationen halfen ihm nicht wesentlich weiter und er hatte sich ohnehin schon gewundert, weshalb bisher kein Profiler zum Fall Jonas Bergmann hinzugezogen worden war. Das brachte Dennis auf eine Idee. Seit über einem Jahr hatte er vergeblich nach einem Vorwand gesucht, sie anrufen zu können. Es war zwar ein fürchterlicher Anlass, dennoch war es die Gelegenheit, sie endlich zu kontaktieren. Er zückte die vorderste Visitenkarte aus seinem Geldbeutel und wählte eine Handynummer. Eine, wie er fand, entzückende Mailbox-Stimme nahm seinen Anruf entgegen und sagte zu ihm: „Sie sprechen mit der Mailbox von Jessica Dornfeld. Hinterlassen Sie eine Nachricht, oder lassen Sie es bleiben."

Dennis überlegte, ob er auflegen sollte, doch als der Ruftton ertönte, war es zu spät. Es würde wenig souverän wirken, wenn er jetzt nichts sagte. Also fasste er sich ein Herz und sprach auf die Mailbox: „Äh, hallo! Hallo Jessica, hier spricht Dennis, Dennis Rathvan von der Kripo Stuttgart. Wir haben lange nichts voneinander gehört. Ich hoffe es geht Ihnen gut?! Ich bräuchte Ihren Rat in einem aktuellen Fall. Es wäre nett, wenn Sie mich zurückrufen könnten. Vielen Dank!"

Abgesehen von der Stotterei am Anfang, war Dennis zufrieden mit der Nachricht, die er hinterlassen hatte. Er war freundlich und hatte keinen Zweifel daran aufkommen lassen, dass sein Anruf rein dienstlich motiviert war. So dachte er zumindest. Als zwanzig Sekunden später sein Handy klingelte und er den schnellen Rückruf von Jessica Dornfeld entgegennahm, wurde seine Annahme jedoch gründlich widerlegt. „Hallo Jessica, was für eine Überraschung von Ihnen zu hören", säuselte er.

„Hallo Dennis. Überraschung? Sie haben mich doch vor einer Minute angerufen, auf meine Mailbox gestottert und um einen Rückruf gebeten!"
„Äh, ja. Da haben Sie natürlich Recht. Ich meinte ja auch nur, dass ich nicht so schnell mit Ihrem Rückruf gerechnet hätte."
Da hatte er noch mal Schwein gehabt, dachte sich Dennis. Mit dieser Begründung würde sie sich bestimmt zufrieden geben.
„Jetzt mal ganz ehrlich. Sie brauchen doch gar keinen Rat, oder? Sie haben nur einen Vorwand gesucht, um mich anzurufen, nicht wahr?"
Das war es, was Dennis so an dieser Frau faszinierte und was, abgesehen von ihrer körperlichen Attraktivität, so anziehend auf ihn wirkte. Sie traf fast immer ins Schwarze und kam ohne Umschweife auf den Punkt. So hatte er sie im vergangenen Jahr kennengelernt, als sie die Kripo Stuttgart bei den Ermittlungen in zwei grausamen Mordserien unterstützte. Als Profilerin und Psychologin wurde sie vom LKA Baden-Württemberg als Koryphäe für die Jagd nach Serienmördern angepriesen und hatte nicht enttäuscht. Ganz im Gegenteil, allen widrigen Umständen zum Trotz, hatte sie durch verhörtaktische Meisterleistungen maßgeblich zur Auflösung des spektakulären Falles beigetragen. Ihre Popularität stieg dadurch in schwindelerregende Höhen und mittlerweile war sie eine hochrangige Beamtin in Diensten des Bundeskriminalamtes. Man munkelte, dass sich sogar das FBI ihre Dienste sichern wollte. Dennis war damals von ihrer gesamten Persönlichkeit angetan gewesen und hatte die Zusammenarbeit sehr

genossen. Und irgendwie hatte er das Gefühl gehabt, dass das zumindest ein bisschen auf Gegenseitigkeit beruht hatte. Demzufolge war er doch sehr enttäuscht gewesen, dass Jessica Dornfeld nichts mehr von sich hatte hören lassen, nachdem der Fall „Bachmann“ abgeschlossen war.
„Na ja“, antwortete er. „Beides ist richtig. Ich habe in der Tat einen Vorwand gesucht, Sie anrufen zu können, aber Ihren Rat brauche ich auch.“
„Schön, Ihre Ehrlichkeit ehrt Sie! Was halten Sie davon, wenn wir das Ganze persönlich besprechen? Wie der Zufall so spielt, bin ich nämlich am nächsten Wochenende in Stuttgart und am Sonntagabend habe ich noch nichts vor. Wie wäre es, wenn Sie einen Tisch für uns bei „Da Carmine“ in der Calwer Strasse reservieren würden? Sagen wir gegen 19.30 Uhr?“
„Sonntag um halb acht sagten Sie? Ich habe zwar momentan sehr viel zu tun, aber ich denke, das ließe sich einrichten“, versuchte Dennis seine Freude zu verbergen, während er unter dem Schreibtisch vor Freude die Faust ballte.
„Wie schön, dass Sie es einrichten können! Bis dann!“, entgegnete Jessica bevor sie auflegte. Offensichtlich hatte sie ihn schon wieder durchschaut.
Dennis war bereits jetzt ganz aufgeregt und bestellte von einer Welle der Euphorie getragen, umgehend einen Tisch für zwei in der Trattoria „Da Carmine“.
Es war kurz nach 15 Uhr, als Kurt Schockenried aus seinem Büro kam. Er wirkte zwar etwas abgeschlagen, doch er schien wieder ansprechbar zu sein. Jedenfalls hatte er nicht mehr diesen seltsamen Gesichtsausdruck, wie noch vor einigen Stunden.

„Leute, setzt Euch mal. Ich habe Euch einiges zu erzählen. Dennis, würdest Du bitte Holger Grünbaum und Hans-Dieter Scheible dazu rufen?"
„Alles, was Du willst, Kurt. Die Hauptsache ist, Du bist wieder der Alte und verhältst Dich nicht mehr wie ein Zombie!"
„Wieso? Was war denn?", fragte Kurt völlig überrascht und ohne jegliches Bewusstsein bezüglich seines merkwürdigen Verhaltens während der letzten drei Tage.
Dennis und Tatjana schauten sich ungläubig an und schüttelten den Kopf. „Ach gar nichts. Alles vollkommen normal, wie immer", schwindelte Dennis, um keine unnötigen Diskussionen vom Zaun zu brechen.
Als alle versammelt waren, begann Kurt mit seinen Ausführungen: „Also, Freunde, ich habe ganz tief in der Mottenkiste gegraben und bin tatsächlich fündig geworden. Aber der Reihe nach: Es gibt bei dem Verschwinden und dem gewaltsamen Tod von Jonas Bergmann so manche Ungereimtheit, aber eine Sache ließ mir keine Ruhe. Warum macht sich ein Achtjähriger schick, bevor er mittags alleine aus dem Haus geht? Und nicht nur das, er hat dabei einen relativ großen Aufwand betrieben. Er zog sich seine vermeintlich besten Klamotten an, duschte und putzte sich die Zähne, er schmierte sich sogar noch Gel in die Haare!"
„Das mag Dir ja vielleicht komisch vorkommen, Kurt. Aber für die meisten Menschen in unseren Breitengraden ist das normal. Das sind die Basics der Körperhygiene. Einmal in der Woche zu duschen, entspricht nicht dem mitteleuropäischen Standard des 21. Jahrhunderts!", warf

Holger zynisch ein, da er noch etwas angesäuert war, weil ihn Kurt so schroff behandelt hatte.
„Ich lache später, Holger! Aber mal ehrlich, das ist doch nicht normal. Auch Frau Bergmann bestätigte, dass man Jonas sonst eher dazu animieren musste, auf sein Äußeres zu achten. Und jetzt kommt die Modell-Castingshow ins Spiel. Auch Sendungen dieser Art hatten ihn laut Aussage seiner Eltern und seiner Freunde sonst nicht die Bohne interessiert. Wenn man eins und eins zusammen zählt, ergibt das, dass Jonas Bergmann sich so aufgebrezelt hat, weil er mit jemandem verabredet war, für den er schön sein wollte, wie ein Modell eben."
„Und weiter? Worauf wollen Sie hinaus?", fragte Kriminalrat Scheible dazwischen.
„Holger hat mich drauf gebracht!"
„Was soll ich getan haben?", fragte der Sachbearbeiter verblüfft.
„Als ich vor dem Spiegel stand, um für das Foto, das Du von mir und meiner schönen Blautanne machen wolltest, die Haare zu kämmen, schossen mir unendlich viele Gedanken durch den Kopf, die ich aber zunächst nicht einordnen konnte. Einige Minuten zuvor hatte ich noch von alten Fällen aus den Neunziger Jahren gesprochen, die schon viele Jahre zuvor ihren Ausgangspunkt hatten."
„Ja und?", schaute Holger verständnislos drein. „Du sagtest doch, der Fall sei aufgeklärt worden, oder etwa nicht?"
„Doch, das wurde er auch. Anhand meiner vagen Erinnerungen an damals, verknüpft mit den aktuellen Begebenheiten im Fall Jonas Bergmann, hatte ich plötzlich eine Idee, oder nennen wir es besser eine Eingebung. Ich

möchte damit nicht sagen, dass die Fälle etwas miteinander zu tun haben müssen, aber weiterhelfen könnten uns die damaligen Ereignisse durchaus. Ich bin also in die Archive gestiegen und habe mich drei Tage lang durch Aktenberge gekämpft. Dabei habe ich Erstaunliches festgestellt."

„Da sind wir sehr gespannt, Herr Schockenried. Dann erzählen Sie doch mal alles schön der Reihe nach!", forderte ihn Scheible auf.

Kurt nahm einen großen Schluck aus der vor ihm stehenden Sprudelflasche, was Tatjana ob seiner mangelhaften Manieren, mit einer abfälligen Kopfbewegung quittierte. Nachdem er nicht besonders diskret aufgestoßen hatte, begann er mit der Erläuterung seiner neuen Erkenntnisse: „Der entscheidende Impuls für meine Gedanken kam durch die immer wiederkehrende Frage, warum sich Jonas so herausgeputzt hatte. Im Sommer 1983 nahm eine Reihe merkwürdiger Vermisstenfälle ihren Ausgangspunkt. Zunächst verschwanden innerhalb weniger Wochen fünf Kinder unter ähnlichen Umständen, wobei der Täter einem klaren Muster folgte. Im Höhenfreibad Killesberg und im Vaihinger Rosental-Freibad, wurden Kinder von einem angeblichen Fotografen angesprochen, der vorgab, Modelle für Kindermodekataloge zu suchen. Dabei stellte er ihnen Probeaufnahmen gegen Bezahlung in Aussicht. Der Mann ging gewissenhaft vor, indem er immer nur Kinder ansprach, die alleine und schon gar nicht in Begleitung Erwachsener waren. Kinder, die sich nicht auf ihn eingelassen hatten und Freunde, die gemeinsam mit den Opfern im Freibad gewesen waren, beschrieben den Mann alle ähnlich, so dass man sehr sicher vom gleichen Täter ausgehen konnte. Die Ermittlungen gingen in zwei Richtungen. Zunächst vermutete man einen pädophil motivierten Hintergrund der Entführungen, da nur Kinder ausgesucht wurden, die bei allen als hübsch und gut aussehend galten. Auch die Option professionellen Menschenhandels wurde später nicht mehr ausgeschlossen, denn alle fünf Kinder waren spurlos verschwunden. Es gab keine Lösegeldforderungen, keine Leichen, nichts. Nirgendwo in Deutschland, Europa oder sonst wo auf der Welt sind Spuren der Vermissten aufgetaucht, oder ergaben sich Hinweise auf ihren Verbleib. Auch der Fotograf ist nach dem Verschwinden des fünften Kindes nie wieder in Erscheinung getreten. Die Ermittlungen wurden aufgrund mangelnder Erfolgsaussichten mit immer weniger Aufwand betrieben, bis sie schließlich 1987 eingestellt wurden. Da das LKA Baden-Württemberg, gemeinsam mit dem BKA und dem LKA Berlin, seit 1986 die DNA-Analytik für forensische Zwecke hätte nutzen können, war man immerhin so weitsichtig gewesen und hatte vor Beendigung der Ermittlungen noch Material von allen fünf Vermissten gesammelt, welches ihre Erbinformationen enthielt. Das gestaltete sich zwar schwierig, weil es erst Jahre nach dem Verschwinden der Kinder passierte, doch es gelang. Der Fall ruhte bis zum Jahre 1999. Ein Angestellter eines Inkasso-Unternehmens kam am 23. Februar auf den abgelegenen Bauernhof zweier Schuldner. Diese hatten über Wochen nicht auf schriftliche Zahlungsaufforderungen und Mahnbescheide reagiert. Auf dem Hof gab es weder Telefon noch Internet und schon gar keine Mobiltelefone. Die beiden männlichen Besitzer lebten sehr zurückgezogen und hatten sich fast ausschließlich aus eigenem Anbau ernährt. Das Inkasso-Unternehmen wurde eingeschaltet, weil die Männer im neuen Jahr weder Stromrechnungen, noch Grundbesitzabgaben oder sonstige laufenden Kosten bezahlt hatten. Der Mann stand an diesem Nachmittag vor verschlossenen Türen. Der Hof machte auf ihn einen verlassenen Eindruck. Und weil er nicht widerrechtlich in das Haus der Männer eindringen wollte, informierte er die Polizei, die dann grauenvolle Entdeckungen machte. Sie fand die Leichen der beiden Hofbesitzer, sowie die zweier junger Männer und eine Kinderleiche, die vollständig mumifiziert war. Die beiden älteren Männer hatten die drei getötet und sich anschließend selbst das Leben genommen. Die Ermittlungen ergaben, dass einer der beiden Hofbesitzer der angebliche Fotograf war, der 1983 die fünf Kinder aus den Stuttgarter Freibädern entführt hatte. Er und sein Partner hielten die Entführten über Jahre als Gefangene auf dem Hof und behandelten sie wie Sklaven. Die Leichen wiesen Spuren massiver körperlicher Misshandlung auf. Hinweise auf einen etwaigen sexuellen Missbrauch fanden sich aber nicht. Die Obduktionen ergaben hingegen, dass die beiden Peiniger zumindest gelegentlich untereinander sexuellen Verkehr hatten, außerdem fanden sich an ihnen Spuren von Sodomie. Merkwürdigerweise schienen auch der Fotograf und sein Partner nicht zimperlich miteinander umgegangen zu sein, denn beide hatten multiple Narben und Hämatome unterschiedlichsten Alters. Man hat das größtenteils auf die schwere Arbeit und das einsame Landleben geschoben, das die Männer seit Jahren geführt hatten. Die

drei Opfer konnten identifiziert werden. Der Abgleich mit der asservierten DNA der verschwundenen Kinder von 1983 ergab eindeutige Übereinstimmungen. Der mumifizierte Kinderkörper war die Leiche von Thorsten Siebert. Er muss relativ kurz nach seinem Verschwinden in den Achtziger Jahren von den Entführern getötet worden sein. Die beiden toten jungen Männer waren Miroslav Zendic´ und Dietmar Breuer. Sie wurden offensichtlich über Jahre wie Sklaven auf dem Hof gehalten und waren körperlicher Gewalt ausgesetzt. Schließlich wurden sie bestattet und der Fall war damit nach fast sechzehn Jahren praktisch gelöst."
Nach Kurts Vortrag herrschte betretenes Schweigen in der Runde. Dennis ergriff als erster wieder das Wort: „Was für eine widerwärtige Geschichte, das ist ja vollkommen krank!"
„Ja, das kann man wohl sagen", stimmte Kurt zu.
„Sie sagten, der Fall war damit „praktisch" gelöst, was soviel bedeutet, dass Unklarheiten blieben, oder?! Sie redeten am Anfang von fünf verschwundenen Kindern, aber nur drei Leichen wurden gefunden. Was war mit den beiden anderen?", fragte Tatjana scharfsinnig.
„Da ich 1999 an den Ermittlungen, beziehungsweise an der Auswertung der Ergebnisse beteiligt war, weiß ich, dass die Erklärungen und die damit verbundene Lösung nur auf Indizien beruhten, aber keinesfalls hieb- und stichfest waren. Die Leichen der beiden anderen Kinder, Severin Treuhertz und Nikolai Schiller, wurden nie gefunden. Ihre DNA konnte überall auf dem Hof nachgewiesen werden, was bedeutete, dass sie ebenfalls einige Zeit dort gelebt haben mussten. Ihre Spuren fanden sich

zwar häufiger als die von Thorsten Siebert, allerdings nicht in der gleichen Häufigkeit, wie die von Zendic´ und Breuer und auch nicht wie die der Entführer. Daraus leiteten wir ab, dass die beiden schon einige Zeit nicht mehr auf dem Hof waren. Es deutete alles darauf hin, dass sie bereits vor Jahren getötet und ihre Leichen irgendwo auf den riesigen Feldern oder in den endlosen Wäldern dieser Gegend verscharrt wurden."

„Das überzeugt mich nicht!", sagte Tatjana. „Was wäre denn, wenn sie es geschafft hätten, den Entführern zu entkommen?"

„Dann wären sie mit Sicherheit wieder aufgetaucht. Es muss so oder so ähnlich gewesen sein, alles andere würde keinen Sinn ergeben", rechtfertigte Kriminalrat Scheible die Ermittlungen der damaligen Kollegen. Er selbst war 1999 noch bei der Kriminalpolizei in Braunschweig tätig gewesen. Dann fuhr er fort und fragte Kurt: „Schön und gut, was bedeuten Ihre Schilderungen nun für unsere Ermittlungen im Fall von Jonas Bergmann?"

„Wahrscheinlich bedeuten sie nicht viel, aber zumindest gab es einige interessante Überschneidungen."

„Und welche, wenn ich fragen darf? Die Datenauswertung anhand „ViCLAS", die uns das LKA zur Verfügung gestellt hat, ergab keinerlei Übereinstimmungen zu früheren Fällen!"

„Das ist richtig, Tatjana. Ich gebe aber zu bedenken, dass die Kollegen des LKA auch nicht genau wussten, womit sie das System füttern mussten", versuchte Kurt zu erklären. „Die Sachlage ist doch die, dass ein achtjähriger Junge verschwand, nachdem er sich für einen Fototermin, Filmaufnahmen oder Ähnliches, die vermutlich ein Fremder von ihm anfertigen wollte, hübsch gemacht hatte."

„Ich erhebe entschieden Einspruch, Herr Schockenried. Das ist doch vollkommen an den Haaren herbeigezogen. Das sind nichts weiter als Vermutungen von Ihnen."

„Aber ich finde es plausibel. Das merkwürdige Verhalten von Jonas am 18. September könnte damit erklärt werden. Zufälligerweise verliert sich seine Spur in der Nähe des Parkplatzes am Freibad Rosental in Stuttgart-Vaihingen. Genau der Ort, an dem 1983 drei der fünf Kinder verschwunden waren."

12.
Weihnachtsmarkt und Frauenversteher

Dienstag, 10. Dezember 2013

Dennis und Kurt drängten sich vorbei an vielen schwer bepackten Menschen, die ihre großen Einkaufstüten und Taschen leicht gestresst über den Stuttgarter Weihnachtsmarkt schleppten. Es duftete nach Mandeln, Zimt, Glühwein und Bratfett. Aus allen Richtungen ertönten Weihnachtsklassiker wie Bing Crosby´s „White Christmas" aus den Musikanlagen. Natürlich durften auch die vielen Straßenmusikanten nicht fehlen, die sich strategisch günstig so positioniert hatten, dass man unweigerlich nahe an ihrem Klingelbeutel vorbeigehen musste. Leider wies das gesangliche Niveau der Musikanten eine erhebliche Streubreite auf. Die dürftigste Darbietung kam dabei von einer vierköpfigen Truppe, deren Protagonisten mit großen Hüten und mexikanischen Ponchos ausgestattet waren und deren Brüste das Konterfei hornloser Angus-Rinder zierte. Sie nannten sich „Gauchos di Maria" und trällerten immer wieder „Vällies Nawidadd, Vällis Nawidadd!". Dabei wurde auch dem dümmsten Weihnachtsmann klar, dass die Jungs genauso südamerikanisch waren wie „Häberle und Pfleiderer".
Es war einer der trüben Winternachmittage, an denen sich die Sonne nie zeigte und der Schneeregen nicht aufhören

wollte. „Wo ist denn nun der Glühweinstand von Harald?“, fragte Dennis den armen Kurt, der etwas genervt zu sein schien.
„Wir müssen vorbei an der Eisbahn auf dem Schlossplatz und den Kinderkarussellen beim Königsbau. Der Stand befindet sich dann an der Ecke Königstrasse / Bolzstrasse.“
„Seit wann betreibt eigentlich Dein Sohn diesen Glühweinstand? Ich dachte immer, er hätte einen Gebrauchtwarenladen an der Gablenberger Hauptstrasse?“
Kurt winkte ab: „Den hatte er ja auch bis vor Kurzem noch. Leider ist Harald etwas sprunghaft, was seine ständig wechselnden Geschäftsideen betrifft. Mit voller Überzeugung, endlich genau das Richtige gefunden zu haben, fährt er einen Karren nach dem anderen an die Wand, wenn Du verstehst, was ich meine?!“
„Verstehe!“, nickte Dennis.
„Das Problem dabei ist, dass er eine Frau und drei Kinder zu ernähren hat, aber leider ist er chronisch pleite. Muss wohl irgendwie in der Familie liegen. Meine Tochter Martina ist mit einem australischen Schafzüchter griechischer Abstammung verheiratet und deren Sparkonten sind so trocken gelegt, wie die Wüste Gobi. Brigitte und ich haben uns schon oft gefragt, was wir eigentlich falsch gemacht haben!“
„Und?“
„Wir sind zu der Erkenntnis gekommen, dass es eine Menge sein muss, da uns beide erwachsenen Kinder immer noch gewaltig auf der Tasche liegen. Was meinst Du wohl, wer Harald den Vorschuss für die Standmiete auf dem Weihnachtsmarkt finanziert hat?“

„Ich hätte da schon einen Verdacht", schmunzelte Dennis. Sie gingen von der Stiftsstrasse über den Schillerplatz und vorbei an der alten Kanzlei hinüber zum Schlossplatz, wo sie sich an die Eisbahn stellten und den Kindern beim Schlittschuhlaufen zusahen. „Warst Du schon einmal bei der Eisbahn vor dem Rockefeller Center in New York City?", fragte Dennis.

„Ich war noch niemals in New York!", stimmte Kurt in Anlehnung an ein Musical an, das bis vor einiger Zeit in der Stuttgarter Musical Hall zu sehen war.

Mit glänzenden Augen schwärmte Dennis: „Es ist gigantisch dort. Diese Eisbahn hier ist ein absoluter Witz dagegen. Und der riesige Weihnachtsbaum vor dem Rockefeller Plaza! Wusstest Du, dass er weit über zwanzig Meter hoch ist und mit über dreißigtausend LED-Lampen beleuchtet wird? Einfach faszinierend!"

„Mag ja sein, Du Träumer. Wir sind aber jetzt nicht im vorweihnachtlichen New York, sondern in Stuttgart. Der Stadt der Tüftler und Denker, der Stolpersteine und Stäffele, von Kickers und VfB, von Kessel-und Halbhöhenlage, dem geschlossenen Fernsehturm und einem grünen Bürgermeister. Außerdem haben wir den Mord an einem achtjährigen Jungen aufzuklären!", stellte Kurt klar.

„Danke, dass Du mich wieder in die Wirklichkeit zurückgeholt hast, ich schwebte für einen Moment lang in anderen Sphären."

„Mann, und das ohne einen einzigen Glühwein. Das sollten wir dringend ändern!", beschloss Kurt und schleifte Dennis über den Schlossplatz zum Glühweinstand seines Sohnes Harald. Dennis war außerdem mit Jörg Maurer,

dem potentiellen Ehemann Tatjanas, verabredet. Der ließ aber noch auf sich warten. Dennis war überhaupt nicht scharf auf die Unterhaltung mit Jörg und hatte sich gedacht, dass ein Treffen im Beisein von Kurt sicherlich wenig unterhaltsam für Jörg und damit hoffentlich nur von kurzer Dauer sein würde. Er wollte ihn schnell wieder loswerden, denn ein Heiratsantrag für Tatjana war derzeit sicherlich sein kleinstes Problem.
Beim ersten Glühwein kamen Kurt und Dennis aber zunächst noch einmal auf die Besprechung vom gestrigen Tag zurück.
„Bist Du wirklich der Meinung, Kurt, dass der Tod von Jonas Bergmann etwas mit dem Tod und den Entführungsfällen der fünf Kinder von damals zu tun hat?"
„Nein, davon bin ich nicht überzeugt. Tatsache ist aber, dass es eigenartige Parallelen zwischen den Ereignissen von damals und heute gibt, auch wenn das außer mir niemand so sehen mag!"
„Ich finde die Sachlage äußerst dünn, denn die räumliche Nähe zum Vaihinger Freibad und der Verdacht, Jonas könnte sich für Fotoaufnahmen herausgeputzt haben, sind nicht gerade feste Indizien!", gab Dennis zu bedenken. „Aber, einmal angenommen Du hättest recht, wer käme dann als Täter in Frage, denn die Entführer von damals sind tot?!"
„Vielleicht waren Sie ja gar nicht die Täter, sondern nur Handlanger? Warum haben sie sich das Leben genommen? Kein Mensch weiß, was in der Zeit von 1983 bis 1999 auf diesem Hof passiert ist. Leider hat auch

niemand besonders viel daran gesetzt, die zahlreichen Unklarheiten zu beseitigen und aufzuklären."
„Du meinst, es wurde schlampig ermittelt?"
„Sagen wir es einmal so, als der „Hof des Grauens" entdeckt und die Leichen der vermeintlichen Täter und der Opfer gefunden wurden, hat man es sich von offizieller Seite sehr einfach gemacht und den Fall als gelöst betrachtet. Schließlich hatte es seit dem Jahr 1983 keine weiteren Vermisstenfälle mehr gegeben, die mit dieser Sache in Verbindung gebracht werden konnten. Man setzte also bequemerweise voraus, dass die Täter nicht mehr aktiv waren und es demzufolge auch keine weiteren Opfer mehr gab."
„Was ist mit den beiden Kindern, deren Leichen nie gefunden wurden? Meinst Du es besteht die Möglichkeit, dass sie gar nicht tot sind?"
„Diese Frage hatten wir uns zwar gestellt, aber meiner Ansicht nach völlig zu recht gleich wieder verworfen. Was soll denn aus ihnen geworden sein, wenn sie nicht tot sind? Nach einem erfolgreichen Fluchtversuch wären sie doch innerhalb kürzester Zeit irgendwo aufgetaucht. Entweder sind sie getötet und irgendwo verscharrt worden, wo in zweihundert Jahren ein Hund ihre Knochen finden wird, oder sie sind bei einem Fluchtversuch verunglückt und liegen beispielsweise auf dem Grund eines Sees. Ich halte es für sehr unwahrscheinlich, aber eine Theorie für ein mögliches Überleben von Nikolai Schiller und Severin Treuhertz wäre, dass sie an skrupellose Menschenhändler ausgeliefert wurden. Eine Verbindung zum organisierten Menschenhandel konnte jedoch überhaupt nicht herge-

stellt werden. Falls sie heute noch am Leben sein sollten, wären sie achtunddreißig und neunundddreißig Jahre alt."
„Vielleicht ist den beiden aber die Flucht gelungen? Das könnte auch erklären, weshalb die beiden Männer Selbstmord begingen. Sie wussten, dass sie jetzt auffliegen würden und entzogen sich der Justiz durch Suizid."
„Schon möglich, aber wie gesagt unwahrscheinlich", knurrte Kurt.
„Steht dieser Bauernhof noch?", fragte Dennis.
„Nein. Er wurde im Jahre 2001 abgerissen. Die Gemeinde, zu deren Ländereien der Hof gehörte, hat das gesamte Gebiet erschlossen und 2003 auf mehreren Quadratkilometern einen Erlebnispark errichten lassen."
„Wo ist denn das?"
„Etwa zwanzig Kilometer hinter Schwäbisch Gmünd, am Rande der Ostalb."
„Wieso kamen die Täter dann nach Stuttgart, um ihre Opfer zu suchen?"
„Das weiß man nicht. Man vermutet natürlich irgendeine Verbindung, am ehesten privater Natur, denn als Bauern und Selbstversorger gab es keine beruflichen Berührungspunkte zum Killesberg oder nach Vaihingen. Wir konnten zumindest keine finden."
„Ok, Kurt. Ich bin dabei. Außer dieser viele Jahre zurückliegenden Geschichte haben wir momentan keinerlei Ansatzpunkte. Also sollten wir die Sache nochmals aufrollen. Am besten, wir beginnen bei den Familien der Opfer. Was hältst Du davon?"

„Sehr schön! Vielleicht wird ja doch noch ein guter Polizist aus Dir! Aber jetzt genehmigen wir uns erst mal noch ein Gläschen, oder?"

Kurt hob sein leeres Glas in die Höhe und rief seinem Sohn zu: „Harald, sei doch bitte so nett und bring uns noch mal zwei Becher Deines gepanschten Glühweines!"

Eine gute Stunde und drei Glühwein später, war auch Jörg Maurer zu ihnen gestoßen. Tatjanas Lebensgefährte schien allerdings nicht besonders trinkfest zu sein, denn bereits nach dem zweiten Gläschen hatte er, im Gegensatz zu den beiden Kommissaren, sichtlich Schlagseite. Kurt verdrehte genervt die Augen, als Jörg ihm freundschaftlich den Arm um die Schultern legte und etwas distanzlos säuselte: „Mensch, Herr Schockenried! Du bist ja gar nicht so ein bornierter Lackaffe, wie ich immer dachte. Wenn ich gewusst hätte, wie nett ihr Jungs seid, wäre ich schon viel früher mit Euch auf Sauftour gegangen."

Kurt entledigte sich des Armes von Jörg und versuchte klarzustellen: „Erstens, kann von einer Sauftour ganz sicher nicht die Rede sein, denn wir werden lediglich hier den ein oder anderen Glühwein kippen und sonst nirgendwo mehr hingehen. Zweitens, seit wann duzen wir uns, ich habe Sie noch nie zuvor gesehen und drittens, welchen bornierten Lackaffen meinen Sie, bitteschön? Von wem diese Beleidigungen stammen, kann ich mir allerdings schon denken. Hüten Sie sich bloß vor dieser Zimtzicke, noch ist es nicht zu spät!"

„Du meinst doch nicht etwa meine zuckersüße Tatjana? Du hast wohl selbst ein Auge auf sie geworfen, Du alter

Gauner?!", lallte Jörg und gab Kurt einen freundschaftlichen Fausthieb auf den rechten Oberarm
„Gott bewahre! Sofern es den Allmächtigen tatsächlich geben sollte, woran ich allerdings berechtigte Zweifel hege, möge er mein Zeuge sein und mir beipflichten, dass mir nichts ferner liegt, als das. Ich bin doch nicht lebensmüde, Mann! Und noch etwas, wenn Du mir noch einmal mit der Faust gegen den Arm haust, werdet ihr niemals gemeinsame Kinder haben. Denn dann trete ich Dir mit Anlauf so fest in Deine Glocken, dass die Leute bei dem lauten Gebimmel meinen, heute wäre schon der Heilige Abend!"
Es herrschte einige Minuten peinliches Schweigen, das durch Harald Schockenried unterbrochen wurde, der den Herrschaften unaufgefordert noch eine Runde Glühwein und drei „Willis" auf den Tisch stellte. „Wohl bekomm´s!", sagte Dennis, stocherte nach der Birne im Glas und kippte sich den Schnaps hinter die Binde. Jörg und Kurt taten es ihm gleich. Dann erinnerte sich Dennis an den Grund des Treffens mit Jörg und fragte ihn: „Möchtest Du Tatjana denn nicht endlich einmal einen Heiratsantrag machen? Ich denke sie würde sich sehr darüber freuen!"
„Woher willst Du das wissen?", stammelte Jörg.
„Sie spricht oft davon und bringt stets ihr Bedauern darüber zum Ausdruck, dass Du sie noch nicht gefragt hast. Wir glauben, sie wünscht sich nichts sehnlicher als das, nicht wahr, Kurt?!", antwortete Dennis und zwinkerte Kurt dabei zu.
Dieser erwachte aus einer kurzen Lethargie und pflichtete Dennis bei: „Äh, ja. Ganz bestimmt kann sie es kaum

erwarten, einen solchen Traummann für immer an sich zu binden."
„Meinst Du wirklich?!"
„Sicher doch. Aber falls Du Dich fürs Heiraten entscheiden solltest, achte auf das Kleingedruckte!"
„Das Kleingedruckte?", fragte Jörg nun zunehmend überfordert.
„Ja!", sagte Kurt und begann zu referieren: „Es ist schön, die Liebe seines Lebens zu heiraten, aber Frauen ticken völlig anders als wir Männer. Wenn sie Dich erst einmal in ihren Fängen haben, sprich, wenn ihr verheiratet seid, werden sich nach und nach einige Veränderungen bezüglich Hausordnung und Freizeitgestaltung bemerkbar machen, ganz zu schweigen von den Veränderungen auf Deinem Girokonto. Das meinte ich mit dem Kleingedruckten."
„Ich verstehe nicht?", stammelte Jörg und auch Dennis schaute etwas fragend drein.
„Es beginnt damit, dass Du die Klobrille herunter klappen sollst und Deine Pokerfreunde durch militante Schilder über dem Spülkasten genötigt werden, im Sitzen zu pinkeln. Klamotten herumliegen lassen kannst du vergessen und sonntags wirst du zynisch gefragt, ob Du Dich denn heute nicht rasieren willst, und wann du endlich zu duschen gedenkst. Mit dem Hund geht bei Wind und Wetter nur einer raus, nämlich Du! Im Sommerurlaub musst Du Interesse an der Kultur der Einheimischen vorgaukeln, obwohl Dich eigentlich nur die Anordnungskultur des Weines in den Supermarktregalen interessiert. Hocherfreut musst Du Anteil daran nehmen, dass eine alte Schulfreundin in der Schwangerschaft ihres dritten

Kindes nur achtzehn, und nicht wie in der letzten Schwangerschaft, siebenundzwanzig Kilogramm zugenommen hat. Völlig überrascht musst Du dann Mitgefühl heucheln, wenn sie von ihrem Typen für eine Jüngere und Schlankere verlassen wurde, obwohl Du dem Kerl am liebsten ein Glückwunschtelegramm schicken würdest, weil Du diese Schabracke ohnehin noch nie leiden konntest. Hochinteressant wird es, wenn es um Sport geht. Fragen wie „Ist das Bundesligaspiel heute wichtig?“ oder „Musst Du das Spiel denn schon wieder sehen, die haben doch erst letzte Woche gespielt?“, bringen Dich ob der fassungslosen Ignoranz an den Rande des Wahnsinns, aus taktischen Gründen wirst Du sie jedoch mit einem gequälten Lächeln freundlich zum hundertsten Mal beantworten. Möge es Euch an Kindersegen nicht mangeln, doch sei gewarnt, denn die Kinder…“, kam Kurt gerade erst so richtig in Fahrt, als Dennis ihn unterbrach: „Ich denke das reicht, Kurt. Wir haben alle verstanden, was Du meinst. An manchem mag etwas Wahres dran sein, ich finde jedoch, dass Du maßlos übertreibst.“

„Das finde ich auch!“, schaltete sich Harald ein, der Kurts Ausführungen aufmerksam aus sicherer Entfernung gelauscht hatte. „Ich bin sehr gespannt, Papa, was Mutti zu Deinen Parolen meint.“

„Du wirst Dich schön hüten, Deiner Mutter auch nur eine Silbe von dem zu erzählen, was hier unter Männern gesprochen wurde. Außerdem versuche ich doch nur, diesen bedauernswerten Kerl vor dem größten Fehler seines Lebens zu bewahren! Du solltest die Furie einmal kennenlernen, um die es hier geht. So, und jetzt bringst Du brav

noch eine Runde für mich und Euch Frauenversteher und dann gehen wir nach Hause. Es reicht für heute!"
„Das sehe ich auch so!", sagten Dennis und Jörg nahezu zeitgleich.

13.
Siebert und Breuer

Mittwoch, 11. Dezember 2013

Tatjana war bereits im Büro, als Kurt und Dennis an diesem Morgen zufälligerweise gleichzeitig das Zimmer betraten. Beide machten einen etwas angeschlagenen Eindruck, was den insgesamt sechs Gläsern Glühwein und vier „Willis" geschuldet war, die sich am Ende jeder der beiden einverleibt hatte. Bei Jörg Maurer hatte die Hälfte des Pensums ausgereicht, um eine verheerende Wirkung zu entfalten. Tatjana war sichtlich geladen. „Was habt ihr bitteschön gestern Abend mit meinem Freund gemacht? Der kam stockbesoffen nach Hause und erzählte wirres Zeug!"

Dennis hatte natürlich eine Ahnung, was der gute Jörg seiner vielleicht Zukünftigen gesagt hatte, zog es jedoch vor, den Unwissenden zu mimen: „So, was hat er denn erzählt?"

„Er teilte mir mit, dass ihr beide und ein gewisser Harald jetzt seine allerbesten Freunde seien. Dann sagte er im Brustton der Überzeugung, dass er nie wieder zum Poker die Klobrille herunterklappen würde und die Weinkultur des Urlaubs sei ihm scheißegal. Dann würde er meine beste Freundin betrügen, weil ihre Schabracke über zwanzig Kilo zugenommen hat. Außerdem würde sonntags nicht mehr geduscht und schon gar nicht, während sich der Hund als einziger rasiert. Das Kleingedruckte seines Girokon-

tos heuchelt bei den umherliegenden Klamotten Mitleid und überhaupt sei das nächste Spiel immer das Wichtigste! Danach fiel er in seinen nach Glühwein und Bratapfel riechenden Kleidern in unser frisch bezogenes Bett, wo er wahrscheinlich immer noch liegt. Noch Fragen?"
„Also ich weiß jetzt gar nicht, worum es eigentlich geht. Du etwa, Kurt?"
„Ich? Nein. Ich habe keine Erklärung für dieses merkwürdige Verhalten. Als wir uns verabschiedet haben, war er noch ganz normal. Also, ich gehe dann mal in mein Büro, ich habe zu tun!", beteuerte Kurt und war gleich darauf verschwunden.
„Mir fällt gerade ein, ich habe etwas Wichtiges vergessen. Gerne hätte ich mich noch etwas länger mit Dir unterhalten, Tatjana, aber leider muss ich nochmal weg", schwindelte Dennis, der jetzt überhaupt keinen Nerv dafür hatte, sich Tatjanas Fragen und Beschimpfungen anzuhören.
„So, was hast Du denn vergessen?"
„Einen Außentermin. Es geht um eine wichtige Befragung", stotterte er.
„Aha, na dann viel Erfolg!", rief ihm Tatjana hinterher, die natürlich genau wusste, woher der Wind wehte.
Nach einem üppigen Frühstück mit Ei, Müsli, Fruchtsäften und Kaffee, ging es Dennis schon wieder deutlich besser. Er hatte sich ins „Café Stella" an der Hauptstätter Strasse geflüchtet und dachte in aller Ruhe darüber nach, wie es jetzt mit den Ermittlungen weitergehen sollte. Er kam zum gleichen Schluss wie am Abend zuvor. Kurt hatte recht, solange sie keine anderen Spuren im Falle Jonas Bergmann hatten, mussten sie sich an die einzigen An-

haltspunkte klammern, die es gab, auch wenn sie noch so wenig Erfolg versprachen.

Er führte einige Telefonate und machte sich anschließend auf den Weg nach Stuttgart- Feuerbach.

Gleich musste er an der richtigen Adresse ankommen, dachte Dennis, als er durch die Sankt-Pöltener-Strasse fuhr. Schließlich entdeckte er die gesuchte Hausnummer und parkte sein Auto vor einer Garage. Er stieg aus und ging die wenigen Stufen hinauf zur Eingangstüre des kleinen Reihenhauses. Es war alt und zumindest äußerlich nicht besonders gut gepflegt. Ein Mann öffnete die Türe und Dennis stellte sich vor: „Guten Tag, Herr Siebert. Ich hatte Sie vorhin angerufen. Mein Name ist Dennis Rathvan von der Kriminalpolizei Stuttgart. Wir ermitteln in einem aktuellen Mordfall und stießen in diesem Zusammenhang auf einige Unklarheiten bei den Verbrechen, denen Ihr Sohn und vier andere Kinder vor Jahren zum Opfer fielen."

„Kommen Sie herein. Ich wüsste zwar nicht, wie ich Ihnen weiterhelfen soll, aber ich will es gerne versuchen."

Herr Siebert führte Dennis in das kleine Wohnzimmer, von dessen Fenster aus man auf einen winzigen Garten blicken konnte. Der äußere Eindruck des Hauses bestätigte sich im Inneren. Die Einrichtung war alt und abgenutzt. Der braune Teppichboden war schäbig und hatte bestimmt seit mehreren Wochen nicht mehr die Bekanntschaft eines Staubsaugers gemacht. Auf dem Esstisch waren ungefähr zehn Plastikteller verstreut, die einen Deckel aus Alufolie hatten. An allen Tellern klebten eingetrocknete Essensreste, außer an einem. Wahrscheinlich war es das heutige

Mittagessen von Herrn Siebert. Darauf befand sich ein Brocken Fleisch, der entfernt an eine Rindsroulade erinnerte und die Beilage bestand aus Dosenmöhren mit Spätzle.

„Bitte setzten Sie sich, Herr Kommissar!", bat ihn Herr Siebert und schob den Teller mit der Roulade beiseite. „Schmeckt sowieso nicht, der Fraß. Essen auf Rädern und das jeden verdammten Tag. Können Sie sich vorstellen, wie öde das ist? Ich bin jetzt einundsiebzig Jahre alt und lebe alleine. Normalerweise sollte es doch so sein, dass der Familienvater als erster stirbt, nachdem er für seine Frau und die Kinder vorgesorgt hat. Wie Sie wissen, ist mein Sohn Thorsten schon seit vielen Jahren tot. Ich habe ihn zuletzt gesehen, als er acht Jahre alt war. Das war im Jahre 1983. Nachdem er auf diesem schrecklichen Bauernhof tot aufgefunden wurde, hatten wir zwar endlich Gewissheit, meine Frau hat jedoch das Einzige verloren, woran sie sich die ganzen Jahre geklammert hatte. Nämlich sich vormachen zu können, Thorsten könnte noch am Leben sein und eines Tages zurückkehren. Sie war mit ihrer Kraft am Ende und der Krebs in ihrer Gebärmutter hatte von da an leichtes Spiel, sie zu besiegen."

Herr Siebert rieb sich die müden Augen, dann schweifte er ab: „Sagen Sie, Ihr Name?"

„Was ist damit?"

„Ist er indisch?"

„Ja. Der Name stammt tatsächlich aus dem Indischen. Sämtliche Generationen von Rathvans sind aber in der Gegend von Stuttgart geboren und aufgewachsen. Wir wissen nicht, wie wir zu diesem Namen kamen."

„So ist das im Leben, Herr Rathvan! Viele von uns wissen weder wo sie herkommen, noch wo sie hingehen. Und ich weiß verdammt nochmal nicht einmal, warum ich überhaupt noch hier bin. Das Leben hat mir hintereinander alles genommen, was ich geliebt habe. Zuerst unseren Sohn und dann meine Frau."

Für einige Momente herrschte betretenes Schweigen. Dennis war froh darüber, dass Herr Siebert schnell wieder das Wort ergriff. „Sie sprachen von Unklarheiten? Was kann ich für Sie tun? Geht es etwa um den Jungen?"

„Welchen Jungen meinen Sie, Herr Siebert?"

„Na, den toten Jungen vom Max-Eyth-See! Es stand ja in allen Zeitungen. Was hat das aber mit unserem Thorsten zu tun?"

„Sie haben Recht. Ich gehöre dem Team an, das für die Aufklärung des Mordes an dem Jungen zuständig ist, der vor einigen Tagen in Stuttgart- Hofen gefunden wurde."

Herr Siebert unterbrach Dennis: „Aber die Verbrechen an Thorsten und den anderen vier Jungen liegen doch lange zurück und wurden aufgeklärt?! Was können die Fälle denn dann miteinander zu tun haben?"

„Wahrscheinlich haben die Verbrechen auch nichts miteinander zu tun. Trotz allem gibt es Gemeinsamkeiten bezüglich der Umstände, die zum Verschwinden von Thorsten und den anderen in den Achtziger Jahren geführt haben und den Umständen, unter denen der Junge jetzt verschwunden ist. Darum möchte ich Sie bitten, mir nochmals einige Fragen zu beantworten."

Herr Siebert richtete den Oberkörper auf und signalisierte dadurch seine Aufmerksamkeit. „Dann schießen Sie mal los, Herr Kommissar!"
„Thorsten verschwand damals aus dem Höhenfreibad Killesberg, ebenso wie Dietmar Breuer. Kannten sich die beiden?"
„Nein! Aber das ist doch eine uralte Frage, die mindestens schon einhundertmal beantwortet wurde. Es gab weder eine Verbindung zwischen Thorsten und Dietmar, noch zwischen ihnen und irgendeinem der anderen drei Kinder. Alle fünf Jungs kannten sich nicht und hatten auch nichts miteinander zu tun! Bis zu dem Tag, an dem diese perversen Schweine sie auf ihren Hof geschleppt und wie Sklaven behandelt haben."
„Können Sie sich vorstellen, Herr Siebert, warum ausgerechnet Thorsten schon kurz nach der Entführung ermordet wurde und nicht wie die anderen Kinder bis ins Erwachsenenalter gefangen gehalten wurde?"
„Nein, verdammt! Was soll diese Frage? Woher soll ich wissen was in den Gehirnen von sadistischen Kindesentführern vor sich geht? Thorsten hat schon immer einen starken Charakter gehabt. Wahrscheinlich hat er sich den Spinnern nicht unterworfen und zur Strafe haben sie ihn getötet. Und um eine Trophäe zu behalten, haben sie die Leiche zur Mumie werden lassen."
„Haben Sie den mumifizierten Leichnam Ihres Sohnes gesehen?"
„Ich habe ihn mir angeschaut. Ich wollte unseren Jungen unbedingt noch einmal sehen. Meine Frau hatte nicht die Kraft dazu. Sie wollte Thorsten als den hübschen blonden

Engel in Erinnerung behalten, der er früher einmal gewesen war. Möchten Sie Fotos sehen?"
„Das würde ich gerne!", entgegnete Dennis.
Herr Siebert verschwand für etwa eine Minute aus dem Wohnzimmer. Dennis hörte, wie er an einem Schrank auf dem Flur zugange war. Kurz darauf kehrte er mit einem großen Fotoalbum zurück. Er setzte sich direkt neben Dennis und schlug es auf. Einige Bilder waren durch die Jahre verblasst und etwas vergilbt. Manche lagen auch lose im Album oder steckten nur noch in ein oder zwei Fotoecken. „Ich mag diese alten klassischen Fotoalben mit ihren pergamentartigen Trennseiten und dem Geräusch, das diese beim Umblättern verursachen. Ebenso die Fotoecken und die handschriftlichen Notizen unter den Bildern. Heutzutage gibt es nur noch digitale Alben und jeder hat seine Fotos auf CD-Rom!"
Dennis stimmte ihm zu: „Ja, ich kann diesen altmodischen Kolossen auch noch einiges abgewinnen, auch wenn sie viel Platz im Regal beanspruchen und erstklassige Staubfänger sind!"
„Sehen Sie, darum bewahre ich unsere Fotoalben in einem Schrank auf dem Flur auf."
Nachdem er etwas geblättert hatte, zeigte er auf ein Foto, auf dem Thorsten Siebert ein paar Tage nach seiner Geburt auf den Armen seiner vor Glück strahlenden Mutter zu sehen war. „Schauen Sie mal, Herr Rathvan. Schon als Baby war er so hübsch. Das Foto entstand zusammen mit einigen anderen in einer Serie, die wir im Krankenhaus haben aufnehmen lassen. Das St. Ferdinand-Krankenhaus bot den besonderen Service an, in den Tagen nach der Entbin-

dung Fotos von den Kindern und auf Wunsch auch von den Eltern und Geschwistern machen zu lassen. Natürlich war das nicht billig, aber die schönen Bilder waren es uns wert."
Es folgte ein chronologischer Streifzug durch die Jahre von Thorsten Sieberts Leben, bis kurz vor dem Tag, an dem er im Alter von acht Jahren verschwand. Aber damit endete das Album nicht. Einer leeren Seite des Fotoalbums folgten mindestens drei Seiten, die vollgepackt waren mit Bildern von Thorstens Beisetzung auf dem Friedhof im Feuerbacher Tal. Mit Tränen in den Augen und zittriger Stimme sagte Herr Siebert: „Wir hätten niemals gedacht, dass so viele Menschen zu der Trauerfeier kommen würden. Nach all den Jahren....!"
„Kannten Sie denn alle Besucher?"
„Die meisten schon! Ich kann Ihnen aber unmöglich noch sagen, wer alles gekommen war, um Thorsten die letzte Ehre zu erweisen. Es ist zu lange her und außerdem waren wir an diesem Tag mit den Gedanken bei unserem Sohn, da achtet man nicht auf jedes Detail."
„Ich habe mich sehr gefreut, heute mit Ihnen sprechen zu dürfen, Herr Siebert. Wäre es denkbar, dass ich mir einige Fotos aus diesem Album ausleihe? Sobald Abzüge erstellt wurden, bekommen Sie sie selbstverständlich sofort wieder zurück."
„Solange Sie mir versprechen, dass ich sie wieder unversehrt zurückbekomme, können Sie so viele mitnehmen, wie Sie möchten!"
Dennis war sehr nachdenklich und durchaus etwas geknickt, als er im Auto über den Pragsattel fuhr. Wieder einmal war ihm sehr nahe gegangen, mit welch schweren

Schicksalsschlägen manche Menschen leben mussten. Es gab schlimme Umstände, die zum Tode eines Menschen führten, die aber von niemandem entscheidend beeinflusst werden konnten. Dazu gehörten unheilbare Krankheiten ebenso wie tödliche Unfälle. Diese Unvorhersehbarkeiten würde es immer geben und gehörten seiner Meinung nach zu den Eventualitäten, die jeder Mensch irgendwo auf dem Zettel haben sollte. Aber einen geliebten Menschen durch Mord zu verlieren, das konnte niemand einkalkulieren und zog einem unter Umständen für immer den Boden unter den Füssen weg. Gewiss war aber auch, dass immer gemordet werden würde, solange es die Menschheit gab. Auch das Töten lag leider in der Natur des Menschen.
Er passierte den „Bosch-Turm" zu seiner Linken, der früher einmal ein Schutzbunker gewesen war. Der Werbespot für einen Erotikclub auf der großen Videowand ließ ihn heute völlig kalt. Dann bog er nach rechts in die Stresemannstrasse ab. Nachdem er den Höhenpark Killesberg hinter sich gelassen hatte, bog er in die Weißenhofsiedlung ein, die für ihre charakteristische Architektur bekannt war. Unter der Leitung von „Ludwig Mies van der Rohe" wurde sie 1927 errichtet. Unglaublicherweise sollte die Siedlung im Dritten Reich abgerissen werden und wurde wegen der weißen Dachterrassen despektierlich nur „Das Araberdorf" genannt. Leider wurden während des Zweiten Weltkrieges viele Häuser zerstört. Einige konnten zwar danach in verfremdeter Form wieder aufgebaut werden, reichten aber in ihrer Besonderheit nie wieder an die Originale heran. 1958 wurde die Siedlung unter Denkmalschutz gestellt und 1980 aufwendig saniert.

Dennis hatte einen weiteren Termin vor sich. In der Rathenaustrasse wohnte die Familie von Dietmar Breuer, dem Jungen, der ebenso wie Thorsten Siebert 1983 aus dem Höhenfreibad Killesberg verschwand und dessen Leiche 1999 zusammen mit den anderen auf dem Hof in der Nähe von Schwäbisch Gmünd gefunden wurde. Wie sich bald herausstellte, sollte Dennis` Besuch in Bezug auf Informationen nicht besonders ergiebig sein. Die Eltern von Dietmar Breuer hatten sich etwa drei Jahre nach dem Verschwinden ihres Sohnes getrennt und die Mutter war aus dem gemeinsamen Haus ausgezogen. Herr Breuer hatte 1996 wieder geheiratet und lebte nun gemeinsam mit seiner neuen Partnerin in dem Haus. Leider war er verreist und seine Ehefrau konnte nicht viel über Dietmar erzählen, denn sie hatte ihn ja nie kennengelernt. Sie setzte das Einverständnis ihres Mannes voraus und zeigte Dennis ein Fotoalbum, das es in der Sorgsamkeit, mit der es geführt war, nicht annähernd mit dem Album von Herrn Siebert aufnehmen konnte, in dem die Liebe zum verstorbenen Kind förmlich greifbar war. Aber auch das Fotoalbum der Breuers enthielt Aufnahmen aus sämtlichen Lebensjahren Dietmars, von der Geburt bis zum Urlaub in den Sommerferien 1983 auf Sardinien. Auf den letzten Seiten des Albums befanden sich ebenfalls einige Bilder von der Beisetzung und der anschließenden Trauerfeier.

14.
Stiefels und Schläfer

Ihm schwante nichts Gutes, als er sich am Abend den Weg zur Haustüre zwischen zwei Jungs hindurch bahnen musste, die Baseballkappen trugen und Hosen, die fast in den Kniekehlen hingen. Beunruhigenderweise schienen sich die beiden nicht grün zu sein und waren kurz davor, sich mit ihren Skateboards gegenseitig eins auf die Mütze zu geben. Dennis beschloss aber, die beiden ihrem Schicksal zu überlassen und sich nicht einzumischen. Außerdem hatte er die Jungs schon einmal gesehen. Sie gehörten zu den coolen Rapper-Freunden, die sein Untermieter und gleichzeitig Freund seiner Schwester Anna, Bernd Plums, um sich scharte. Und wo diese zwei Chaoten waren, waren in der Regel noch mehr. Denn komischerweise traten diese Freaks meistens im Rudel auf. Im Eingangsbereich des Hauses zwängte er sich zwischen geschätzten zwölf Fahrrädern und mindestens fünf Kinderwagen hindurch zu den Treppenstufen. Den obligatorischen Blick in seinen Briefkasten schenkte er sich. Ihm stand heute nicht mehr der Sinn nach Rechnungen, Kontoauszügen und Geburtsanzeigen, die die Leute in seinem Alter mittlerweile in beängstigender Häufigkeit verschickten. Was machten die bloß alle die ganze Zeit? Hatten die denn nichts anderes zu tun, als sich fortzupflanzen? Na ja, wahrscheinlich sprach da nur der Neid aus ihm. Denn bei ihm war niemand in Sicht, mit dem er sich jemals fortpflanzen könnte, von wildem Sex ganz zu schweigen. Noch nicht einmal eine flüchtige Bekanntschaft hatte er zu bieten. Eine Bekanntschaft, die immerhin höflich genug wäre, sich von ihm fünfmal zum Abendessen und mindestens genauso oft ins Kino einladen zu lassen, bevor sie ihn dann doch abservierte, ohne dass er bei ihr landen konnte. Dann fiel ihm aber plötzlich die Verabredung mit der Kriminalpsychologin und Profilerin Jessica Dornfeld ein, die er am kommenden Sonntag hatte. Das war doch immerhin ein Silberstreif am Horizont, obgleich er sich bei dieser in Polizeikreisen mittlerweile berühmten Frau, sicherlich keine Hoffnungen zu machen brauchte. Kaum war Dennis im ersten Stockwerk des Wohnhauses mit den typischen Altbaumietwohnungen des Stuttgarter Westens angekommen, da öffnete sich die Wohnungstüre des Ehepaares Stiefel. In der Regel beglückte ihn immer nur einer der beiden, aber heute hatten es gleich beide auf ihn abgesehen. Die Stiefels waren ein kinderloses schwäbisches Ehepaar, beide pensioniert und jenseits der Siebzig-Jahre-Grenze. Bis zum Alter von fünfundsechzig Jahren terrorisierte Frau Stiefel die Bürgerinnen und Bürger als stets schlecht gelaunte Vollzeitkraft im Bürgerbüro West. Wenn sie einen schlechten Tag hatte, konnte selbst das Ausstellen eines neuen Personalausweises zum Gang nach Canossa werden. An guten Tagen konnte es vielleicht sogar passieren, dass sie sich zu so etwas ähnlichem wie einem unfreundlichen „Grüß Gott“ hinreißen ließ. Herr Stiefel war bei den Stadtwerken angestellt gewesen, was dort aber sein Aufgabenbereich war, wusste niemand so genau. Im heißen Sommer des Jahres 2003 ging er aus ebenfalls nicht bekannten Gründen, im Alter von einundsechzig Jahren in den Vorruhestand. Die Stiefels waren der gute und der böse Geist des Hauses zugleich. Einerseits achteten sie peinlich genau auf die Einhaltung der Hausordnung, was immerhin dazu führte, dass das Haus nicht vollkommen verwahrloste. Auch würden sie sofort bemerken, wenn etwas nicht mit rechten Dingen zuginge und es umgehend melden oder zur Anzeige bringen. Andererseits drangsalierten sie die übrigen Hausbewohner mit immer wieder neuen Vorschriften und Zetteln, die sie überall im Haus aufhängten. Ihrer Auffassung nach sollte die Liste der Sieben Todsünden auf zehn erweitert werden. Mit abnehmender Schwere des Vergehens wären hierbei zu nennen, nach 20.00 Uhr die Haustüre nicht abzuschließen, die Kehrwoche nicht pünktlich und sauber zu erledigen und den Müll nicht ordnungsgemäß zu trennen.

Heute waren sie besonders aufgebracht. „Herr Rathvan! Was geht hier eigentlich vor? Auch wenn Sie Polizist sind, brauchen Sie nicht zu glauben, dass Sie uns arglistig täuschen können!“, keifte Frau Stiefel und Herr Stiefel kommentierte: „Ja, genau. Nicht mit uns!“

„Ich verstehe nicht?“, entgegnete Dennis fragend.

„Sie wissen doch ganz genau, was wir meinen. Seit Monaten haust in Ihrer Wohnung eine illegale weibliche Person, die nicht angemeldet ist. Da die Frau fast den ganzen Tag nicht zu sehen oder zu hören ist und immer nur nachts kommt und geht, sind wir überzeugt davon, dass sie hier versteckt wird. Aber wir haben Sie durchschaut!“

„Bitte beruhigen Sie sich doch. Die Frau von der Sie reden, ist meine Schwester Anna. Sie wohnt wirklich schon seit einiger Zeit hier, ist aber mittlerweile ordnungsgemäß bei der Hausverwaltung gemeldet. Fragen Sie doch Herrn Rockenbach, wenn Sie mir nicht glauben."

„So, so!", knurrte Frau Stiefel.

Dann schwindelte Dennis: „Dass Sie tagsüber nichts von ihr hören liegt daran, dass sie sich von ihrer anstrengenden Nachtarbeit erholen muss."

„Aha, wusste ich es doch. Eine Schläferin!", posaunte Herr Stiefel triumphierend. „Wenn das so ist, müssen wir das sofort zur Anzeige bringen. Das Unterstützen von terroristischen Aktivitäten wird Sie selbst hinter Schloss und Riegel bringen, Herr Kommissar!"

„Jetzt machen Sie aber mal halblang!", sagte Dennis zunehmend genervt. Weder meine Schwester und ich, noch Herr Plums gehören irgendeiner terroristischen Vereinigung an. Wir möchten hier einfach in Ruhe wohnen und ich bitte Sie, mich künftig mit diesen unsinnigen Theorien in Ruhe zu lassen, sonst bringe ich zur Anzeige, dass Ihr dämlicher Köter immer den Gehweg auf der gegenüberliegenden Straßenseite vollkackt!"

„Das ist ja wirklich unerhört!", empörte sich Herr Stiefel. „Und was ist mit dem Gesindel, das hier immer ein und aus geht und beispielsweise jetzt gerade vor unserer Haustüre herumlungert? Sind das etwa auch keine Terroristen?"

Dennis hatte den Stiefels bereits den Rücken zugekehrt und war auf dem Weg nach oben als er zurück blaffte: „Das sind auch keine Terroristen, das sind einfach nur harmlose Spinner, die zu viel Gras geraucht haben!"

„Hörst Du Walter?", schien Frau Stiefel nun fast hysterisch zu werden. „Jetzt ist auch noch die Drogenmafia im Spiel!"

Dennis hatte endgültig genug. Aber als er seine Wohnung betrat war es keineswegs ruhig, sondern eine Party schien in vollem Gange zu sein. Kaum war er eingetreten und hatte seine Winterjacke ausgezogen, kam Anna angerannt und warf sich ihm um den Hals. Dass sie nicht mehr ganz nüchtern war, konnte man bereits an ihrer beachtlichen Fahne ausmachen. „Ich habe den Job, Dennis!", kreischte sie.
„Welchen Job denn?", fragte Dennis.
„Na den Job bei „Heile die Welt" natürlich, Du Dussel!"
Dennis erinnerte sich: „Ach ja, die Sache mit den Walen, stimmt´s?"
„Ja, genau. Komm herein und feiere mit uns!"
„Ach ich weiß nicht so recht", sagte Dennis. „Eigentlich ist mir nicht nach feiern zumute. Wir arbeiten gerade an einem schweren und zugleich traurigen Fall."
Im nächsten Moment kam Bernd alias „DJ Greenthumb" um die Ecke geschlendert. „Hey, Dennis. Was geht, Mann? Was dagegen, wenn ein paar von den Jungs heute hier pennen? Wir wollen es noch ein bisschen krachen lassen, auf den Job Deiner Schwester anstoßen und so, weißte?"
„Macht, was ihr wollt. Aber morgen wird die Bude aufgeräumt, klar?! Ich fahre jetzt ins Polizeipräsidium und übernachte dort. Vielleicht finde ich ja da etwas Ruhe."
„Du bist ein Schatz, Bruderherz!", sagte Anna und herzte ihn überschwänglich.
„Schon gut", knurrte Dennis, schlüpfte wieder in die Winterjacke und machte sich auf den Weg zu seinem Auto.

15.
Der Boss und Die Grünen

Donnerstag, 12. Dezember 2013

Die Nacht war nicht besonders komfortabel gewesen. Aber lieber ein paar Stunden Schlaf im Schreibtischstuhl mit der Garantie auf einen erstklassigen Haltungsschaden, als keine einzige Minute Schlaf zu Hause im eigenen Bett wegen lärmender Kiffer und betrunkener Walschützer. Es war kurz nach 7.00 Uhr morgens, als sich Dennis mit seiner schwarzen Senseo-Maschine eine Tasse Kaffee zubereitete. Tatjana gönnte ihm im gemeinsamen Büro nicht viele persönliche Gegenstände, da jeglicher Nippes in ihren Augen nur potentielle Staubfänger waren. Die kleine Kaffeemaschine tolerierte sie jedoch schon aus eigenem Interesse. In diesem Moment öffnete sich die Türe zum Flur und Kurt Schockenried kam, muffig wie fast jeden Morgen, herein geschlurft. Das Besondere war aber, dass er heute mindestens eine Stunde früher dran war als sonst.
„Morgen, Dennis. Was machst Du denn schon hier?"
„Das Gleiche könnte ich Dich fragen! Bei mir zu Hause war mal wieder zu viel Trubel, dann bin ich hierher geflüchtet, um wenigstens ein bisschen schlafen zu können. Ich brauche einen klaren Kopf und den habe ich nicht, wenn ich nicht geschlafen habe."
„Mir geht es ähnlich", antwortete Kurt. „Meine Gedanken kreisen immer wieder um Jonas Bergmann und die fünf

Opfer vom „Hof des Grauens“. Ich habe zunächst die Eltern von Miroslav Zendic´ aufgesucht. Sie wohnen nach wie vor in der Hochhaussiedlung „Im Lauchhau“, zwischen Vaihingen und Büsnau. Danach bin ich zur Mutter von Severin Treuhertz gefahren, die ebenfalls noch dort wohnt, wo sie schon vor dreißig Jahren gewohnt hat. Der Vater verstarb bereits 1980 bei einem Verkehrsunfall, als Severin gerade einmal fünf Jahre alt war. Er hat also die Tragödie um die Entführung gar nicht mehr mitbekommen. Irgendwie ist es schon merkwürdig, dass die Leute nach so langer Zeit immer noch in den gleichen vier Wänden wohnen wie damals, als sie ihre bittersten Stunden erlebt haben?! Ich denke, dass ich das nicht aushalten würde und mich örtlich verändern müsste. Wahrscheinlich würde ich auf einen anderen Kontinent ziehen, aber zumindest in eine andere Stadt, wo mich keiner kennt und niemand weiß, was mir widerfahren ist. Dann würden mich wenigstens alle in Ruhe lassen und ich könnte in Frieden meinen Kummer im Whisky ersäufen.“

„Wahrscheinlich würde es mir genauso ergehen. Aber man kann das nur beurteilen, wenn man selbst so etwas durchleben musste und ich bin froh, eine solche Erfahrung bisher nicht gemacht zu haben. Tatsache ist aber, dass außer Frau Breuer keiner der betroffenen Elternteile weggezogen ist. Noch nicht einmal ein Wohnungswechsel hat in den dreißig Jahren stattgefunden.“

„Schön, Dennis. Du warst bei Breuers und Herrn Siebert, ich habe die Familie Zendic´ und Frau Treuhertz besucht. Also fehlt uns nur noch die Familie von Nikolai Schiller, dann haben wir alle Eltern der Opfer von damals befragt.

Es ist noch etwas früh, aber ich schlage vor, dass wir gleich nachher hinfahren. Wenn Du uns bitte anmelden würdest?!"
„Klar, mache ich, Chef!", zwinkerte Dennis.
Es war 8. 47 Uhr, als Dennis Rathvan und Kurt Schockenried im dunkelblauen VW-Passat des Ersten Kriminalhauptkommissars stadtauswärts auf der Hauptstätter Strasse in Richtung des Heslacher Tunnels unterwegs waren. Sie standen in einem fürchterlichen Stau und auf SWR1 wurde „The River" vom „Boss" Bruce Springsteen gespielt. Dennis kurbelte demonstrativ das Fenster herunter, als Kurt sich bereits die zweite Zigarette innerhalb von zehn Minuten anzündete. „Wenn ich im Stau stehe, habe ich immer das Bedürfnis zu rauchen, weil ich mich so fürchterlich langweile. Dagegen hilft auch die beste Musik aus dem Radio nicht. Magst Du Springsteen?"
„Ob ich Springsteen mag, fragst Du? Na und ob! Workin´on a dream, The Wrestler, Born to run, The Rising, Dancin´in the dark und so weiter, diese Songs sind absolute Klassiker! Du müsstest einmal ein Live-Konzert von ihm sehen. Wahnsinn, was die Jungs in ihrem Alter noch für eine Power haben! Was hörst Du eigentlich gerne für Musik?", fragte Dennis.
„Alles, was gut und wie sagt man so schön, altersgemäß ist. Die Hauptsache ist aber, dass es keine Urwaldmusik mit Bassgestampfe ist. Meine absolute Lieblingskapelle ist aber ganz klar „CCR". Die sind unerreicht!"
„Dann kann ich Dich ja ab heute „Dude" nennen?"
„Warum denn das?", fragte Kurt verdutzt.

„Na, der „Dude-Lebowsky“, Kult-Figur in einem Film aus den Neunzigern. Der erinnert mich ohnehin schwer an Dich. Der ist passionierter Bowlingspieler, dem Alkohol nicht ganz abgeneigt und liebt Creedance Clearwater Revival. Allerdings hält er nicht besonders viel vom Arbeiten.“

„Dieses Merkmal trifft auf mich ebenfalls zu. Ich halte auch nicht viel vom Arbeiten. Aber ich bin der Meinung, wenn man es schon notgedrungen tun muss, dann sollte man es auch richtig machen. Und außerdem muss ich nur noch sechs lächerliche Jahre bis zum ersehnten Ruhestand durchhalten. Vielleicht finde ich ja auch einen Weg, dem polizeilichen Saftladen schon früher den Rücken zu kehren.“

Dennis sagte etwas nachdenklich: „Eigentlich bin ich gerne Polizist geworden, aber die Realität ist doch teilweise sehr bitter. Wenn ich daran denke, dass ich diesen Job noch über neunundzwanzig Jahre machen muss, könnte ich in eine mittelschwere depressive Krise verfallen.“

„Mensch, fahr doch, Du Halbdackel!“, brüllte Kurt plötzlich und stieg auf die Hupe was das Zeug hielt.

Sein Unmut richtete sich gegen einen älteren Herrn mit Hut, der am Steuer seines Mercedes 190 E nur mit leichter Verzögerung bemerkt hatte, dass sich die Autokolonne etwa zehn Meter fortbewegt hatte. „Mir reicht es jetzt. Der ewige Stau in dieser Stadt macht mich noch wahnsinnig. Was unternimmt eigentlich die Politik, um diesem Problem Abhilfe zu schaffen? Wie immer nichts, im Gegenteil. Unser neuer Oberbürgermeister schikaniert die Autofahrer noch mehr, indem das Tempo auf der B14 immer strenger reglementiert wird. Und anstatt uns Beamten unsere Bezüge inklusive unserer Pensionen zu lassen, wird das Geld lieber für teure High-Tech-Tunnel-Radarfallen zum Fenster hinausgeworfen, die noch nicht einmal profitabel sind, sondern sich angeblich lediglich selbst finanzieren. Und wie wir alle wissen, heißt das im Klartext nichts anderes, als ein saumäßig teures Verlustgeschäft auf Kosten des Steuerzahlers. Aber Hauptsache die Anzahl der öffentlichen Mülleimer wurde ganz im Sinne einer Verschönerung des Stadtbildes verdoppelt und der vor einigen Jahren renovierte Fernsehturm dicht gemacht und somit sämtliche Gastronomen und Betreiber in den Konkurs gerissen!"

„Irgendwie hast Du ja Recht, Kurt. Ich habe mir sowohl vom neuen Oberbürgermeister, als auch von der neuen Landesregierung, wesentlich mehr erhofft. Man darf aber auch nicht vergessen, dass uns die Vorgänger dieses irrsinnige Bahnhofsprojekt eingebrockt haben. Meiner Meinung nach ist es so, dass das Streben nach Macht selbst den idealistischsten Politiker wankelmütig werden lässt. Dass ist leider menschlich!"

„So, jetzt habe ich endgültig die Nase voll vom Stau. Wir nehmen eine Abkürzung in Richtung Vaihingen!", polterte Kurt und Dennis mahnte zugleich: „Wie willst Du denn von hier aus eine Abkürzung nehmen? Es sind noch etwa dreihundert Meter bis zum Tunnel und dann löst sich der Stau in der Regel ohnehin ganz von alleine auf. Mit den Abkürzungen verzettelt man sich doch meistens nur und braucht am Ende noch viel länger, als wenn man einfach

einige Minuten Geduld aufgebracht hätte und durch den Stau hindurch gefahren wäre."
„Ach, papperlapapp! Lass mich nur machen, Kleiner!", fegte Kurt Dennis an und verkündete großspurig: „Ich lebe jetzt seit fast neunundfünfzig Jahren in dieser Stadt. Es gibt keine Abkürzung, die der alte Kurt nicht kennt!"
Als sie schließlich um 10.13 Uhr am alten Friedhof in Stuttgart-Vaihingen vorbei fuhren, hatten sie ihr Ziel in der Holzhauser Strasse fast erreicht. Beide schwiegen. Dennis, weil seine Warnung ungehört geblieben war und Kurt, weil er sich selbst eingestehen musste, dass er den Mund wohl etwas zu voll genommen hatte und seine Abkürzung zu einem geschätzten Zeitverlust von über einer Stunde geführt hatte.

16.
Erloschene Hoffnungen

Margarete und Rainer Schiller hatten die Kommissare, die wesentlich später als angekündigt eintrafen, bereits erwartet. Dennis warf Kurt einen äußerst kritischen Blick zu, als dieser schwindelte: „Bitte entschuldigen Sie unsere Verspätung, aber wir sind durch einen unvorhersehbaren Zwischenfall aufgehalten worden. Danke, dass Sie uns empfangen und bereit sind, einige Fragen zu beantworten. Bitte glauben Sie uns, wir wissen, wie schwer Ihnen das auch nach so vielen Jahren noch fallen muss."

„Ach ja, tun Sie das?", entgegnete Herr Schiller giftig, wohl wissend, dass Kurt nur etwas aus seinem Repertoire an Floskeln aus dem Bereich „Umgang mit Angehörigen von Opfern" herausgekramt hatte.

Dennis ergriff das Wort: „Wir möchten Sie nicht belästigen. Dennoch brauchen wir von Ihnen Antworten auf einige Fragen, auch wenn es Ihnen so vorkommen mag, als hätten Sie diese schon hundertmal gegeben."

„Zunächst einmal habe ich aber eine Frage an Sie!", preschte Frau Schiller vor.

„Gerne! Was möchten Sie denn von uns wissen?", ging Dennis höflich auf das Anliegen ein, während Kurt bereits begann, ungeduldig mit dem Fuß zu wippen und dabei seinen Blick leicht genervt umherschweifen ließ.

„Aus Angst vor einer weiteren Enttäuschung, traut man sich kaum zu fragen", begann Frau Schiller. „Wir sind nunmehr seit dreißig Jahren daran gewöhnt, enttäuscht zu werden. Da resigniert man irgendwann einmal. Wurde der Fall wieder aufgerollt? Gibt es denn Neuigkeiten über den Verbleib von Nikolai und Severin Treuhertz? Hat man endlich ihre sterblichen Überreste gefunden?"

„Es tut mir leid, Frau Schiller. Es gibt keine neuen Erkenntnisse über den Verbleib von Severin und Nikolai. Und der Fall wurde, zumindest offiziell, auch nicht wieder aufgenommen. Wir ermitteln in einem aktuellen Fall. Hierbei fielen auch einige Ungereimtheiten bezüglich der Entführung der fünf Kinder im Jahre 1983 auf. Ich möchte Ihnen keine neuen und unberechtigten Hoffnungen machen. Am wahrscheinlichsten ist nämlich, dass die Ereignisse von damals und heute nichts miteinander zu tun haben und kleinere Parallelen rein zufällig sind."

Frau Schiller ließ sich in ein altes, aber zeitlos modern wirkendes braunes Ledersofa zurückfallen, während ihr Mann tröstend seine rechte Hand auf ihre Schulter legte. Sie stöhnte und schlug dabei die Hände vor das Gesicht: „Ich wusste es! Warum müssen Sie uns so quälen? Hört denn das niemals auf? Wir haben doch schon genug durchgemacht, oder etwa nicht?"

Nun schritt Herr Schiller ein: „ Meine Frau hat recht! Aber Ihre Offenheit ehrt Sie, Herr Kommissar. Also bitte stellen Sie uns die erforderlichen Fragen. Wir werden versuchen, sie so gewissenhaft wie möglich zu beantworten. Im Anschluss daran, verlassen Sie bitte schnellstmöglich wieder unser Haus!"

„Ist in Ordnung!", stimmte Dennis zu und begann mit einigen allgemeinen Fragen zum Tag von Nikolais Ver-

schwinden, sowie dem unmittelbaren Zeitraum davor und danach. Die Antworten des Ehepaars Schiller ergaben aber nichts Neues, sondern bestätigten lediglich bereits Bekanntes. Auf Kurts etwas unglückliche Frage, ob sie sich eigentlich gelegentlich noch fragten, was aus Nikolai geworden wäre, wenn er nicht entführt worden wäre, entgegnete Herr Schiller mit nachvollziehbarer Aggressivität: „Was denken Sie denn? Wir fragen uns das an jedem verfluchten Tag! Wenn man wenigstens seine Leiche gefunden hätte, dann hätten wir uns zumindest von ihm verabschieden können, aber so bleibt für uns alles offen. Wir haben letztendlich keinerlei Gewissheit, was passiert ist. Alles nur Spekulation. Dass die Ermittlungen damals für abgeschlossen erklärt wurden, ist eine Frechheit. Während all der Jahre hätte man viel intensiver nach Nikolai und den anderen Kindern suchen müssen. In meinen Augen hat die Polizei versagt!"
„Jetzt machen Sie aber mal halblang!", wollte Kurt gerade zu einem Konter ansetzen, als Dennis ihn zurück hielt. „Ich verstehe Ihre Verbitterung, aber beantworten Sie mir noch die folgende Frage: Halten Sie es für möglich, dass Nikolai noch am Leben ist? Immerhin haben Sie gerade selbst erwähnt, dass seine Leiche nie gefunden wurde?!"
„Niemals!", schrie Margarete Schiller. „Wäre Nikolai den Entführern entkommen, hätte er doch sofort Hilfe gesucht und wäre wieder nach Hause gekommen. Niemals hätte er uns im Ungewissen gelassen!"
Dann begann sie zu weinen. „Aber Sie haben recht. Ich wünsche mir nichts sehnlicher, als dass er eines Tages an der Türe steht, mich als mittlerweile fast vierzigjähriger

Mann in den Arm nimmt und sagt: „Hallo Mama, da bin ich wieder!" Bis ans Ende meiner Tage werde ich mich weigern, von diesem Gedanken Abschied zu nehmen!"

„Was würden Sie tun, Frau Schiller, wenn Nikolai auf einmal auftauchen würde?"

Die Tränen rannen ihr mittlerweile die Wangen hinunter und vereinigten sich mit ihrem Make-up zu schwarzen Bächen. Ihr Mann hielt sie fest im Arm, als sie schluchzte: „Ich würde meinen Mann und Nikolais ältere Schwester verständigen. Dann würden wir alle zusammen unseren Familienausflug nach Paris machen, von dem wir immer geträumt hatten. Wir alle, auch Nikolai, wollten immer so gerne in diese Stadt. Ohne ihn haben wir es aber bis heute nicht übers Herz gebracht, dorthin zu reisen. Und wir werden es auch niemals tun!"

„So, ich denke, Sie gehen jetzt besser, meine Herren. Sie sehen doch, dass es meiner Frau schlecht geht!", forderte Rainer Schiller die beiden Polizeibeamten auf. Auch in seinem glasigen Blick spiegelten sich die Enttäuschung und die Verbitterung aus dem erfolglosen Kampf gegen das erfahrene Schicksal wider. Wenn das anstehende Gespräch mit den Kommissaren wieder etwas Hoffnung in den Schillers hatte aufflammen lassen, wurde in diesem Augenblick klar, dass diese wieder enttäuscht worden waren.

17.
Freitag der 13. Teil 1

Freitag, 13. Dezember 2013

„Das hast Du ja wieder einmal toll hingekriegt, mein Lieber!“, begrüßte Brigitte Schockenried ihren Ehemann, der an diesem Morgen einmal mehr, völlig in Gedanken versunken, in die Küche des Reiheneckhauses in Stuttgart-Möhringen kam und sich wortlos an den kleinen runden Frühstückstisch setzte. Sein Hund „Schorsch“, ein schlecht erzogener und mittlerweile schwer in die Jahre gekommener Deutscher Schäferhund, kam wie immer angerannt, um sein Herrchen an dem neuen Tag zu begrüßen. Kurt tätschelte ihn liebevoll und sagte: „Geh spielen, alter Kumpel. Nach dem Frühstück drehen wir noch eine kleine Runde, versprochen!“
Kurt wurde jäh aus seinen Gedanken gerissen, als Brigittes energische Stimme zu ihm durchdrang. „Sag mal, hast Du mich denn überhaupt gehört?“
„Äh ja, Schatz. Ich wünsche Dir auch einen guten Morgen. Was sagtest Du doch gleich?“
„Noch habe ich nicht viel gesagt, aber das kommt jetzt. Und Du wirst mir gefälligst ganz aufmerksam zuhören, bis ich mit Dir fertig bin. Wir gehen nach der Schwere Deiner Vergehen vor und zwar in absteigender Reihenfolge!“
Das hatte dem armen Kurt gerade noch gefehlt. Er hatte doch wirklich schon genug um die Ohren. Für eine von

Brigittes berühmten Standpauken hatte er nun wirklich keinen Nerv. Also beschloss er, alles über sich ergehen zu lassen und hinterher den Reumütigen zu spielen.

Brigitte legte los: „Was haben bitteschön Deine frauenfeindlichen Parolen zu bedeuten, die Du auf dem Weihnachtsmarkt von Dir gegeben hast? Versuche bloß nicht, Dich herauszureden, ich bin aus bester Quelle über jedes Wort informiert."

Kurt wusste schon, wer diese Quelle war. Hatte Harald also doch nicht seine Klappe halten können. Warte nur, Sohnemann, dachte sich Kurt. Das werde ich Dir schon noch heimzahlen. „Zweitens!" zeterte Brigitte weiter: „Wie kommst Du dazu, den armen Kevin-Léon einen schweren Weihnachtsbaum bis in den zweiten Stock des Polizeipräsidiums schleppen zu lassen? Obendrein musste er sich dann noch von Deiner neurotischen Kollegin beschimpfen lassen und hat zum Dank dafür gerade einmal lumpige zwei Euro von Dir bekommen! Du solltest Dich was schämen, Du alter Geizkragen!"

Na das konnte ja heiter werden, dachte sich Kurt. Jetzt war guter Rat teuer. Aus der Nummer mit Kevin-León würde er nicht so leicht herauskommen.

Seine Ehefrau war mittlerweile so richtig in Fahrt. „Punkt Nummer drei: Martina hat mich gestern Abend angerufen und sich für die Einladung über die Weihnachtstage bedankt. Sie und Todd kommen am 23. Dezember in Stuttgart an und bleiben für einige Tage bei uns. Im Grunde freue ich mich sehr darüber, dass unsere Tochter mit ihrem Mann über die Feiertage zu Besuch kommt, ich hätte es nur vorher ganz gerne erfahren, und zwar von

Dir. Außerdem hat sie mir gleich die Bankverbindung von Todd mit IBAN und BIC durchgegeben, damit ich eine Auslandsüberweisung in beträchtlicher Höhe veranlassen kann. Du hast nämlich ihrer Aussage zufolge, die volle Kostenübernahme zugesichert. Bist Du denn eigentlich noch zu retten?"

Kurt wusste, dass es allmählich ganz schön brenzlig für ihn wurde. Bei dem ganzen Trubel hatte er Weihnachten doch tatsächlich schon wieder völlig aus den Augen verloren gehabt. „Viertens und vorerst Letztens, so geschehen vor vierzehn Tagen, wir hatten bisher noch keine Gelegenheit, darüber zu reden: Wenn noch einmal einer Deiner Kegelbrüder auf unserer Toilette im Stehen mit seinem Schlauch den Boden gießt, dann sorge ich dafür, dass er künftig auf einen Dauerkatheter angewiesen sein wird! So, jetzt bin ich fertig!"

Brigitte verschränkte in Erwartung Kurts kleinlauter Rechtfertigungen demonstrativ ihre Arme vor der Brust und plusterte sich vor ihm auf. „Was hast Du zu all diesen Punkten zu sagen, Kurt Schockenried?"

Kurt nippte verlegen an der Tasse mit heißem Kaffee, die vor ihm stand. Er liebte diese Tasse ganz besonders. Darauf war Homer Simpson zu sehen, wie er gerade beim Bowling alle Zehne abräumte und schrie: „Look, Marge, I striked again!"

Dann schien ihm eine passende Antwort eingefallen zu sein, die auch sein Vorbild aus der amerikanischen Zeichentrickserie nicht hätte besser geben können, so dachte er zumindest: „Bowling, Schatz."

Brigitte erwiderte äußerst verwundert: „Ich habe Dich wohl gerade nicht richtig verstanden. Für einen kurzen Moment dachte ich, Du hättest das Wort Bowling in den Mund genommen?!"
„Doch, Du hast mich schon ganz richtig verstanden. Ich sagte tatsächlich das Wort Bowling!"
„Wie bitte?", stammelte Brigitte fassungslos.
„Ja, ganz recht. Das sind nicht meine Kegelbrüder. Denn wir kegeln nicht, sondern wir spielen Bowling. Das ist ein himmelweiter Unterschied!"

18.
Freitag der 13. Teil Zwei

Als Kurt etwa zwei Stunden später mit Holger Grünbaum, Tatjana von Senden und Dennis Rathvan zusammen in Holgers quietschgelbem VW-Bus zur Beisetzung von Jonas Bergmann unterwegs war, wurde ihm zunehmend bewusst, dass der Auftritt von heute Morgen wohl nicht ohne weitreichende Konsequenzen für ihn bleiben würde, wenn er sich nicht gehörig bei Brigitte dafür entschuldigte. Jetzt lagen aber die Prioritäten zunächst einmal wieder ganz klar bei den grausamen Verbrechen, die sie aufzuklären hatten. Außerdem würde sich Brigitte bestimmt irgendwann wieder beruhigen, sobald etwas Gras über die Angelegenheit gewachsen war. Und bis zum Familienfest am Heiligen Abend würde er schon alles wieder ins Lot gebracht haben.
Die Trauerfeier mit der anschließenden Beisetzung von Jonas Bergmann fand auf dem Friedhof in Stuttgart-Rohr statt. Aus überwachungstaktischen Gründen war dieser Friedhof für die Polizei bestens geeignet, denn er war nicht besonders groß und sehr übersichtlich. Es gab nur zwei Zugänge und der gesamte Friedhofsbereich war ringsum von einer Mauer und Bäumen, beziehungsweise Hecken umgeben. Mit Tatjana, Holger, Dennis und Kurt waren insgesamt fünfundzwanzig Beamte, vorwiegend in Zivil, im und um den Friedhof herum im Einsatz. Vier Polizei-

Fotografen sollten möglichst unauffällig dafür sorgen, dass das Gesicht jedes Anwesenden auf einem Foto zu sehen war. Sämtliche in der Umgebung des Friedhofs parkende Fahrzeuge wurden erfasst, auch wenn die meisten den Anwohnern aus dem angrenzenden Wohngebiet gehören dürften. Die Übrigen würden größtenteils den Besuchern der Trauerfeier zugeordnet werden können, vielleicht war aber auch eines dabei, das nicht zugeordnet werden konnte, oder das bei der Überprüfung der Halterdaten Auffälligkeiten, wie beispielsweise ein verdächtiges Vorstrafenregister, offenbaren würde.

Was ihnen allerdings etwas Sorge bereitete, war die große Zahl an Gästen auf der Trauerfeier. Damit hatten sie nicht gerechnet, doch nun war es zu spät, ein größeres Team bereit zu stellen. Annähernd der gesamte Stadtteil musste anwesend sein, ebenso wie alle Klassen der Pestalozzi-Schule, auf die Jonas gegangen war. Natürlich war es auch nicht zu vermeiden gewesen, dass schaulustige Gaffer zugegen waren. Immerhin gelang es ihnen, die Pressefotografen fernzuhalten. Nur Journalisten der schreibenden Zunft wurde Einlass gewährt. Daniela und Ralf Bergmann hatten sich eine Trauerfeier und Beisetzung im engsten Familienkreis gewünscht, doch der Druck der Öffentlichkeit hatte dies nicht zugelassen. Zu viele Bekannte und sogenannte Freunde hätten sich zurück gewiesen gefühlt, wenn sie nicht hätten kommen dürfen. Und natürlich hatte auch die Polizei ein Interesse an einer öffentlichen Trauerfeier, da man zumindest die theoretische Chance bekommen wollte, eine Person anzulocken, die etwas mit dem Verbrechen zu tun haben könnte.

Sie betraten den Friedhof über den Eingang an der Kopernikusstrasse. Sie waren etwas später dran als beabsichtigt, daher hatten sie keinen guten Überblick über die Menschenmenge. Tatjana ging neben Dennis, hakte sich bei ihm unter und sagte: „Hoffentlich ist die Zeremonie bald vorbei. Mir ist heute überhaupt nicht wohl dabei, hier zu sein.“

Dennis reagierte verständnisvoll: „Ich finde den Besuch auf Beerdigungen von Mordopfern auch immer wieder furchtbar. Man fühlt sich so aufdringlich und schämt sich beinahe, aus beruflichen Gründen in diesem familiären Moment anwesend zu sein.“

„Ich weiß, was Du meinst, Dennis. Dieses blöde Gefühl ist mir mittlerweile auch vertraut geworden. Aber darum geht es mir heute nicht. Ich meine etwas ganz anderes!“

„So, was denn?“, fragte Dennis.

Mit ernsthafter Miene sagte Tatjana im Brustton der Überzeugung: „An einem Freitag den 13., sollte man nicht auf einem Friedhof sein. Das bringt Unglück!“

Dennis war fassungslos ob dieser Aussage seiner Kollegin. „Das ist ja wohl jetzt nicht Dein Ernst, Tatjana? Sonst mahnst Du den Kurt und mich immer zur absoluten Professionalität und behauptest, wir wären nicht konzentriert genug bei der Sache und jetzt benimmst Du Dich wie ein abergläubisches altes Ömchen, das auch an Werwölfe, schwarze Katzen und chinesische Glückskekse glaubt.“

„Du etwa nicht?“, fragte Tatjana verwundert.

„Tatjana, jetzt reiß Dich bitte zusammen und vergiss nicht, warum wir hier sind!“, mahnte Dennis energisch.

Die Trauerfeier und die Beisetzung von Jonas Bergmanns Urne waren ergreifend, verliefen aber ohne nennenswerte Besonderheiten oder Auffälligkeiten. In der Menschenmenge konnte keine verdächtige Person ausgemacht werden. Es waren nur noch wenige Personen anwesend, als sie das Friedhofsgelände wieder verließen. Am Ausgang trafen sie auf eine etwas übergewichtige Mutter, die gerade dabei war, ihrem Sohn ins Gewissen zu reden, der sich offenbar nicht getraut hatte, den Bergmanns zu kondolieren. Dennis sprach sie an: „Entschuldigen Sie bitte. Ich mische mich ungern in Ihre Erziehung ein, aber von einem Jungen in diesem Alter kann man doch nicht unbedingt erwarten, dass er aktive Beileidsbekundungen ausspricht. Die bloße Anwesenheit sollte doch für ein Kind ausreichend sein, meinen Sie nicht auch? Ihr Sohn ist ja kaum älter als es Jonas Bergmann war?!"

„Sie haben ja recht, aber wir haben ein besonderes Verhältnis zu den Bergmanns und da hätte ich mir eben gewünscht, dass Marco die Höflichkeit besitzen würde und etwas zu den Eltern sagte, so wie ich das auch getan hätte."

Nachdem Dennis sich und die Kollegen vorgestellt hatte, fragte er nach der Beziehung zu Familie Bergmann. Die Frau stellte sich als Tanja Seeberger vor und erzählte: „Daniela Bergmann und ich haben unsere Söhne Jonas und Marco vor acht Jahren am gleichen Tag in der gleichen Klinik zur Welt gebracht. Wir haben uns damals kennengelernt, weil wir uns ein Patientenzimmer geteilt haben. Wir haben immer noch Kontakt und sind seither sogar lose befreundet. Wir haben uns jedes Jahr gegenseitig zum

Geburtstag der Kinder gratuliert. Als wir jetzt von dieser Tragödie erfahren haben, waren wir fürchterlich bestürzt. Ich weiß, dass ich eben überreagiert habe, als ich von Marco verlangte, er möge bitte persönlich Daniela und Ralf sein Beileid aussprechen. Ich bin nur so wahnsinnig froh, dass Marco noch bei uns ist. Dieses Verbrechen hätte schließlich jeden von uns treffen können."

Sie streichelte ihrem Sohn über den Kopf und sagte: „Bitte entschuldige, Marco. Ich weiß, dass ich da eben zu viel von Dir verlangt habe, mein Junge!"

Die anderen waren schon weitergegangen und auch für Dennis war die Angelegenheit erledigt. Als er sich schon von Frau Seeberger und Marco verabschiedet hatte, drehte er sich nochmals kurz um und fragte: „Ach, Frau Seeberger. In welchem Krankenhaus haben Sie sich damals denn mit Frau Bergmann das Zimmer geteilt?"

Tanja Seeberger antwortete bereitwillig: „Das war im Stuttgarter St. Ferdinand-Krankenhaus. Warum fragen Sie?"

„Ach, nur so. Ist reine Routine!", antwortete Dennis und ging davon.

19.
Passt auf!

Vielleicht war es doch keine so gute Idee gewesen, die Trauerfeier des Jungen auf dem Rohrer Friedhof zu besuchen. Er hatte die Polizisten förmlich riechen können und war sich sicher, einige davon sogar identifiziert zu haben. Die vier, die aus dem quietschgelben VW-Bus gestiegen waren, das waren bestimmt welche gewesen. Die benahmen sich derart auffällig, dass sie jeder sofort erkannt hätte. Der Alte im Trenchcoat und der braunhaarige Lulatsch glotzten ständig in die Menge, ohne dabei auf die Zeremonie zu achten. Die blonde Schnepfe war eine miserable Schauspielerin, denn die ganze Zeit über tat sie so, als ob sie vor irgendetwas Angst hätte. Das war sicher nur Tarnung, genau wie bei dem vierten Typen, der versuchte einen Schwulen zu spielen und dabei so übertrieb, dass es unmöglich echt sein konnte. Und dann hatten sie ihn auch noch an das Steuer dieses Autos gesetzt. Es war vollkommen klar, dass das eine Täuschung sein musste, denn so einen Wagen fuhr niemand freiwillig. Die strategisch gut positionierten Fotografen hatte er natürlich auch bemerkt. Während der gesamten Dauer der Trauerfeier musste er aufpassen, dass er nicht auf einer Nahaufnahme landete. Ob es ihm gelungen war, wusste er allerdings nicht. Jedenfalls hatte ihm das den ganzen Spaß an der Veranstaltung genommen. Aber er wollte doch unbedingt dabei sein und sehen, was er angerichtet hatte. So wie damals bei dem Jammerlappen, diesem Dietmar Breuer. Da hatte er es sich auch nicht entgehen lassen, in die traurigen Gesichter der Angehörigen zu schauen. Es gab ihm ein besonderes Gefühl der Macht und der Genugtuung, hautnah mitzuerleben, wie viele Menschen er durch seine Taten in tiefe Trauer stürzte. Und viel besser war noch das Wissen, das Leben dieser Menschen zerstört zu haben, indem er ihnen den achtjährigen Sohn genommen hatte. Acht Jahre, so alt war auch er damals gewesen, als er seiner Mutter genommen wurde. In den Sommerferien 1983 war er im Vaihinger Freibad gewesen, als ihn ein netter Herr ansprach, der angeblich Fotograf war. Er hatte ihm Geld geboten und immer wieder betont, was für ein hübsches Kind er doch war.

Damit endete seine Chance auf ein normales, glückliches und unbeschwertes Leben. Sein Leben wurde vernichtet und darum musste er auch vernichten.
Und zwar so viele Leben wie möglich.

Viele Jahre lang hatte er diesen Konflikt mit seinem Gewissen ausgetragen. Durfte man, aus reiner Missgunst und Rachsucht an der Menschheit, anderen das Gleiche antun, das einem selbst widerfahren ist? Durfte man unschuldige Menschen in den Abgrund stürzen? Durfte man sie mit dem gleichen Schmerz zu Tode quälen, mit dem man selbst gequält wurde? Am liebsten würde er sie alle in dem großen See seiner vergossenen Tränen ertränken. Der See wurde immer noch größer und größer, irgendwann würde es ein Ozean sein. Denn seit dem Tag vor über dreißig Jahren, an dem seine Seele gebrochen wurde, verging keine Nacht, in der er nicht bitterlich weinte. Sein Gewissen hatte letztendlich den zähen Kampf gegen die düsteren Gedanken verloren. Ja, er durfte anderen das Gleiche antun, das er erleben musste und darum war es in Ordnung zu töten. Dass er noch am Leben war, war reiner Zufall. Eigentlich hätte er damals auf dem Hof sterben sollen. Doch der Tod bereitete ihm schon lange keine Angst mehr, denn innerlich war er bereits seit dreißig Jahren tot. Aber bis sein Leben eines Tages tatsächlich zu Ende sein sollte, wollte er noch so viele achtjährige Jungen wie möglich voraus in die Hölle schicken. Er hatte beschlossen, künftig seine Vorgehensweise zu ändern. Er wollte sich nicht mehr, wie bei Jonas Bergmann, wochenlang damit aufhalten, die Jungen als Sklaven zu missbrauchen, so wie er und die anderen damals auf dem Hof missbraucht wurden. Seine Taten wären sicherlich genauso effektiv, wenn er die Kinder gleich tötete. Außerdem würde ihm die Polizei nicht so leicht auf die Schliche kommen können, wenn er schneller und unberechenbarer handelte. Aber auf die Polizei gab er sowieso keinen Pfifferling. Wo waren die denn damals gewesen, als er entführt wurde? Warum haben sie ihn nicht gefunden? Haben sie ihn überhaupt gesucht? Vielleicht sollte er sich den Sohn eines Polizisten angeln? Das wäre zumindest eine Überlegung wert. Na ja, im Moment hatten die ja überhaupt keine Ahnung wer er wirklich war. Die wussten ja noch nicht einmal, dass er noch am Leben war und seit 1999 in Stuttgart lebte, nur wenige Straßen von seiner

Mutter entfernt in Stuttgart-Heslach. Fast täglich hatte er sie beobachtet und sein Herz zerbrach jedes Mal aufs Neue, wenn er mit ansehen musste, wie trostlos ihr Leben war. All das schrie nach Rache und Vergeltung.
„Geht nach Hause, passt auf Eure Kinder auf und nehmt sie ganz fest in den Arm. Denn sonst komme ich sie holen!“

20.
Ein falscher Stellplatz und eine Verbindung

Der Dezember des Jahres 2013 in Stuttgart zählte nicht gerade zu den kältesten und schneereichsten seit dem Beginn der Wetteraufzeichnungen, trotzdem ging einem die Kälte unter die Haut, wenn man einige Stunden im Freien zugebracht hatte. Holger Grünbaum hatte den großen Besprechungsraum im zweiten Stock des Polizeipräsidiums gut geheizt und war gerade dabei, einige Kannen Tee, sowie Kaffee und Weihnachtsgebäck für die anberaumte Teambesprechung auf den Tischen zu verteilen. Natürlich war wie immer alles hübsch dekoriert. Außer Kurt, der etwas zu früh eingetroffen war, hatte sich noch keiner der Teilnehmer eingefunden. Er stand an einem der Fenster und schaute in den Innenhof des Präsidiums, auf dem sich ein großer Parkplatz befand. In den vielen Jahren, die er jetzt schon im Dezernat 1.1 der Kriminalinspektion 1 bei der Stuttgarter Polizei verbracht hatte, war er unzählige Male an diesem Fenster gestanden und hatte auf den Parkplatz geschaut. Er kannte die Fahrzeuge sämtlicher Kollegen und deren KFZ-Kennzeichen, er wusste, wann die Pförtner Schichtwechsel hatten und konnte sehr genau vorhersagen, wann welcher Kollege das Gebäude betreten, oder wieder verlassen würde. Er wusste auch ganz genau, dass Fred Zimmermann vom Dezernat

für Betrugsdelikte selbst ein Schild an einem der Stellplätze angebracht hatte, welches den Kollegen vorgaukelte, er verfüge über einen Privatparkplatz. Außer Kurt war diesem Schwindel bisher merkwürdigerweise noch keiner auf die Schliche gekommen. Wahrscheinlich rechnete in Polizeikreisen keiner mit einer solchen Dreistigkeit unter Kollegen. Kurt hatte es bisher vorgezogen, dieses kleine Geheimnis für sich zu behalten und stattdessen Fred Zimmermann immer wieder zu provozieren, indem er selbst seinen dunkelblauen Passat gelegentlich auf diesen Stellplatz stellte, bevorzugt dann, wenn die Parkplatzsituation um das Präsidium herum eher bescheiden war. Einmal hatte er sogar über einen anonymen Hinweis Freds roten BMW M1 abschleppen lassen. Dann verfolgte er das Schauspiel vom Fenster im Besprechungsraum aus und amüsierte sich köstlich, als der vorlaute und aufgeblasene Fred sich ein Wortgefecht mit den Herren vom Abschleppdienst lieferte, die ihrer Aufgabe jedoch äußerst gewissenhaft und kompromisslos nachgingen und nicht von ihrem Vorhaben abzubringen waren.
Jetzt stand er wieder an diesem Fenster und fragte sich, ob er all das eines Tages vermissen würde, wenn er nicht mehr bei der Polizei arbeitete und seine mickrige Beamtenrente verbrauchte, die ihm zuletzt die Besoldungsstufe A13 eingebracht haben würde. Er hatte keine Antwort darauf, wie auf so vieles in diesen Tagen. In den aktuellen Ermittlungen sahen sie kein Land, seine Kinder und Enkelkinder waren eine undankbare Horde von Rindviechern, die ständig versuchten, ihn, den Oberbullen, zu melken, obwohl er doch gar keine Milch geben konnte. Und seine

Ehe mit Brigitte war, nach vielen glücklichen Jahren, im Moment ebenfalls eine Vollkatastrophe. Und er war es sich und vor allem der Familie des toten Jonas Bergmann schuldig, dessen Mörder zu fassen. Deshalb musste seine ganze Kraft und Konzentration jetzt der Aufklärung des Verbrechens gelten, koste es, was es wolle. So war nun einmal sein Leben, mit einem Beruf, dem er sich einst aus voller Überzeugung verschrieben hatte.

Gegen 15.17 Uhr des 13.Dezember 2013 hatte die interne Teambesprechung mit zweiminütiger Verspätung gerade begonnen, als es leise von außen an die Türe klopfte. Ohne eine Antwort abzuwarten, betrat Mark Scheck den Raum. Auf die irritierten Blicke hin, die ihn trafen, stellte er sich kurz vor: „Guten Tag, mein Name ist Dr. Mark Scheck. Ich bin derzeit Assistenzarzt bei Herrn Dr. Brandner im Rechtsmedizinischen Institut. Wir haben gemeinsam die Obduktion von Jonas Bergmann durchgeführt. Ich bin auch mit der Überwachung der noch ausstehenden Laboruntersuchungen betraut. Da Herr Dr. Brandner heute Nachmittag verhindert ist, hat er mich gebeten, ihn bei dieser Besprechung zu vertreten. Nebenbei sind Herr Rathvan und ich alte Freunde aus Schulzeiten.“

Dennis nickte zustimmend und Kriminalrat Hans-Dieter Scheible musterte den in diesem Moment etwas schüchtern wirkenden, fast zwei Meter großen Mark skeptisch, bevor er ihn anwies, Platz zu nehmen. „Wir werden später aufmerksam zuhören, wenn Sie uns die neuesten Ergebnisse Ihrer gewöhnungsbedürftigen Labor-Experimente mit Fliegen und Maden erläutern. Doch zunächst müssen wir uns anderen Sachverhalten widmen. Herr Schockenried, wenn ich Sie bitten dürfte zu beginnen?!"

Häufig nutzte Kurt diese Gelegenheit, um vor versammelter Mannschaft ein kleines Späßchen anzubringen, aber nicht heute. Er legte gleich und ohne Umschweife los: „Also Kollegen, zunächst möchte ich die Fakten darlegen und dann auf die Beweislage zu sprechen kommen. Was Letztere angeht, kann ich vorweg nehmen, dass es nichts Neues gibt. Der achtjährige Jonas Bergmann verschwand am 18.09.2013 spurlos. Zehn Wochen und sechs Tage später, wurde seine Leiche in einem Altkleider-Container in Stuttgart-Hofen, ganz in der Nähe des Max-Eyth-Sees, gefunden. Die Umstände der Entführung bleiben nunmehr auch zehn Tage nach seinem Auffinden noch ein Rätsel und konnten nur bruchstückhaft rekonstruiert werden. In den Tagen und Wochen vor dem 18. September gab es keine besonderen Vorkommnisse oder Auffälligkeiten in seinem Privatleben oder in seinem schulischen Umfeld. Zumindest keine, von denen irgendjemand etwas mitbekommen hätte. An besagtem Tag machte er sich, wie fast jeden Tag, mit seinem Freund und Klassenkameraden Moritz Wagner zu Fuß auf den Heimweg von der Pestalozzi-Grund-und Werksrealschule auf die Rohrer Höhe. Um 11.46 Uhr kam Moritz Wagner zu Hause an. Vor dem Haus der Wagners im Eichgehrenweg haben sich die Jungen verabschiedet und Moritz hat gesehen, wie Jonas an der nächsten Ecke nach rechts abgebogen ist. Das heißt, zumindest an diesem Punkt seines weiteren Heimweges, hat er keinen Umweg genommen, denn das entsprach dem direktesten Weg. Wann er letztendlich zu

Hause eintraf ist unklar, gewiss ist aber, dass er ankam. Herr Mendler vom LKA hatte zumindest in diesem Punkt Recht, es ist nicht von entscheidender Bedeutung, wann genau das war. Angenommen er nahm keinen Umweg und ging alleine etwas schneller als in Begleitung von Moritz, dann dürfte er ungefähr kurz vor zwölf zu Hause in der Musberger Strasse angekommen sein. Wie so häufig war er an diesem Mittag allein, da beide Eltern bei der Arbeit waren. Seine Hausaufgaben hatte er nicht erledigt und der Schulranzen stand noch mit den Büchern desselben Unterrichtstages gepackt im Flur hinter der Eingangstüre. Er hatte sich in der Mikrowelle das Essen vom Vortag aufgewärmt und ferngesehen. Er sah sich die Aufzeichnung eines Model-Casting-Wettbewerbes an, was sehr ungewöhnlich für einen Jungen in seinem Alter ist, zumal er sich auch sonst nicht die Bohne für so etwas interessiert hatte. Dubios ist in diesem Zusammenhang auch, dass er sich herausgeputzt hatte, bevor er wieder aus dem Haus ging. Er duschte, gelte sich die Haare und zog nach seinem Geschmack die schicksten Klamotten an, die sein Kleiderschrank hergab. Im Übrigen ist das auch die gleiche Kleidung, die er noch fast elf Wochen später getragen hat, als man seine Leiche fand. Niemand konnte sich erinnern, ihn gesehen zu haben, bis um 13.53 Uhr. Da löste er beim Busfahrer der Linie 82 ein Busticket an der Haltestelle „Am Wildwechsel". Zehn Minuten später stieg er an der Haltestelle „Pestalozzi-Schule", die an der Waldburgstrasse liegt, wieder aus dem Bus. Während der gesamten Fahrt war er alleine und hat sich mit niemandem unterhalten. Anschließend haben wir eine Lücke von über dreißig

Minuten. Denn erst um 14.50 Uhr hat ihn das Ehepaar Seifert in der Freibadstrasse, direkt gegenüber des Freibadparkplatzes, gesehen. Der Fußweg dorthin, ausgehend von der Bushaltestelle an der Waldburgstrasse, dauert aber auch für einen Achtjährigen kaum länger als fünf Minuten. Hier verliert sich seine Spur, bis zum frühen Morgen des 03. Dezember, als seine stark verweste und bereits ausgeprägten Fäulnisprozessen ausgesetzte Leiche, in besagtem Altkleider-Container gefunden wurde. Am Abend des 18.09. um 20.48 Uhr hat sein Vater Ralf Bergmann ihn beim KDD als vermisst gemeldet, bevor dann am späteren Abend mit der intensiven Suche nach Jonas begonnen wurde. Leider ohne Erfolg. Ab diesem Zeitpunkt übernahmen dann die Kollegen des LKA die weiteren Ermittlungen, deren Ergebnisse uns bekannt sind. Außerdem wissen wir, dass Fundort und Tatort nicht identisch sind. Herr Dr. Scheck wird mir verzeihen, wenn ich die bisherigen Ergebnisse der Rechtsmedizin zusammenfassend darlege. Aufgrund der starken Verwesung und des Fäulniszustandes konnten keinerlei hilfreiche Spuren an der Leiche und der Kleidung von Jonas gesichert werden. Keine DNA-Spuren, keine Fasern, keine sonstigen Partikel, einfach nichts. Bei der Obduktion zeigten sich, allerdings mit eingeschränkter Aussagekraft, keine Hinweise auf eine sexuelle Misshandlung oder Penetration. Ein gebrochenes Zungenbein und ein zertrümmerter Kehlkopf deuten auf Erdrosseln als Todesursache hin. Der Todeszeitpunkt gibt weiter Rätsel auf. Ausprägung der Verwesung und das Entwicklungsstadium der zu tausenden vorgefundenen Maden, stimmten nicht überein. Als Dr. Brandner jedoch in den See aus Fäulnisflüssigkeit auf dem Grunde des Containers hinabtauchte, fand er die Insekten im sogenannten Verpuppungsstadium vor, was schon eher zum Zustand der Leiche passte. Tests haben ergeben, dass der Junge so aufgefunden wurde, wie er in den Container geworfen wurde, was bedeutet, dass er schon tot war, als das erfolgte. Er kann nicht länger als fünfundzwanzig Tage im Kleider-Container gelegen haben, denn dieser wurde zuletzt am 8. November entleert. Dabei muss ich fairerweise eingestehen, dass uns dieses durchaus relevante Ermittlungsdetail, völlig unverständlicherweise entgangen war. Das ist die Faktenlage zum Fall Jonas Bergmann, liebe Leute. Mehr haben wir bis jetzt nicht. Spekulationen zu Motiven, Indizien und Zusammenhängen mit anderen Verbrechen folgen später, wobei hier auch klar darauf hinzuweisen ist, dass das ViCLAS des LKA, keinerlei Zusammenhänge gefunden hat."

Hans-Dieter Scheible erteilte nun, früher als ursprünglich beabsichtigt, Dr. Marc Scheck das Wort. Dennis bemerkte, dass sein alter Kumpel etwas steif wirkte, bei dem Versuch sich sachlich und gewählt auszudrücken. Nicht, dass er das nicht konnte, schließlich hatte er schon Vorträge auf internationalen Medizinerkongressen gehalten, aber diese Situation war völliges Neuland für ihn. „Nun, äh, ja. Vielen Dank für die Erteilung des Wortes, Herr Scheufele."

Ein Kichern ging durch die Runde, ehe der Kriminalrat protestierte: „Ich bin Kriminalrat Hans-Dieter Scheible, merken Sie sich das, junger Mann. Und jetzt weiter!"

„Entschuldigung. Das ist mir jetzt wirklich peinlich. Mein erster Auftritt hier in den heiligen Hallen der Mordkommission und dann so etwas. Wie Frau von Senden und Herrn Rathvan bereits beim Besuch im Rechtsmedizinischen Institut erläutert wurde, haben wir den Versuch gestartet, das genaue Alter der Puppen zu bestimmen, so dass sich relativ exakte Rückschlüsse auf die Besiedlungszeit der Leiche ziehen lassen. Leider ist dies ein Echtzeitversuch und dürfte zwischen fünfundzwanzig und achtundzwanzig Tagen dauern. Es ist uns gelungen, die Umgebungstemperatur und das Milieu im Container sehr genau nachzustellen. Am Abend des 3. Dezember haben wir dann frische Schmeißfliegen-Eier ausgelegt. Sobald sich diese im identischen Stadium befinden, wie die ältesten bei der Leiche vorgefundenen Puppen, wissen wir, wie lange Jonas Bergmann längstens im Container gelegen haben kann. Zum jetzigen Zeitpunkt, also fast zehn Tage nach Auslage der Eier haben wir Larven, deren Entwicklungsstadium unter anderem ebenfalls am Leichnam gefunden wurde, wobei es sich dabei um jüngere Generationen handelt und nicht wie fälschlicherweise zuerst angenommen, um die Indikatoren der Besiedlungszeit."

In den Köpfen der übrigen Anwesenden konnte man förmlich das Rattern der Gehirnwindungen hören, letztendlich hatten jedoch alle die wissenschaftlichen Sachverhalte verstanden, auch wenn sie manchem auf den Magen zu schlagen schienen, denn in den nächsten zwanzig Minuten, sollte keiner mehr ein Weihnachtsplätzchen anrühren.

Tatjana fühlte sich am Freitag den 13. offensichtlich zumindest im Polizeipräsidium sicher und ergriff das Wort: „Nachdem die Fakten dargelegt wurden, möchte ich nun über weitere Informationen berichten, die von mehr oder weniger großer Bedeutung sein könnten. Die Überprüfung des Umfeldes von Jonas Bergmann hat nichts ergeben. Die Theorie, dass in über neunzig Prozent der Fälle bei solchen Delikten die Täter aus dem Umfeld der Opfer stammen, können wir für diesen Fall verwerfen. Das Ehepaar Seifert, das den Jungen zuletzt lebend gesehen hat, ist vollkommen harmlos und ebenfalls nicht verdächtig. Die Überprüfung der Anwesenden auf der Trauerfeier heute Vormittag konnte noch nicht vollständig abgeschlossen werden, ist aber schon ziemlich weit fortgeschritten und hat bisher auch keine Auffälligkeiten ergeben. Es waren einige Gäste anwesend, die nicht aus dem persönlichen und örtlichen Umfeld von Jonas stammten, aber gegen keinen von ihnen bestehen Verdachtsmomente. Vermutlich repräsentierten sie die Quote der üblichen Sensations-Touristen."

„Um wie viele dieser Personen handelt es sich denn?", wollte Dennis wissen.

„Bisher um einundzwanzig. Bei vierhundert und zweiundzwanzig Gästen, entspricht das nicht einmal ganz fünf Prozent."

„Sind alle fotografisch erfasst?"

„Ja, das sind sie selbstverständlich!"

„Die Angaben dieser Frau Seeberger mit der Du, Dennis, gesprochen hast, stimmen. Sie und Daniela Bergmann teilten sich tatsächlich vom 27.7. bis zum 02.08.2005 ein Doppelzimmer auf der Entbindungsstation der Geburtshilflichen Klinik des St. Ferdinand-Krankenhauses in Stuttgart. Jonas und Marco kamen innerhalb von achtzehn

Minuten, also annähernd zeitgleich, in zwei benachbarten Kreißsälen zur Welt."

„Wie sieht es denn mit einem Täterprofil beziehungsweise mit einem Motiv aus?", fragte Herr Scheible.

Tatjana winkte ab: „Alles völlig schwammig und reine Spekulation. Auch wenn sich keine Spuren von sexuellem Missbrauch finden ließen, ist ein pädophiles Motiv nicht auszuschließen und meiner Meinung nach am wahrscheinlichsten. Jonas Bergmann dürfte sich in der Zeit, die er am 18.9. zu Hause verbracht hat, für jemanden schick gemacht haben, vermutlich für seinen Entführer und späteren Mörder."

„Ist er möglicherweise über das Internet ins Visier des Täters geraten?", fragte Scheible dazwischen.

„Nein, das ist sehr unwahrscheinlich. Die Auswertung sämtlicher Computer im Hause Bergmann und in der Pestalozzi-Schule erbrachte keinen Hinweis auf eine Internet-Aktivität von Jonas. Auch die Eltern oder andere Verwandte haben keinerlei Fotos von Jonas auf irgendeiner Plattform ins Netz gestellt."

Dennis ging weiter auf das mögliche Tatmotiv ein: „Angenommen, die Entführung geschah aus einer sexuellen Motivation heraus, bedeutet das, wir haben es mit einem krankhaft veranlagten Täter zu tun, der seine abartigen Neigungen nicht mehr unter Kontrolle hatte. Niemand wird vom einen Tag auf den anderen pädophil. Es handelt sich dabei um eine Veranlagung, die von den meisten Betroffenen auch selbst als krankhaft empfunden wird. Lange kann der Drang unterdrückt werden oder wird zu Hause in den eigenen vier Wänden über illegale Pornographie oder Sonstiges ausgelebt. Irgendwann reicht die Phantasie aber nicht mehr aus, dann wird ein real existierender Mensch zum Objekt der Begierde. Dabei gibt es zwei Vorgehensweisen: Entweder wird eine Tat von langer Hand geplant, ein Opfer über lange Zeit beobachtet und der richtige Augenblick abgewartet, um schließlich zuzuschlagen. Oder aber die Entführung eines bislang nicht ins Visier geratenen Kindes geschieht spontan, weil sich zufällig eine günstige Gelegenheit ergab."

Kurt hakte an diesem Punkt ein: „Ich bin mir sicher, dass Jonas Bergmann unter einem Vorwand zu einem Ort gelockt wurde, der in der Nähe des Vaihinger Freibads lag. Das deutet auf eine geplante Tat hin, ebenso wie die Tatsache, dass er bis zu seiner Ermordung viele Wochen irgendwo gefangen gehalten wurde. Der Entführer muss über geeignete Räumlichkeiten verfügen, oder zumindest wissen, wo sich solche befinden. Eine Chance bei der Tätersuche könnten die verschiedenen Orte sein, die im Zusammenhang mit dem Verbrechen bekannt wurden."

Scheible wandte ein: „Aber die Stadtteile Vaihingen und Hofen liegen viele Kilometer auseinander, praktisch jeweils am anderen Ende der Stadt."

„Aber immer noch nahe genug beieinander, dass der Täter einen Bezug zu beiden Orten haben könnte!", entgegnete Kurt.

„Ich habe die Berichte von Ihnen und Herrn Rathvan über die Befragungen von Herrn Siebert, der Stiefmutter von Dietmar Breuer, sowie der Familie Zendić, Frau Treuhertz und dem Ehepaar Schiller gelesen. Worauf wollen Sie hinaus, Herr Schockenried? Denken Sie wirklich, dass der

Mord an Jonas Bergmann in einem Zusammenhang mit den Entführungen aus dem Jahre 1983 und den schlimmen Geschehnissen auf dem „Hof des Grauens“ steht?“

„Ich weiß es natürlich nicht, aber einiges spricht dafür!“

„Nämlich?“, sagte Scheible, während er die Arme vor der Brust verschränkte und sich gespannt zurücklehnte.

„Tatsache ist, aus welchem Grund auch immer, dass die Ermittlungen seinerzeit schlampig geführt und nicht gewissenhaft zu Ende gebracht wurden. Ich hatte das viele Jahre verdrängt, musste es mir aber nun selbst eingestehen, denn schließlich war ich damals auch in die Ermittlungen involviert. Drei der fünf Kinder von damals und Jonas Bergmann verschwanden in der Nähe des Freibades Rosental in Stuttgart-Vaihingen. Alle Jungen waren ungefähr im gleichen Alter. Ein ominöser Fotograf lockte damals die Kinder unter dem Vorwand, Aufnahmen für einen Modekatalog machen zu wollen, an einsame Orte. Ähnliches könnte bei Jonas Bergmann passiert sein.“

„War denn einer der beiden toten Hofbesitzer dieser Fotograf?“, fragte Tatjana.

Kurt zuckte mit den Schultern. „Vermutlich schon, aber genau weiß man es nicht. Genauso wenig wie man weiß, was auf dem Hof wirklich passiert ist. Außerdem sind Nikolai Schiller und Severin Treuhertz bis heute verschwunden. Es gibt keinen Beweis dafür, dass sie wirklich tot sind.“

„Sind das die einzigen Verbindungen, die Sie zwischen den Ereignissen herstellen können?“, fragte Hans-Dieter Scheible skeptisch.

„Nicht ganz. Es gibt da noch etwas!", sagte Kurt und es wurde ganz still im Raum und alle waren gespannt, denn die bisher aufgeführten Punkte waren nicht neu gewesen.
„Ganz beiläufig und zufällig haben wir erfahren, dass Thorsten Siebert, ebenso wie Jonas Bergmann, im Stuttgarter St. Ferdinand Krankenhaus zur Welt kam."
„Ja und?", sagte Scheible.
„Es war nicht besonders schwer herauszubekommen, dass Miroslav Zendic´, Dietmar Breuer, Severin Treuhertz und Nikolai Schiller ebenfalls dort geboren wurden."
Scheible blieb weiter kritisch: „Das St. Ferdinand verfügt über eine von Stuttgarts größten und beliebtesten geburtshilflichen Abteilungen. Das kann alles reiner Zufall sein."
„Ja, das könnte es!", räumte Kurt ein. „Wir haben jeden Stein umgedreht und dabei nur diese eine Verbindung gefunden. Also hoffe ich, dass sie, so absurd das auch klingen mag, die Richtige ist!"

Teil 2
Die Galerie der Totenbilder

21.
Sankt Ferdinand

Samstag, 14. Dezember 2013

An diesem regnerischen und windigen Dezembertag, der eher an die stürmischen Herbsttage eines Novembers erinnerte, waren Tatjana und Kurt zusammen auf dem Weg zum St. Ferdinand-Krankenhaus. Da die Beiden nicht immer unbedingt auf einer Wellenlänge lagen, war es eher eine Ausnahme, dass sie heute im Gespann unterwegs waren. Auch nach mehreren Jahren erfolgreicher Zusammenarbeit blieben beide in der gegenseitigen Anrede beim „Sie“. Diese Distanz beruhte aber weniger auf dem Willen des älteren und in der Hierarchie höher stehenden Ersten Kriminalhauptkommissars, sondern eher auf der Kleinlichkeit von Tatjana. Sie wusste zwar, dass Kurt Schockenried ein sehr guter Kriminalist war, aber in ihren Augen war er ein stoffeliger Saufbold mit schlechten Manieren und damit nicht qualifiziert für ein freundschaftliches Verhältnis zu ihr.

Als sie das Krankenhaus durch die große Drehtür am Haupteingang betraten, wurden sie von dem regen Wochenendbetrieb fast erschlagen. Die multikulturelle Großstadt präsentierte sich hier in vielen Facetten. Zwei ältere männliche Patienten mit Schläuchen in der Nase und einem tragbaren Sauerstoffgerät auf dem Rücken, waren, die „Revals ohne Filter“ griffbereit im Anschlag, in ihren Bademänteln unterwegs in die Raucherecke. Dabei lästerten sie im breitesten Schwäbisch über das Mittagessen vom heutigen Tage. Es gab wohl ungarische Fleischspieße mit Schweizer Rösti. Am Informationsschalter fragte ein radebrechender Herr Mitte Dreißig in osteuropäischem Akzent nach dem Weg zur unfallchirurgischen Notfallambulanz. Die stets um Freundlichkeit bemühte Dame fragte auf hochdeutsch höflich nach dem Grund, der ihn wohl hier her führte. Ziemlich dreist antwortete der Mann, er wolle seine seit vier Wochen bestehenden Knieschmerzen heute einmal gründlich und in Ruhe untersuchen lassen, da er keine Lust habe, bei seinem Hausarzt immer so lange im Wartezimmer sitzen zu müssen. In der gesamten Eingangshalle war nicht ein einziger Sitzplatz mehr frei, da viele Familien mit Migrationshintergrund aus dem Südosten Europas, den Krankenbesuch mit einem ausgeprägten Picknick verbanden. Auf der größten der drei geburtshilflichen Stationen angekommen, wollte Tatjana nach der Stationsleitung fragen. Doch die vorbeibrausende Krankenschwester, auf deren Namensschild der Name „Olga" zu lesen war, rief ihnen nur zu: „Keine Zeit, Babys kommen wann wollen, auch der Samstag!" Schließlich trafen sie auf die stellvertretende Stationsleitung, die an diesem Wochenende Dienst hatte. Juliette Häberle war eine aus Nîmes in der Provence stammende Französin, die einen Schwaben geheiratet hatte und seit über zwanzig Jahren in Stuttgart lebte. Ihr Deutsch war annähernd perfekt und der französische Akzent ließ sie sehr sympathisch wirken. Sie erzählte den beiden Polizisten einiges über das Leitbild und die Philosophie des St. Ferdinand-Krankenhauses, über zunehmende wirtschaftliche Zwänge bei angespannter Personalsituation, über 2784 Geburten alleine Im Jahre 2012, über organisatorische Abläufe und sie gewährte Einblicke in die Stationsarbeit. Sie übergab Tatjana eine abteilungsinterne Liste, auf der alle Mitarbeiter-Namen der Klinik für Frauenheilkunde und Geburtshilfe aufgeführt waren, vom Chefarzt über das Sekretariat in den Kreißsaal und die Pflegekräfte auf den Stationen bis zu den freiwilligen Nachfolgern der Zivildienstleistenden. An einer Position auf der Liste blieb Tatjanas Blick hängen. Da stand: Erika Södergren / Archiv und Fotogalerie.

Tatjana fragte: „Eine Fotogalerie? Was hat es denn damit auf sich?"

Juliette Häberle lächelte stolz: „Die Fotogalerie ist etwas ganz besonderes und deutschlandweit einzigartig. Wir sind sehr stolz darauf und möchten diese Tradition noch so lange wie möglich fortsetzen. Am 01. April 1974 wurde die Galerie offiziell eröffnet. Sie ist in einem großen Raum im alten Trakt des Krankenhausgebäudes untergebracht. Dort wird von jedem neugeborenen Kind, das in unserem Hause zur Welt kommt, ein Porträtfoto in dieser Größe aufgehängt." Dabei zeigte sie auf ein Foto, das vor ihr auf dem Tisch lag und in etwa die Größe einer Postkarte hatte. „Unter jedem Bild steht der Name des Kindes mit Geburtsdatum. Die Bilder sind chronologisch angeordnet, wie gesagt beginnend im April 1974 bis einschließlich der Geburten in der vergangenen Woche. Einmal wöchentlich aktualisiert Frau Södergren die Galerie und hängt höchstpersönlich die

neuen Bilder auf. Insgesamt sind es mittlerweile über achtzigtausend."
„Heiligs Blechle!", staunte Kurt. „Wir würden diese Galerie sehr gerne sehen. Außerdem möchten wir bitte mit Frau Södergren sprechen. Wo können wir sie denn finden?"
„Heute gar nicht", schmunzelte Frau Häberle. Frau Södergren ist dem Sekretariat des Chefarztes unterstellt und da arbeitet am Wochenende niemand. Sie ist erst am Montag wieder da, vorausgesetzt, sie ist nicht im Urlaub oder krank."
„Könnten sie uns dann bitte in die Galerie führen?", sagte Kurt mit einem Augenaufschlag, der dem seines Schäferhundes Schorsch sehr ähnlich war.
Die Krankenschwester war sehr entgegenkommend: „Natürlich, der Polizei helfen wir doch gerne! Ich möchte Sie bitten, hier auf dem Gang zu warten, ehe wir nach drüben in den alten Trakt des Gebäudes gehen. Ich muss zuerst zum Sekretariat und den Schlüssel aus dem Büro von Frau Södergren holen. Ich hoffe, sie hat ihn nicht mit nach Hause genommen, denn es gibt sonst keinen weiteren mehr. Sie hütet ihn wie ihren Augapfel."
„Merkwürdig?!", sagte Kurt zu Tatjana, als sie auf dem Gang der Station warteten. „Es gibt nur einen Schlüssel zu diesem Raum und der soll ausgerechnet unter den Fittichen einer Sekretärin sein. Was ist mit dem Hausmeister oder dem Chefarzt? Müssen die immer bei Frau Södergren um Erlaubnis bitten, wenn sie in den Raum möchten?"
Tatjana sprang in diesem Moment kreischend zur Seite. Ein Mann mit Küchenhaube und einer Plastikschürze

hatte sie mit einem riesigen Essenswagen fast über den Haufen gefahren, weil er sie offenbar übersehen hatte. Der Wagen war so gewaltig, dass er sie dabei ernsthaft hätte verletzen können. „Hast Du denn keine Augen im Kopf, Du Klappspaten?!", fegte ihn Kurt an. Der Mann war sichtlich schockiert, ob dem Fehler, den er begangen hatte. Er verbeugte sich zweimal reumütig und entschuldigte sich für seine Tollpatschigkeit. „Schon gut! Es ist ja glücklicherweise nichts passiert", sagte Tatjana zu dem Mann, an dessen linker Brust ein Namensschild mit der Aufschrift „Radomir Kraft - Küchenhilfspersonal" baumelte. Dann sagte sie scherzhaft zu Kurt: „Bei uns im Osten brauchte man für so etwas einen Führererschein, das solltet ihr Schwaben auch einführen!"

Tatjana und Kurt stockte der Atem, als sie den Saal betraten, in dem sich die Fotogalerie befand. Es war ein gigantischer Raum mit hohen Sandsteinmauern. Die Fenster waren abgedunkelt, so dass kein Tageslicht einfallen konnte. Die Wände waren perfekt ausgeleuchtet. Sie wurden aus einer bestimmten Entfernung jeweils von unten und oben angestrahlt, so dass sich die Lichtstrahlen mit ihrer größten Intensität exakt auf der Höhe der Fotografien trafen. Von der Türe aus gesehen, befand sich linkerhand die Stirnseite des Raumes. Dort hingen große in Holz gerahmte Porträtzeichnungen von mehr oder weniger berühmten Ärzten, die in der Zeit des siebzehnten und achtzehnten Jahrhunderts hier gelehrt und gearbeitet hatten. Über ihnen thronte auf einem Podest die Statue des Heiligen Ferdinand, dem Gründungsvater des Krankenhauses. An den übrigen Wänden waren die Kinderbilder befestigt.

Tatjana hatte ihre wahre Freude an der pedantischen Anordnung. Jeder Jahrgang hatte ein eigenes Planquadrat, in welchem die zwölf Monate nochmals leicht voneinander abgesetzt waren. Alle Abstände schienen überall gleich und exakt ausgemessen zu sein. „Großartig!“, staunte sie. „Und das macht alles Frau Södergren?“

„Ja, so ist es. Jetzt wissen Sie auch, warum für diese Tätigkeit eine Vollzeitkraft notwendig ist. Früher gab es sogar einen Fotografen, der die Kinderaufnahmen angefertigt hat. Diese Stelle wurde aber schon vor Langem wegrationalisiert. Inzwischen machen die Hebammen die Aufnahmen der Kinder.“

„Dürfen wir uns etwas genauer umschauen?“, fragte Kurt um die Form zu wahren, ließ aber in seinem Tonfall nicht den geringsten Zweifel daran aufkommen, dass er eine Verneinung dieser Frage nicht gelten lassen würde.

„Bitte, tun Sie sich keinen Zwang an!“, antwortete Frau Häberle. „Auf mich müssen Sie dabei aber verzichten, denn ich habe eine Menge Arbeit auf der Station zu erledigen. Bitte bringen Sie mir den Schlüssel wieder zurück, wenn sie fertig sind.“

Sie gingen langsam an den Wänden entlang und orientierten sich an den Jahreszahlen. Tatjana musste an einer langen Metallleiter bis fast unter die Decke klettern, um den 27. Juli 2005 zu finden. Dort hingen, direkt nebeneinander, die Bilder von Marco Seeberger und Jonas Bergmann. Kurt musste sich nicht in solch schwindelerregende Höhen begeben und hatte leichtes Spiel, im Jahrgang 1974 die Bilder von Miroslav Zendic´ und Nikolai Schiller,

sowie 1975 die von Thorsten Siebert, Severin Treuhertz und Dietmar Breuer zu finden.
Als sie am Spätnachmittag wieder auf die Drehtür zusteuerten, um das Gebäude zu verlassen, hatten sich die Menschenmassen in der zur Picknickwiese umfunktionierten Eingangshalle deutlich gelichtet. Draußen war es bereits dunkel und der Regen war in Schneeregen übergegangen. In der Luft hing der bittere Biergeruch einer nahegelegenen Großbrauerei. Tatjana fragte Kurt: „Glauben Sie, wir könnten es mit einem Serientäter zu tun haben?"
„Sagen wir es so, bei den meisten sexuell motivierten Morden, ist der Drang nach einer Tat zunächst einmal befriedigt, bis er langsam aber sicher wieder zunimmt. Dann könnte der Täter erneut zuschlagen. Wie lange dieses Intervall dauern wird, weiß natürlich niemand. Es können Jahre oder nur Tage sein. Erwiesen ist aber, dass die Abstände zwischen den Taten immer kürzer werden. Meiner Meinung nach besteht aber durchaus die Hoffnung, dass wir nicht nach einem Serienmörder suchen müssen, sondern dass es bei dem Mord an Jonas Bergmann bleibt", antwortete Kurt hoffnungsvoll.
„Falls es aber doch ein Serientäter sein sollte, wäre es möglich, dass er genau in diesem Augenblick schon sein nächstes Opfer im Visier hat!", merkte Tatjana skeptisch an und Kurt stimmte zu: „Auch das ist leider möglich!"

22.
Wahrheit

Wie ein Tiger streifte er durch seine Souterrain-Wohnung an der Böblinger Strasse in Stuttgart-Heslach. Lange hatte er suchen müssen, bis er sie damals gefunden hatte. Aber die Suche hatte sich gelohnt, denn sie war perfekt. Es war eine enge kühle Wohnung mit wenig Tageslicht und einem direkt angeschlossenen kleinen Gewölbekeller. Niemand belästigte ihn hier und die Bedingungen waren so ähnlich, wie in den Räumen und Kellergewölben, in denen er einen großen Teil seiner Kindheit und seine gesamte Jugend verbracht hatte. Außerdem lag sie in unmittelbarer Nähe zur Wohnung seiner Mutter und zu seiner Arbeitsstelle als Küchenhilfe im St. Ferdinand-Krankenhaus.

Wie hatten sie ihn bloß gefunden? Oder war es Zufall gewesen, dass die blonde Polizistin und der Alte mit seinem schäbigen Mantel im St. Ferdinand aufgetaucht sind? Nein, er glaubte nicht an Zufälle. Alles im Leben war Vorsehung und Schicksal, davon war er felsenfest überzeugt. Sein Schicksal war es gewesen, im Sommer 1983 entführt worden zu sein und über Jahre als Sklave auf einem gottverlassenen Hof gefangen gewesen zu sein. Das Schicksal seiner Peiniger war wiederum gewesen, dass sie sich seiner Ergebenheit zu sicher gefühlt hatten. Jahrelang hatte er nur das eine Ziel vor Augen gehabt, eines Tages groß und kräftig genug zu sein, um diese

Mistkerle überwältigen zu können und dann zu töten. Ganz alleine hätte er das aber nicht geschafft, deshalb war es gut gewesen, dass er unter den Mitgefangenen einen Bruder im Geiste hatte, mit dem er diesen Plan in die Tat umsetzen konnte. Einen der Jungen, Thorsten Siebert, hatten die Männer nach wenigen Tagen Gefangenschaft bereits getötet, weil er ihnen zu aufsässig war. Sie hatten ihn mit einer Kette erdrosselt und dann einfach in einen Gewölbekeller geworfen, indem er über Jahre hinweg lag und vor sich hin moderte, ohne zu verfaulen. In diesem dunklen Keller mussten er und die drei anderen Jungs alle zusammen wohnen und schlafen, wenn sie nicht gerade arbeiteten. Er selbst war der erste Gefangene auf dem Hof gewesen. Kurz darauf folgten zuerst Thorsten Siebert und dann Nikolai Schiller, bevor sich ihnen einige Wochen später Miroslav Zendic´ und Dietmar Breuer unfreiwillig anschlossen. Das Muster, nachdem der falsche Fotograf und sein Kompagnon ihren Willen brechen wollten, um sie gefügig zu machen, war immer das Gleiche gewesen: Wasser- und Nahrungsentzug in dunkler Einsamkeit über zweimal zwei Tage. Vom ersten Tag an wurde einem jede Hoffnung auf eine Rückkehr in das alte Leben genommen. Nach vier Tagen wurde der jeweilige Neuankömmling durch die Gewölbe in das Wohnhaus geführt und anschließend zu den anderen ins Verlies gesteckt. Schwere Eisenkugeln hingen an Ketten um ihre Knöchel und wurden nur zweimal im Jahr für wenige Minuten abgenommen, um sie dann am anderen Bein zu befestigen. Das geschah einmal jährlich an einem gemeinsamen Tag für alle und dann jeweils zum Geburtstag eines einzelnen. Es war fast lächerlich, doch auf diese Tage arbeiteten sie den Rest des Jahres hin, denn abgesehen von der kargen Nahrung, die sie bekamen, hatten sie sonst nichts, worauf sie sich freuen konnten. Das Einzige, das ihnen nicht genommen werden konnte, waren ihre Gedanken. Die gehörten nur ihnen und darin waren sie frei. Für einen dieser Tage im Februar 1999 hatten sie sich etwas vorgenommen. An diesem Tage sollte bei allen vier die Kette für zehn Minuten abgenommen werden. Dietmar war als Erster an der Reihe gewesen und Miro als Letzter. Mit einem Trick konnten sie erreichen, dass der Fotograf einen Augenblick länger als unbedingt notwendig im Raum blieb. Nikolai täuschte vor, dass sich das Schloss an seiner Kette nicht richtig geöffnet hatte. Dabei kniete er direkt hinter der Leiche von Thorsten Siebert, die mitten im Raum lag. Als sich der Fotograf zu ihm hinunter beugte, zog ihn Nikolai so ruckartig an sich heran, dass er ins Straucheln geriet und über den toten Jungen stolperte. Anschließend droschen Nikolai und er immer wieder heftig mit ihren Eisenkugeln auf den am Boden liegenden Fotografen ein. Auch als er schon lange tot war, hörten sie nicht auf. Der andere Entführer wurde planmäßig durch den Radau angelockt. Als er durch die offene Tür kam, hatte er selbst ihm aufgelauert und ihm dann hinterrücks die Eisenkette seiner Kugel um den Hals geworfen und ihn erdrosselt. Als der Mann dabei um Gnade winselte und schließlich das Leben aus seinem Körper wich, verspürte er den glückseligsten Moment seines bisherigen Lebens. Dietmar und Miro hatten dabei sprichwörtlich die Hosen voll gehabt und hatten die ganze Zeit über nur zugesehen. Sie hatten ihn und Nikolai feige im Stich gelassen und somit den Erfolg der Aktion gefährdet. Dafür mussten sie büßen! Nikolai wollte ihn zurückhalten, doch er ließ sich nicht davon abbringen. Er hatte im wahrsten Sinne des Wortes Blut geleckt, als sie die beiden Entführer töteten. In einem wahren Blutrausch metzelte er Dietmar nieder, indem er ihm schließlich mit der Kette den Hals umdrehte und ihm das Genick brach. Bei Miro war es anders gelaufen. Den hatte er mit der Kugel so schwer am Kopf verletzt, dass dieser zwar stark blutete, aber nicht gleich tot war. Es machte ihm Spaß, dem Verräter über Stunden dabei zuzuschauen, wie er langsam verreckte. Dann mischte sich aber Nikolai ein und gab Miro mit einem Küchenmesser den Gnadenstoß.

Jetzt waren nur noch sie beide übrig. Und sie waren frei, nach fast fünfzehneinhalb Jahren in Gefangenschaft. So viele Jahre hatten sie darauf gewartet, doch jetzt, als es soweit war, wussten sie nicht so recht, was sie mit der neu gewonnenen Freiheit anfangen sollten. Nachdem sie sich noch zwei Tage auf dem Hof aufgehalten hatten, beschlossen sie, den unglücksseligen Ort endgültig zu verlassen. Sie räumten etwas auf und versuchten, zumindest einen Teil ihrer Spuren zu verwischen. Beide waren sie sich im Klaren darüber gewesen, dass ihr gemeinsamer Weg hier endete und dass er nach allem was geschehen war, nicht in ihr altes Leben, in das Leben vor dem August 1983, zurückführen konnte. Wer oder was waren sie denn schon? Immerhin eines war sicher: Vor zwei Tagen waren sie zu Mördern geworden und das würden sie auch für den Rest ihres Lebens bleiben. Was ihn betraf, er konnte sehr gut damit umgehen und ihn dürstete nach mehr. Nikolai hingegen hatte mit seinem bisherigen Leben vollständig abgeschlossen und wollte ein ganz anderes, neues Leben beginnen. Sie schlossen einen Pakt, der wörtlich lautete:

Wir gehen beide weit weg von hier und
leben unter fremden Namen weiter.
Wir teilen uns diese Namen nicht mit.
Nikolai geht nach Paris,
Severin in eine Stadt nach Italien.
Wir werden uns nie wieder sehen.
Falls uns der Zufall zusammen führt, werden wir leugnen,
uns jemals begegnet zu sein.
Niemals wird jemand von uns zu einem anderen Menschen
über den Hof oder die Vorkommnisse dort sprechen.
Wir werden niemals nach Hause zurückkehren und
keinen Kontakt zu unseren Familien aufnehmen.
Wir werden nie wieder töten!

23.
Pflicht

Zumindest was ihn betraf, war relativ schnell klar gewesen, dass er sich nicht in vollem Umfang an den Pakt halten konnte. Die Versuchung, nach Stuttgart zurückzukehren war zu groß gewesen. Bis nach Italien war er nie gekommen. Aber, er hatte sich nie zu erkennen gegeben, auch nicht gegenüber seiner Mutter. Er legte sich den Namen Radomir Kraft zu und hatte nach einiger Zeit sogar eine Anstellung im St. Ferdinand-Krankenhaus bekommen. Die Arbeit war nicht schlecht und wurde, wie er fand, auch fair bezahlt. Die Hauptsache daran war aber, dass er an der Quelle saß. Hier nahm das Böse einst seinen Anfang. Hin und wieder hatten sie ihre beiden Entführer auf dem Hof belauschen können. Dabei stellte sich heraus, dass der falsche Fotograf gar nicht so falsch war. Bevor er sich mit seinem gleich veranlagten Kumpel auf den einsamen Hof zurückgezogen hatte, um dort ihren sadistischen Neigungen nachzugehen und die Kinder anderer Leute als Sklaven zu halten, arbeitete er tatsächlich als Fotograf. Und zwar auf der Neugeborenenstation des St. Ferdinand-Krankenhauses in Stuttgart. Von März 1974 bis zum ersten Mai 1983. Dann wurde die Stelle aus Kostengründen gestrichen und er entlassen. Der Zorn des Fotografen richtete sich aber seltsamerweise kaum gegen die Krankenhausleitung, sondern gegen die glücklichen Eltern und deren Kinder, die er täglich fotografiert hatte. Schon in den Jahren seiner Tätigkeit hatte er sich immer wieder gefragt, was diese eingebildeten Eltern wohl empfinden würden, wenn man ihnen die Kinder wegnähme. Unerträglich war für den Fotografen, wie hübsch die meisten Eltern ihre Kinder fanden. Dabei waren sie in seinen Augen alle kleine hässliche Würmer. Schon bald begann er eine persönliche Liste zu führen, mit den Eltern und den dazu gehörigen Kindern, die ihm am meisten missfielen. Auf dieser Liste standen die Namen von Thorsten, Severin, Dietmar, Nikolai und Miro. Der Hass des Fotografen wurde im Lauf der Zeit immer größer und krankhafter. Nach seiner Demütigung durch die Entlassung, fasste er den Entschluss, die ersten fünf Kinder auf seiner Liste zu entführen und zu versklaven und es damit ihnen und ihren arroganten Eltern zu zeigen. Das war also der lächerliche Grund dafür, dass er und die vier anderen ein zerstörtes Leben hatten. Damit konnte er, Severin Treuhertz, nicht klarkommen. Seine Wut wandelte sich ebenfalls in Hass gegen Unschuldige und er beschloss, nach dem gleichen Muster vorzugehen und sich die Kinder aus der berühmten Galerie im St. Ferdinand auszusuchen. Es war kein Problem gewesen, der schwedischen Sekretärin den Schlüssel zu klauen, um ihn vervielfältigen zu lassen. Seine Wahl fiel bisher auf Jonas Bergmann und seit heute auch auf einen weiteren Jungen. Die Polizei machte die Angelegenheit nur noch reizvoller, denn ohne Gegner machte es nur halb so viel Spaß. Also, dachte er sich, wenn sie spielen wollen, dann spielen wir. Er hatte auch schon eine Idee wie. Gleich morgen würde er sich darum kümmern.

24.
„Da Carmine“

Sonntag, 15. Dezember 2013, dritter Advent

Heute Abend war sein Treffen mit Jessica Dornfeld beim Edel-Italiener „Da Carmine“. Dennis war schon etwas aufgeregt und fest entschlossen, sich am heutigen Tag durch nichts und niemanden die gute Laune verderben zu lassen. Daran konnten auch seine Schwester Anna und ihr Freund Bernd Plums nichts ändern, die erst in den frühen Morgenstunden lärmend aus dem Club „Schocken“ nach Hause gekommen waren, wo Bernd regelmäßig als „DJ Greenthumb“ Hip Hop und Black Music auflegte. Da Dennis sowieso nicht mehr schlafen konnte, hatte er beschlossen aufzustehen und im winterlichen Schlosspark Joggen zu gehen. In der Nacht hatte es begonnen zu schneien und bis jetzt nicht mehr aufgehört. Die Stadt lag unter einer weißen Schneedecke und es herrschte eine wundervolle winterliche Stimmung. Nach einer heißen Dusche und einem ordentlichen Frühstück war er ins Präsidium gefahren, um etwas Papierkram zu erledigen und die Auswertungen der Beobachtungen auf Jonas Bergmanns Trauerfeier nochmals durchzugehen. Er nahm sich auch die Aufnahmen der Polizeifotografen vor. Sie hatten es nicht geschafft, jeden der über vierhundert Gäste im Porträt abzubilden, aber bei einem Großteil war

es ihnen gelungen. Er ging jedes einzelne Bild mit den zugehörigen Informationen durch. Mit einigen Namen und Gesichtern konnte er etwas anfangen, mit den meisten aber nicht. Dann knöpfte er sich die einundzwanzig Personen vor, die bisher nicht identifiziert werden konnten. Es befanden sich neun Frauen darunter, die er von vorn herein aussortierte, da sie seiner Meinung nach nicht als potentielle Täter in Frage kamen. Unter den verbleibenden männlichen Personen waren fünf mindestens über siebzig Jahre alt und vier bestimmt noch nicht einmal in der Pubertät. Also blieben noch drei Personen übrig, die er theoretisch als verdächtig einstufte. Da aber hier und jetzt nicht heraus zu finden war, wer diese Männer waren, legte er die Bilder zur Seite, um sie am Montag den anderen zu zeigen. In diesem Moment vibrierte das Handy in seiner Jackentasche und er hob ohne zu zögern ab, obwohl er es mit einem aufmerksamen Blick auf das Display lieber hätte bleiben lassen hätte sollen. Es war ein Anruf von Sonja, seine Ex-Freundin. „Hallo Dennis!", hörte er ihre hohe Stimme säuseln.
„Hallo Sonja. Wie geht es Dir?"
„Mir geht es großartig. Willst Du auch wissen warum?"
Dennis wollte es eigentlich überhaupt nicht wissen, trotzdem heuchelte er Interesse: „Klar, warum denn?"
„Ich sitze bereits im Zug von Leipzig nach Stuttgart und werde in etwa drei Stunden am Hauptbahnhof ankommen. Möchtest Du mich abholen?"
Das ging ihm nun wirklich zu weit und er sagte: „Tut mir leid, ich habe keine Zeit. Wir arbeiten gerade an einem sehr schwierigen Fall und ich habe viel zu tun."

„Auch heute, am heiligen Sonntag?“, fragte Sonja.
„Ja, auch heute. Das Verbrechen kennt keine Wochenenden!“, entgegnete er altklug.
„Ich habe mir etwas Besonderes einfallen lassen!“, prahlte Sonja. Doch in Dennis Ohren klang das eher wie eine Drohung und er sollte Recht behalten.
Sie fuhr fort: „Ich möchte Dir etwas mitteilen. Und da dies in einem schönen Rahmen erfolgen soll, habe ich heute Abend einen Tisch für uns bei „Da Carmine“ reserviert. Du kommst doch sicher, oder?“
Oh nein, dachte sich Dennis. Das durfte doch einfach nicht wahr sein. Er stotterte: „Äh, nein. Das geht nicht. Ich habe keine Zeit, da ich schon verabredet bin.“
„Dann sagst Du eben ab, für mich wirst Du das ja wohl machen können, oder etwa nicht?“
Noch bevor er darauf antworten konnte, rief sie ins Telefon: „Also dann, um 19.45 Uhr. Bis dann, ich freue mich auf Dich!“
Dann hatte sie aufgelegt. Au Backe! Jetzt hatte er zwei Verabredungen am gleichen Tag im gleichen Restaurant, fast zur gleichen Zeit. Wie sollte er das nur hinbekommen? Sonja würde ihm bestimmt die Tour bei Jessica Dornfeld vermasseln. Und schon war sein Vorsatz für den heutigen Tag hinfällig geworden. Sonja hatte es wieder einmal geschafft, ihm gründlich die Petersilie zu verhageln.
Um 19.25 Uhr betrat Dennis die Trattoria „Da Carmine“ in der Calwer Strasse. Das Restaurant war sehr verwinkelt, so dass man vom Eingang aus nicht alle Bereiche einsehen konnte. Dennis war schon oft hier zu Gast gewesen, einige der Kellner kannten ihn persönlich. Auch den Chef hatte

er schon kennengelernt. Carmine D´Agostino begrüßte ihn heute sogar persönlich und führte Dennis zu einem Tisch für zwei Personen im hinteren Bereich des Lokals.
„Commissario Dennis, schön Dich einmal wieder begrüßen zu dürfen. Die bezaubernde Signorina wartet bereits auf Dich!"
Jessica Dornfeld nippte gerade an einem Aperitif, als Dennis zu ihr an den Tisch kam. Er hatte sie seit fast fünfzehn Monaten nicht mehr gesehen, doch es kam ihm vor, als sei es gestern gewesen. Er war sofort wieder überwältigt von ihr und fand, sie war noch hübscher geworden. Gut aussehend und elegant gekleidet wie immer, begrüßte ihn die selbstbewusste Kriminalpsychologin und berühmte Profilerin. „Hallo Dennis, ich freue mich sehr, Sie zu sehen. Schön, dass wir es nach so langer Zeit doch noch geschafft haben, uns einmal wieder zu treffen."
„Guten Abend, Jessica. Ich freue mich ebenfalls. Wie Sie wissen, hätten wir nicht so lange auf dieses Treffen warten müssen, wenn es nach mir gegangen wäre."
„Ich bin sehr beschäftigt, außerdem wohne ich nicht mehr in Stuttgart, da ich jetzt in Diensten des BKA in Wiesbaden stehe."
Sie unterhielten sich einige Zeit darüber, was in den letzten fünfzehn Monaten nach der Lösung des Falles „Tobias Bachmann" so alles passiert war und gaben ihre Bestellungen auf. „Was führt Sie denn wieder in die alte Heimat, wenn ich fragen darf?", fragte Dennis neugierig.
„Ich habe kurzfristig einige Tage frei bekommen, um mich von einem nervenzehrenden Fall erholen zu können. Da ich aber nicht verreisen wollte, hatte ich die Idee

nach Stuttgart zu kommen, um einige alte Freunde und Bekannte zu treffen."

„Da fühle ich mich aber sehr geschmeichelt, dass Sie dabei auch an mich gedacht haben!", schleimte Dennis und spürte dabei, wie ihm die Röte ins Gesicht stieg. Er schaute auf die Uhr. „Au weia!", es war bereits fünf Minuten vor 20.00 Uhr. Sonja müsste längst da sein. Bestimmt saß sie an einem der Tische im vorderen Bereich des Restaurants. Er gab an, kurz die Toilette aufsuchen zu müssen und ging nach vorne. Seine Hoffnung, Sonja könnte vielleicht gar nicht gekommen sein, wurde bereits im Keim erstickt, als er um die Ecke bog und sie mit grimmiger Miene alleine an einem Tisch sitzen sah. Darauf folgte ihre vorwurfsvolle Begrüßung: „Na schön, dass Du Dich auch einmal blicken lässt, Dennis Rathvan. Mich hier warten zu lassen, ist nicht gerade die feine Art!"

„Mich mit einer Einladung zu „Carmine" zu überrumpeln, nachdem ich seit Ewigkeiten nichts mehr von Dir gehört habe, ist auch nicht gerade nett. Was gibt es denn, dass Du mir unbedingt mitteilen möchtest?"

„Nicht so schnell, mein Lieber. Lass uns doch erst einmal in Ruhe etwas zu essen und zu trinken bestellen. Wie wäre es mit Pasta und einem schönen Chianti?"

„Ich trinke heute keinen Alkohol, da ich im Dienst bin. Wie schon gesagt, wir arbeiten gerade an einem schwierigen Fall. Wenn Du nun bitte zur Sache kommen würdest, ich habe nämlich nicht viel Zeit!"

Sonja ließ sich nicht aus der Ruhe bringen und begann lang und breit zu erzählen, wie es um die Gürtelrose ihrer Patentante bestellt war und warum der Kerl aus ihrer letzten Beziehung nach Kanada ausgewandert war. „Na ist doch klar, ihm war kein Land eingefallen, das noch weiter weg von Dir liegt!", dachte sich Dennis, hütete sich aber es auszusprechen. Mittlerweile dauerte ihm alles viel zu lange und außerdem ging ihm Sonja gehörig auf den Geist. Er täuschte einen Anruf vor und verließ den Tisch, nachdem er auch hier eine Bestellung aufgegeben hatte, um bei Sonja keinen Verdacht aufkommen zu lassen. Er hatte eine großartige Idee. Da die beiden Damen in verschiedenen Bereichen des Lokals saßen, könnte es ihm gelingen, sich mit beiden zu unterhalten, ohne dass die jeweils andere etwas davon mitbekäme. Eigentlich hatte er kein gesteigertes Interesse an einer Unterhaltung mit Sonja, doch er fürchtete sich vor einer ihrer berüchtigten Szenen im vollbesetzten Lokal. Diese Schmach würde er vor Jessica nicht ertragen.

„Sie waren aber lange auf der Toilette?", fragte Jessica Dornfeld skeptisch, nachdem Dennis erst nach etwa zehn Minuten wieder zurückgekehrt war.

Er flüchtete sich in eine wenig schmeichelhafte, aber wie er fand, brillante Ausrede: „Freitags gibt es in der Präsidiumskantine doch immer Fisch. Und was soll ich sagen, es ist mir etwas peinlich, aber der hat heute noch eine durchschlagende Wirkung bei mir."

„Sehr romantisch!", bemerkte Jessica und verzog dabei leicht irritiert die Mundwinkel. „Na dann hoffe ich, dass Ihnen die Pizza trotzdem schmecken wird!"

Sie begannen zu essen und Dennis wirkte dabei sichtlich hektisch und nervös. „Geht es Ihnen nicht gut?", fragte Jessica.

„Nein, nein. Alles in Ordnung. Unser aktueller Fall geht mir eben etwas an die Nieren.“
„Wollen Sie mir davon erzählen?“
Dennis berichtete ausführlich über den Mord an Jonas Bergmann, die Galerie der Kinderbilder im St. Ferdinand-Krankenhaus und die Überschneidungen mit den Vorkommnissen auf dem „Hof des Grauens“. Er hatte gehofft, von Jessica einige professionelle Einschätzungen zu erhalten, die ihn vielleicht weiterbringen würden. Dann fiel ihm Sonja wieder ein. Ein weiteres Mal wandte er den Trick mit dem dringenden Anruf an und machte sich wieder auf den Weg zu Sonja. Die Kellner und einige Gäste warfen ihm bei seinem erneuten Tischwechsel irritierte Blicke zu.
Während Dennis gelangweilt in seinen Spaghetti frutti di mare herumstocherte, kam die mittlerweile ziemlich genervte Sonja nun zum Grund ihres überfallartigen Besuchs: „Dennis, ich möchte Dir etwas mitteilen. Sicher, wir hatten unsere Probleme und vieles ist nicht optimal gelaufen, doch trotzdem bin ich mittlerweile überzeugt davon, dass Du der ideale Vater für meine Kinder wärst. Ich will ein Kind von Dir! Und damit wir in Ruhe daran „arbeiten“ können, werde ich wieder nach Stuttgart kommen, um bei Dir einzuziehen.“
Dennis zog es fast den Boden unter den Füßen weg und eine Miesmuschel blieb ihm im Halse stecken. Panisch stürzte er das vor ihm stehende Glas Wasser in einem Zug hinunter. „Nein! Ich meine wie stellst Du Dir das eigentlich vor? Du lässt jahrelang nichts von Dir hören und jetzt

kreuzt Du hier auf und willst ein Kind von mir. Sag mal, hast Du eigentlich noch alle Zweige an der Tanne?"
Sonja antwortete mit Tränen in den Augen: „Das hätte ich mir ja denken können, Du egoistischer Holzklotz! Meine Gefühle und Bedürfnisse waren Dir schon immer egal! Da steckt doch bestimmt eine andere Frau dahinter, oder? Los, gib es schon zu!"
In diesem Moment kam Carmine D´Agostino an den Tisch und nahm Dennis beiseite: „Commissario, die hübsche Lady da drüben ist sauer auf Dich und möchte gerade aufbrechen. Du solltest besser zu ihr hinüber gehen."
Als Dennis ankam, war Jessica gerade dabei aufzustehen und wollte in Richtung der Garderobe gehen. Sie schien wirklich sauer zu sein und sagte ihm direkt auf den Kopf zu: „Ich bin wirklich enttäuscht von Ihnen, Dennis. Mir sind schon einige Mistkerle untergekommen, aber Sie sind wirklich der größte Idiot von allen! Wie können Sie nur so unverschämt sein und sich mit zwei Frauen gleichzeitig zu einem Abendessen im gleichen Restaurant verabreden?"
„Es ist nicht so, wie es aussieht!", stammelte Dennis. „Ich kann das erklären!"
In diesem Moment kam Sonja wie eine wild gewordene Furie um die Ecke gerast. Sie griff nach einer Languste aus der Antipastivitrine und schleuderte sie mit voller Wucht in Dennis Richtung während sie brüllte: „Du Schwein. Ich wusste doch, dass Du eine Andere hast!"
Als sich Dennis reflexartig duckte, nahm das Unheil endgültig seinen Lauf. Das tote Tier traf Jessica mitten ins Gesicht und sie fiel rückwärts zu Boden. Das konnte sie sich jedoch unmöglich gefallen lassen. Kurzerhand nahm

sie einem verdutzten Gast am Nebentisch das Tiramisu von seinem Dessert-Teller und klatschte es Sonja auf den Kopf. Die sah nun endgültig rot. Ein gezielter Hieb mit einer großen Pfeffermühle verfehlte Jessica knapp und traf stattdessen den hinzu geeilten Carmine an der Nase. Sonja war jetzt so richtig in Fahrt und griff nach einer Minestrone, die sich eine ältere Dame gerade als Vorspeise einverleiben wollte. Auch der Inhalt dieses Tellers verfehlte sein eigentliches Ziel, nämlich Dennis Rathvan, und landete hinter ihm an der Wand, direkt auf einem Bild, das Giovanni Trapattoni und Carmine beim „Shake-Hands" zeigte. Die Situation eskalierte vollkommen, als Sonja einen Feuerlöscher von der Wad nahm und ihn keifend auf Jessica und Dennis richtete. Einige Sekunden später war der gesamte hintere Bereich der Trattoria in einem Meer aus Schaum versunken.
Die Randalierer wurden vor die Türe gesetzt und Dennis wurde mit der Frage von Carmine D´ Agostino verabschiedet, ob er eine gute Haftpflichtversicherung habe, und obendrein bekam er Hausverbot auf Lebenszeit!
„Na super, was für eine Katastrophe! Schlimmer konnte es nun wirklich nicht mehr kommen", dachte sich Dennis. In diesem Moment klingelte sein Handy. Tatjana von Senden war dran und sagte: „Es gibt Arbeit, Kollege. Komm sofort ins Präsidium!"

25.
Memories

„Jetzt funktioniert es endlich!“, triumphierte Holger Grünbaum, als es ihm nach über einer viertel Stunde gelungen war, mit dem neuen Beamer das gescannte Dokument deutlich sichtbar an die weiße Wand im kleinen Besprechungsraum zu werfen. Die unqualifizierten Kommentare von Kurt, „Na endlich!“, und von Herrn Scheible, „Wird auch Zeit!“, quittierte er mit einem strengen Blick, denn diese beiden ausgemachten Spezialisten der modernen Technik hatten noch nicht einmal gewusst, wo bei dem Gerät vorne und wo hinten war. Alle wunderten sich etwas darüber, dass Dennis in einen uralten grünen Polizei-Trainingsanzug gekleidet war, der ihm obendrein viel zu klein war und noch aus einer Zeit vor der Wende zu stammen schien, doch keiner sagte etwas dazu.
Gebannt starrten alle auf die Projektion an der Wand. Bei dem abgebildeten Dokument handelte es sich mit sehr großer Wahrscheinlichkeit um eine Nachricht des Mörders von Jonas Bergmann. Sie bestand aus Worten, die aus Tageszeitungen und verschiedenen Zeitschriften ausgeschnitten worden waren und auf ein Blatt Papier geklebt wurden.
„Dass diese Bekloppten immer das Bedürfnis haben, uns Briefe zu schreiben, verstehe ich nicht?! Ich erinnere mich noch ganz genau an die „Tobias-Briefe“ aus dem letzten Jahr!“, lästerte Kurt.

„Wir erinnern uns alle noch sehr gut daran, Herr Schockenried. Vielen Dank für diesen überaus hilfreichen Kommentar!", entgegnete Herr Scheible.

Ihr Kinderlein kommet, oh kommet doch all.
Denn sonst komme Ich zu euch dann KANN euch Niemand Mehr finden. Dann Ist Es zu Späth.
Denn Hals drehe ich Um bis keiner Mehr Atmung hat. Wie haben sie mich gefunden wollt ihr spielen ich habe es.
Wir spielen MEMORIES Zusammen. Der Bube wird gefunden. Über eine DAME bei Dem König schauen Sie Die Bilder an mit ZWEI Seiten von der Medaille dann sieht MAN wer das Spiel gewinnt.
TRUMPF ist das böse.

Schweigen herrschte im Raum, nachdem jeder die Nachricht gelesen hatte.
„Was soll das sein?", fragte Hans-Dieter Scheible. „Das Weihnachtslied eines Analphabeten etwa?"
Tatjana berichtete: „Ich wurde etwa um kurz nach 21.00 Uhr heute Abend vom Pförtner angerufen. Dieser hatte sich im Aufenthaltsraum der Putzfrauen etwas in die Mikrowelle geschoben und war seinen Angaben zufolge höchstens fünf Minuten nicht an seinem Platz gewesen. Als er zurückkam, bemerkte er einen durchsichtigen Plastikbeutel auf dem Tresen liegen, in dem sich dieser Brief befand."
„Hat er ihn etwa angefingert?", platzte Kurt dazwischen.
„Leider ja!"

„Oh Mann! Überall nur Anfänger und Amateure. Ich halte das einfach nicht mehr aus!", schüttelte Kurt resigniert den Kopf.
Tatjana fuhr fort: „Der Pförtner konnte ja nicht wissen, was in dem Brief stand. Anstatt gleich einen Beamten zu verständigen, hatte er leider zunächst selbst den Beutel geöffnet und den Brief gelesen. Ein diensthabender Kollege hat mich dann sofort informiert. Die Aufnahmen der Kameras im Eingangsbereich des Präsidiums zeigen einen Jungen im geschätzten Alter zwischen acht und zehn Jahren, der die Abwesenheit des Pförtners abgewartet hatte, um den Brief zu deponieren. Dann verschwand er ganz schnell wieder. Entweder haben wir es mit einem dummen Jungenstreich zu tun, oder das ist der Brief eines Kindermörders, der schon sein nächstes Opfer im Visier hat."
„Und das Kind soll der Mörder sein?", meldete sich Holger ausnahmsweise zu Wort, der ansonsten im Rahmen dieser Sitzungen nicht wagte, ungefragt etwas zu sagen.
„Sicherlich nicht, Herr Grünbaum!", lächelte Kriminalrat Scheible etwas abfällig. „Das Kind war nur der Bote. Der Täter wusste, dass er möglicherweise von Kameras erfasst werden würde, wenn er den Brief persönlich abgeliefert hätte. Ein völliges Rätsel ist mir aber der Inhalt der Nachricht und die merkwürdige Schreibweise."
„Bitte nicht schon wieder so ein infantiler Spinner mit einer „dissonanten Personenspaltung?!", warf Kurt erneut in Anlehnung an den " Fall Bachmann" aus dem Jahre 2012 ein. Offensichtlich hatten die Geschehnisse von damals einen bleibenden Eindruck bei ihm hinterlassen.

„Sie meinen wohl eine „dissoziative Persönlichkeitsstörung“, Herr Schockenried?“, sagte die klare Stimme einer Frau, die unbemerkt den Raum betreten hatte. Alle Köpfe drehten sich zur Türe. Dort stand Jessica Dornfeld.
Sie ging direkt in die Mitte des Raumes und grüßte dabei freundlich, aber professionell distanziert in die Runde. Fast mitleidig schaute sie zu Dennis, der in seinem Stuhl kauerte und die ganze Zeit über nur geschwiegen hatte. Kühl sagte sie: „Schicker Anzug, Hauptkommissar Rathvan!“
Herr Scheible nutzte die Gunst der Stunde, um sich etwas aufzuplustern: „Schon kurz nachdem die Leiche von Jonas Bergmann gefunden wurde, dachte ich mir, dass wir die Unterstützung eines Profilers in Anspruch nehmen sollten. Wie so häufig, hat sich dann ja mal wieder herausgestellt, dass ich Recht behalten sollte, denn wir haben es offensichtlich mit einem potentiellen Serientäter zu tun. Ich habe zunächst den Kollegen des LKA und dann des BKA Beine gemacht und siehe da, ich konnte Frau Dornfeld loseisen und sie kommt genau zum richtigen Zeitpunkt. Selbstverständlich musste sie es sein, die zu uns kommt, denn schließlich ist das Beste gerade gut genug für uns, nicht wahr?“
„Bla, bla, bla. So ein Schleimer!“ schimpfte Kurt Holger ins Ohr, der zustimmend nickte.
Jessica Dornfeld ergriff sogleich die Initiative und übernahm das Wort. Dennis dachte sich: „So, so. Alte Freunde und Bekannte besuchen. Dass ich nicht lache. Wer ist denn jetzt hier der Mistkerl?!“
„Da ich damit gerechnet habe, erst morgen mit der Arbeit bei Ihnen zu beginnen, nahm ich mir heute Abend die Zeit

für ein Essen in einem guten italienischen Restaurant in der Innenstadt. Leider war meine männliche Begleitung etwas indisponiert, so hatte ich aber immerhin genug Zeit, mir über die vorliegende Nachricht Gedanken zu machen, die mir Herr Scheible gegen viertel nach neun telefonisch durchgegeben hatte."

Holger schüttelte verständnislos den Kopf und sagte zu Dennis: „Also wenn ich nicht schwul wäre, würde ich voll auf die Frau abfahren. Was muss das für ein Hornochse sein, der die Gelegenheit zu einem Abendessen mit ihr hatte und es dann vergeigt hat?!"

Dennis blieb regungslos und mit genervtem Gesichtsausdruck sitzen. Holger betrachtete seinen grünen Jogginganzug und in seinem Kopf begann es zu rattern. Dann begriff er und prustete: „Dennis, Du bist ein absoluter Volltrottel!"

„Um es auf den Punkt zu bringen", fuhr Jessica fort, „ich bin mir absolut sicher, dass dieser Brief vom Mörder von Jonas Bergmann stammt. Er fühlt sich ertappt. Die Frage ist nur, warum? Denn wenn ich Herrn Scheible und den Kommissar im grünen Jogginganzug richtig verstanden habe, dann hatten Sie noch gar keine bestimmte Person im Verdacht. Wie also haben Sie ihn aufgescheucht? Wir haben nicht viel Zeit, denn mit dieser Nachricht kündigt er seine nächste Tat an. Er gibt uns Hinweise auf sein nächstes Opfer. Daraus lässt sich schließen, dass er sein Opfer schon ausgesucht, oder vielleicht sogar schon in seiner Gewalt hat. Nach allem was bekannt ist, können wir vermuten, dass sein nächstes Opfer wieder ein Junge zwischen acht und neun Jahren sein wird. Haben Sie schon eine Ahnung, um wen es sich handeln könnte?"

Und wieder herrschte Schweigen in der Runde. „Um den Jungen, der den Brief abgeliefert hat?!“, platzte Tatjana heraus.
„Das könnte möglich sein“, stimmte Jessica zu. „Ich kann Sie übrigens beruhigen, Herr Schockenried. Dieser Brief ist nicht von einem Menschen mit „dissoziativer Persönlichkeitsstörung“ geschrieben worden, dessen alter Ego sich im Alter von elf Jahren abgespalten hatte und darum zu einem kindlichen Schriftbild, wie seinerzeit dem, des Sebastian Redlow geführt hatte. Die Worte dieses Briefes sind von jemandem zusammengefügt worden, der es nie gelernt hat, besser zu schreiben. Ohne auf Inhaltliches einzugehen, entspricht dieser Brief in Schrift und Bild nicht einmal dem eines achtjährigen Kindes. Keine Ahnung von Groß- und Kleinschreibung, keine Satzzeichen, falsche Buchstaben. Die Worte allerdings, die er benutzt, lassen auf den Wortschatz eines ungebildeten, aber deutlich älteren Menschen schließen.
Er will mit uns spielen, also spielen wir! Dazu müssen wir das Rätsel Satz für Satz zerpflücken. Wer möchte beginnen?“
„Ach, ich dachte dafür hat der Herr Scheible Sie engagiert, Frau Dornfeld?!“, sagte Kurt zynisch.
Jessica konterte wie immer prompt: „Ein bisschen etwas müssen Sie schon noch selbst arbeiten, Herr Schockenried. Schließlich bin ich offiziell erst ab morgen hier bei Ihnen im Dienst!“

26.
Lasset die Spiele beginnen

Montag, 16. Dezember 2013

Nach einer kurzen Nachtruhe, kamen um 7.30 Uhr wieder alle zusammen im kleinen Besprechungsraum, um die Ergebnisse der letzten Nacht zu besprechen. Weit waren sie in Sachen Rätsellösung noch nicht gekommen. Dennis, der sich mittlerweile etwas vom Desaster des gestrigen Abends im „Da Carmine“ erholt hatte, trug wieder normale Kleidung und hatte offensichtlich auch seine Sprache wieder gefunden.

„Ich fasse dann mal zusammen, wie wir das Rätsel bisher interpretiert haben!“, begann er. „Bei der ersten Zeile handelt es sich um den Anfang eines bekannten Weihnachtsliedes. Es dürfte kein tieferer Sinn dahinter stecken, außer, dass es gut zur Jahreszeit passt und dass Kinder darin vorkommen. Dann kündigt er an, ein Kind entführen zu wollen, das von niemandem gefunden werden kann. So wie bei Jonas Bergmann geschehen. Er muss also über die Möglichkeit verfügen, unbemerkt und über längere Zeit ein Kind zu verstecken. Jonas war immerhin mindestens sieben Wochen in seiner Gewalt, bevor er die Leiche in den Kleidercontainer geworfen hat. Wir suchen also vermutlich nach jemandem, der alleine lebt. Es dürfte sich um eine männliche Person handeln, wie in den meisten Fällen von Serientätern. Eine Überprüfung männlicher alleine lebender Personen macht daher durchaus Sinn, auch wenn das der Suche nach der berühmten Nadel im Heuhaufen gleicht. Aufgrund der Gegebenheiten konzentrieren wir uns zunächst auf die Personen im Raum Stuttgart-Vaihingen und rund um den Max-Eyth-See, bevor wir die Suche ausweiten. Er droht damit, es würde zu spät sein, wenn er ein Kind erst einmal in seiner Gewalt hat, was bedeutet, er wird es töten. Er erwürgt oder erdrosselt seine Opfer, so wie er es bei Jonas getan hat. Wie kommt er nur darauf, dass wir ihn gefunden haben? Wenn das Ganze keine Finte ist, dann würde es bedeuten, dass wir im Rahmen unserer Ermittlungen schon mit ihm gesprochen haben, oder ihm zumindest begegnet sind. Das dürfte dann auch noch nicht so lange her sein, denn es hat den Anschein, dass wir ihn akut aufgeschreckt haben. Vielleicht war es tatsächlich im Rahmen der Trauerfeier auf dem Rohrer-Friedhof?! Ich habe Ihnen die Bilder der drei unbekannten männlichen Personen mitgebracht, die meiner Meinung nach in Frage kommen."

Er reichte die Bilder in die Runde und fuhr fort: „Er fühlt sich durch uns herausgefordert und möchte im Spiel den Sieger ermitteln. Wie alle Psychopathen geht er entweder davon aus, dass er nicht verlieren kann. Oder es ist ihm egal, wenn er geschnappt wird, weil er die resultierende Aufmerksamkeit sehr genießen würde."

„Oder weil er nichts mehr zu verlieren hat, weil sein Leben sowieso schon am Arsch ist!", gab Kurt in seiner unverwechselbaren Art zu bedenken.

„Klar, das ist natürlich auch möglich!", stimmte Dennis zu. „Mit „Memories" kann eigentlich nur das berühmte Gedächtnisspiel gemeint sein. Der Schreibweise ist eher keine Bedeutung beizumessen und ein Wortspiel mit dem englischen Wort für Erinnerungen ist, aufgrund des begrenzten Intellekts des Täters, nicht zu erwarten. Und von jetzt an kommen wir gehörig ins Schwimmen. Bube, Dame, König und Trumpf sind allesamt Begriffe aus der Welt des Kartenspiels und Memory wird mit Karten gespielt. Mehr sagt uns das zum jetzigen Zeitpunkt nicht. Trumpf dürfte auch eher keine Anspielung auf den Stuttgarter Thriller-Autor Jeremias Trumpf sein. Warum man zwei Seiten der Medaille betrachten muss, um das Spiel zu gewinnen? Wir haben keine Ahnung!"
Die Kommissare und jeder verfügbare Beamte machten sich sofort an die Überprüfung sämtlicher männlicher Single-Haushalte im Raum Stuttgart -Vaihingen/Rohr, sowie in den Stadtteilen Hofen, Münster, Neugereuth und Steinhaldenfeld. Sogar Jessica Dornfeld, Hans-Dieter Scheible und auch Holger Grünbaum beteiligten sich an der aufwendigen Suche nach möglichen Verdächtigen. Dass an diesem Tag der Winter mit aller Macht in Stuttgart einkehrte und die Strassen der Baden-Württembergischen Landeshauptstadt im Schneechaos versinken ließ, machte die Sache nicht einfacher.

27.
Linie 1

Dienstag, 17. Dezember 2013

Er hatte den Stein jetzt unwiderruflich ins Rollen gebracht. Nachdem er dem saufenden Vater eines Jungen an der Eckkneipe dreißig Euro versprochen hatte, damit sein Sohn ihm einen kleinen Gefallen tat, hatte er jemanden gefunden, der den Brief für ihn ins Polizeipräsidium brachte. Erstaunlich wie einfach das war. Nachdem der Vater das Geld in der Tasche hatte und damit eine Runde bestellen konnte, war ihm völlig egal gewesen, was mit seinem Sohn geschah. Was musste das nur für ein Arschloch sein. Für einen kurzen Moment hatte er mit dem Gedanken gespielt, den Jungen zur Strafe dafür zu töten, aber das passte ihm jetzt zeitlich nicht in den Kram und hätte ihn nur von seinem eigentlichen Vorhaben abgebracht. Wahrscheinlich wäre es dem Vater auch egal gewesen, Hauptsache er hatte genug Schnaps für einen ordentlichen Vollsuff. Er wusste genau, hätte er jemals einen Sohn gehabt, er hätte ihn über alles geliebt und ihn vor der bösen Welt beschützt wie einen Schatz.

Jetzt war die Frage, wie viel Zeit ihm blieb? Offenbar war die Bullen-Vierer-Truppe von der Trauerfeier doch nicht so dämlich, wie sie sich dort präsentiert hatte. Er durfte kein weiteres Risiko eingehen und musste zuschlagen, bevor sie hinter die Lösung des Rätsels kamen. Also beschloss er, dass morgen ein guter Tag sein würde, um dem Brief Taten folgen zu lassen. Vorbereitet hatte er ja sowieso schon alles, jetzt musste es nur noch passieren. Er konnte die Vorfreude schon spüren, fast so wie damals als kleiner Junge vor Weihnachten, als seine Welt noch in Ordnung war.

Mittwoch, 18. Dezember 2013

Marco Seeberger saß in der Straßenbahnlinie 1 und fuhr die wenigen Haltestellen vom Marienplatz zur Engelboldstrasse in Stuttgart-Kaltental, von der aus er nur noch wenige Gehminuten bis zum Hause seiner Großeltern zurücklegen musste. Wie jeden Mittwoch war sein Klavierunterricht um 16.00 Uhr zu Ende gewesen und er machte sich alleine auf den Weg zu Oma und Opa, wo ihn der Vater üblicherweise gegen 18.00 Uhr nach der Arbeit abholte. Schon seit einem halben Jahr war, außer in den Ferien, der Ablauf immer gleich gewesen. Die dunklen Wolken hingen schwer am Himmel über der Stadt und die Sonne hatte sich heute überhaupt nicht gezeigt. Er hoffte am Ziel zu sein, bevor es dunkel werden würde. Als die Bahn an der Haltestelle „Südheimer Platz" hielt, sah er auf dem Bahnsteig einen Mann, der nervös durch die schmutzigen Scheiben schaute und jemanden zu suchen schien. Die Türen öffneten sich und der Mann stieg in seinen Wagen. Er schaute sich um und nahm schließlich direkt gegenüber von Marco Platz. Ihm war äußerst unangenehm, wie der Mann ihn die ganze Zeit über anstarrte. Er wollte gerade einen Platzwechsel vornehmen, als am

„Waldeck“ ein Kontrolleur die Bahn betrat und nach den Fahrkarten verlangte. Marcos Puls ging schneller, obwohl er wusste, dass er mit seiner Monatskarte nichts zu befürchten hatte. Er kramte in seiner Tasche, aber die blöde Karte war nicht auffindbar. Er schaute überall nach, auch in seiner Jacke, dem kleinen Geldbeutel und sogar in der Mappe mit den Klaviernoten. Nichts, die Monatskarte war nicht zu finden. Er musste sie heute Morgen zu Hause auf der Ablage im Flur vergessen haben. Der Mann gegenüber erkannte seine Not und sagte: „Keine Sorge, junger Mann, ich helfe Dir!“

Als der Kontrolleur vor ihnen stand, zeigte der Mann seine Fahrkarte und verwickelte den Kontrolleur in ein Gespräch, von dem Marco nicht viel verstand. Am Ende jedenfalls bezahlte der Mann zwanzig Euro und die Angelegenheit war erledigt. Marco war erleichtert, denn sicherlich hätten seine Eltern mit ihm geschimpft, wenn man ihn beim Schwarzfahren erwischt hätte, nur weil er seine Monatskarte zu Hause vergessen hatte. Weshalb der Mann nur zwanzig anstelle der fürs Schwarzfahren fälligen sechzig Euro bezahlen musste, war ihm unklar, interessierte ihn aber nicht weiter. Erleichtert bedankte er sich bei dem Fremden. Dieser musterte ihn mit einem eindringlichen Blick und sagte: „Gerne geschehen. Aber vielleicht könntest Du mir als Gegenleistung einen kleinen Gefallen tun?!“

„Ja gerne, wenn ich kann!“, willigte Marco ein.

Der Mann beugte sich zu ihm und sagte ganz leise: „Ich möchte, dass Du an der Haltestelle „Engelboldstrasse“ mit

mir aussteigst und mir dabei behilflich bist, mein Auto vom Schnee zu befreien."
„Kein Problem!", sagte Marco erleichtert. „Wenn´s weiter nichts ist?! An dieser Haltestelle muss ich sowieso aussteigen."
„Ich weiß, Du kleiner Idiot!", dachte er sich. Es lief alles wie am Schnürchen. In den letzten Wochen hatte er den Tagesablauf von Marco an den Mittwochnachmittagen genauestens beobachtet. Es konnte eigentlich nichts schiefgehen. Dass jetzt auch noch die Sache mit der vergessenen Fahrkarte hinzu kam und ihm die Kontaktaufnahme erleichterte, war ebenso Glück gewesen, wie der Vorwand, das Auto vom Schnee befreien zu müssen. Denn das Wetter konnte auch er schließlich nicht einkalkulieren, doch es war der perfekte Vorwand, den Jungen an sein Auto zu locken, welches er wenige Stunden auf einem Parkplatz direkt gegenüber der Straßenbahnhaltestelle Engelboldstraße dort geparkt hatte.

28.
Diskriminierung am Arbeitsplatz

Fast zwei Tage lang hatten sie nun mit einer groß angelegten Aktion jeden registrierten männlichen Single-Haushalt unter die Lupe genommen, der in den bevorzugt zu überprüfenden Stadtteilen lag. Ohne Erfolg. Eigentlich müsste der Radius der Suche nun erweitert werden, doch sie hatten keine besonders große Hoffnung, dabei zu einem Ergebnis zu kommen. Kurt wurde immer ungeduldiger. Es dauerte ihm einfach zu lange und ihn beschlich zunehmend das Gefühl, dass sie ihre Zeit vergeudeten. Er zupfte gerade an seiner kaukasischen Smaragd-Blautanne herum und positionierte einige Kugeln neu, als Dennis sein Büro betrat, nachdem er kurz angeklopft hatte. Er hatte drei Fotos in der Hand. Es waren die Fotos der drei Männer, die auf der Trauerfeier nicht identifiziert werden konnten und die seiner Meinung nach zumindest theoretisch ins Täterprofil passten. Er legte sie vor Kurt auf den Tisch und zeigte auf eines davon. „Der hier!“, sagte er. „Der war auf einigen Fotos zu sehen, ist aber im Gegensatz zu allen anderen nie voll getroffen worden. Wenn man sich dieses Bild genauer anschaut, könnte man zu dem Schluss kommen, dass er versucht, sein Gesicht zu verbergen. Einmal könnte das sicherlich Zufall sein, doch ich habe mir nochmals die Mühe gemacht und alle anderen Aufnahmen herausgesucht, auf denen er zu sehen ist. Es ist immer das Gleiche.“ Er zeigte Kurt vier weitere Aufnahmen, auf denen der Mann zu sehen war. Kurt setzte seine Lesebrille auf und betrachtete die Fotos eingehend. „Du könntest Recht haben, Dennis! Es sieht tatsächlich so aus, als ob er sich aktiv abwenden würde. Aber wer ist der Vogel?“

„Ich konnte es nicht herausbekommen. Noch nicht! Aber ich habe eine Idee!“

„Und die wäre?“, fragte der Erste Kriminalhauptkommissar.

„Je länger ich mir diesen Kerl anschaue, desto sicherer bin ich, dass ich ihn schon mindestens einmal irgendwo gesehen habe. Es war in einem der Fotoalben, die ich bei Herrn Siebert und der Ehefrau von Herrn Breuer gesehen habe. Das Album der Sieberts habe ich hier bereits nochmals durchgecheckt, da konnte ich ihn nicht finden.“

„Also dann los zu den Breuers! Worauf wartest Du noch?“ rief Kurt und schnappte sich seinen Mantel vom Haken an der Garderobe.

Da die Schneemassen Stuttgart fest im Griff hatten, zogen sie es vor, sich zu den Breuers fahren zu lassen. Serkan Özbek war Fahrer und „Mädchen für alles“ in der Kriminalinspektion 1. Er hatte Kurt schon so manchen Gefallen getan und war auch heute wieder blitzschnell zur Stelle gewesen, als er gebraucht wurde. Im Gegensatz zu Kurt kannte er wirklich jeden Schleichweg und der Schnee schien kein Gegner für den „Audi Quattro“ zu sein, in dem sie unterwegs waren. „Wo hast Du Kameltreiber denn gelernt, so gut Auto zu fahren? Und das auch noch im Winter. In Anatolien gibt es doch gar keinen Schnee?!“, flachste Kurt.

„Was weißt Du schon, was es bei uns alles gibt, Alter! Und wenn Du mich nochmal Kameltreiber nennst, dann werde

ich mich bei Deinem Vorgesetzten über Dich beschweren, wegen Diskriminierung und so!", konterte Serkan mit einem Grinsen. Nach unglaublich kurzer Zeit kamen sie vor dem Haus der Breuers in der Weißenhofsiedlung an. Glücklicherweise war Frau Breuer zu Hause. Ohne große Erklärungen stürzten sie sich auf das alte Fotoalbum. Dennis blätterte hastig zu den Seiten, auf denen die Bilder von Dietmar Breuers Trauerfeier zu sehen waren. „Da, ich wusste es!", rief er und zeigte auf ein Foto. „Ich weiß nicht so recht?!", meinte Kurt. Dennis legte das aktuelle Foto zum Vergleich daneben. „Doch! Das ist der gleiche Kerl. 1999 war er nur vierzehn Jahre jünger. Schau mal, der trägt sogar noch die gleiche dunkle Winterjacke wie damals!"
Jetzt überschlugen sich die Ereignisse. Während der Fahrt zurück ins Präsidium meldete sich Holger Grünbaum und schien ganz aufgelöst zu sein. Kurt verstand nur die Hälfte von dem, was der aufgeregte Holger ins Handy posaunte. Er konnte dem Chaos an Wörtern aber entnehmen, dass sie auf dem schnellsten Wege ins St. Ferdinand-Krankenhaus kommen sollten, weil Tatjana und Jessica Dornfeld eine gute Idee gehabt hatten. „Oh je!", sagte Kurt „Wenn Frauen meinen, eine gute Idee zu haben, endet das meistens in einer vollkommenen Katastrophe. Glaubt mir, Jungs. Ich weiß, wovon ich rede!", unkte er.
Serkan antwortete nur: „Du diskriminierst schon wieder, Alter!"

29.
Der Durchbruch auf Leitern

Sie trafen Jessica und Tatjana in der großen Eingangshalle des Krankenhauses. „Wir haben Neuigkeiten!“, tönte Dennis.
„Wir auch!“, strahlte Tatjana.
„Also gut, Ladies first!“, gab sich Dennis charmant und lieferte damit Jessica die perfekte Vorlage für einen zynischen Kommentar. „Seit wann so galant, Herr Rathvan?“
Dennis ignorierte die Stichelei, denn im Moment waren die Ermittlungen wichtiger als gekränkte Eitelkeiten. Wahrscheinlich würde er für immer damit klar kommen müssen, dass er sich vor Jessica Dornfeld zum Vollpfosten gemacht hatte.
Tatjana legte los: „Wir haben uns immer wieder den Brief angesehen, der uns am Sonntagabend überbracht wurde. Die Lösung des Rätsels muss in der Galerie zu finden sein!“
„Wie kommt ihr darauf?“, fragte Dennis überrascht.
Tatjana erläuterte: „Im Brief heißt es, „Schauen sie die Bilder an“. In der Zeile davor steht „der Bube wird gefunden über eine Dame bei dem König“. Das könnte bedeuten, dass wir das nächste Opfer, den Buben, unter den Bildern in der Galerie finden. Die Dame, die den Schlüssel zur Galerie hat, ist die Sekretärin Erika Södergren. Sie arbeitet für den Chefarzt, also den König im Krankenhaus.“
„Das könnte stimmen. Respekt meine Damen!“, frohlockte Kurt.

Frau Södergren war alles andere als erfreut gewesen, an diesem Abend nochmals ins St. Ferdinand kommen zu müssen. Und es passte ihr schon gar nicht, der Polizei Zutritt in die „heiligen Hallen" der Galerie gewähren zu müssen. Sie versicherte, es sei ausgeschlossen, dass jemand anderes außer ihr einen Schlüssel für die Galerie habe. Außerdem erklärte sie, der Raum müsse aus Datenschutzgründen immer abgeschlossen sein. Voraussetzung, das Bild eines Kindes aufhängen zu dürfen, sei zwar eine unterschriebene Einverständniserklärung der jeweiligen Eltern, trotzdem dürfe die Galerie nicht für jedermann zugänglich sein. Die drei Kommissare, Jessica Dornfeld und Frau Södergren standen inmitten des riesigen Saales und betrachteten hilflos die imposanten Wände mit den zigtausenden Kinderbildern. „Wie sollen wir denn unter all den Bildern das finden, das uns zum nächsten Opfer führt? Und vor allem, wie sollen wir es erkennen?", sagte Dennis leicht resigniert.
„Er will Memory spielen, also los! Schauen wir uns die Bilder an und merken sie uns!", rief Kurt, während er bereits losstürmte und wie ein Besessener an einer Leiter hochkletterte.
Die Anderen standen fassungslos da, als er auf einmal brüllte: „Ha, hier stimmt etwas nicht! Da hing beim letzten Mal noch ein anderes Bild. Das Kinderfoto über dem Namen von Jonas Bergmann ist nicht mehr das Gleiche."
„Wer ist es dann?", rief Tatjana.
Kurt nahm das Bild ab, kam die Leiter herunter und sprintete weiter. Die arme Frau Södergren stand kurz vor einem Herzinfarkt, als sie mit ansehen musste, wie ein

wild gewordener Kommissar scheinbar wahllos ein Foto nach dem anderen von der „heiligen“ Wand riss.
Einige Minuten später kam Kurt triumphierend zu den Anderen zurück und präsentierte stolz seine Errungenschaften: „Seht mal her, hier stimmt etwas nicht und vor allem weiß ich jetzt, wer der Mistkerl ist, den wir suchen!“
„Könnten Sie sich bitte etwas deutlicher ausdrücken?!“, forderte ihn Jessica auf.
Kurt zeigte die Bilder: „Wie schon gesagt war das Bild von Jonas Bergmann nicht mehr das Gleiche wie beim letzten Mal. Aber das Bild an seinem Platz ist identisch mit denen von Dietmar Breuer und Severin Treuhertz. Die anderen Bilder, die ich mitgebracht habe, stammen von den Plätzen von Nikolai Schiller, Miroslav Zendic´ und Thorsten Siebert. Ich bin mir sicher, dass die Überprüfungen ergeben werden, dass es die Orginalfotos der Kinder sind, das heißt, Bild und Name passen zusammen.“
„Jetzt verstehe ich überhaupt nichts mehr!“, sagte Tatjana und kratzte sich demonstrativ am Kopf.
„Aber ich verstehe!“, schaltete sich Jessica Dornfeld ein. „Der Täter hängt sein Bild an die Stelle seiner Opfer. Da Dietmar Breuer und Jonas Bergmann definitiv tot sind, bedeutet das im Klartext: Der Mörder dieser Jungen und der Mann, nachdem wir suchen ist Severin Treuhertz. Er lebt also noch!“
„Dann ist der unbekannte Typ auf den Fotos von den Trauerfeiern Dietmar Breuers und Jonas Bergmanns also Severin Treuhertz?!“, platzte nun Dennis hervor und erntete dafür fragende Blicke von Tatjana und Jessica. „Ist

jetzt egal, ich erkläre es Euch später. Während Ihr Rätsel lösen gespielt habt, waren wir auch nicht ganz untätig."
„Schön!", sagte Tatjana und legte die Stirn in Falten. „Woher wissen wir jetzt aber, wer das nächste Opfer sein soll?"
Jetzt schien Dennis kriminalistischer Spürsinn auf Hochtouren gekommen zu sein. „Ich bin mir ziemlich sicher, dass es Marco Seeberger ist, der am gleichen Tag wie Jonas geboren wurde und deren Mütter sich ein Zimmer auf der Geburtsstation geteilt hatten."
„Das kannst Du vergessen!", winkte Kurt ab. „Ich habe das Bild von Marco vorhin gesehen, es hängt ja direkt am Platz neben dem von Jonas."
„Die Kehrseite der Medaille! So lautet der letzte Teil des Rätsels", sagte Dennis und kombinierte: „Wir müssen das Bild umdrehen!"
Er rannte zur gleichen Leiter, die Kurt vorhin erklommen hatte und kletterte noch wesentlich schneller hinauf, als dieser das vor einigen Minuten getan hatte. Aus etwa fünfzehn Metern Höhe rief er den anderen zu: „Auf der Rückseite des Bildes von Marco Seeberger ist das Foto von Severin Treuhertz aufgeklebt!"

30.
Die Hoffnung stirbt zuletzt

Donnerstag, 19. Dezember 2013

Es war inzwischen weit nach Mitternacht, doch die Aufregung und die Ereignisse der letzten Stunden ließen nicht an Schlaf denken. Der Euphorie, verursacht durch des Rätsels Lösung, folgte jedoch unmittelbar Ernüchterung. Soeben hatte der Kriminaldauerdienst die Hiobsbotschaft an Kurt Schockenried weitergeleitet, dass Marco Seeberger an diesem Abend nach dem Klavierunterricht nicht wie geplant bei seinen Großeltern in Stuttgart-Kaltental angekommen war. Sie waren zu spät. Severin Treuhertz hatte den Jungen bereits in seine Gewalt gebracht. Kurts Gefühl der letzten Tage hatte ihn nicht getrogen. Sie hatten zu viel Zeit mit der Überprüfung der alleinstehenden Männer verplempert, anstatt sich der Prävention einer weiteren Entführung zu widmen. Man hätte durchaus auf die Idee kommen können, dass Marco Seeberger potentiell gefährdet war. Hoffentlich war es noch nicht zu spät und sie konnten den Jungen noch lebend finden. Es würde sowohl intern, als auch von außen berechtigterweise Kritik hageln. Hans-Dieter Scheible und er würden dafür den Kopf hinhalten müssen. Schnellstmöglich wurden Großfahndungen nach Marco Seeberger und Severin Treuhertz eingeleitet, was sich allerdings mitten in der Nacht schwierig gestaltete. Die Hubschrauber kreisten über dem

Stuttgarter Süden und hatten mit dem starken Schneefall einen weiteren ernst zu nehmenden Gegner. Der Tagesanbruch verbesserte die Bedingungen bei der Suche, aber Erfolg war nach wie vor nicht in Sicht. Es gelang, einen Straßenbahn-Kontrolleur ausfindig zu machen, der Marco Seeberger in Begleitung eines erwachsenen Mannes in der Straßenbahnlinie 1 gesehen hatte. Er berichtete von den Begebenheiten bei der Fahrkartenkontrolle. Die Fotos, die ihnen von Severin Treuhertz zur Verfügung standen waren nicht gut, sie reichten dem Kontrolleur aber aus, ihn eindeutig zu identifizieren. Die Hundeführerstaffel rückte an und drehte jeden Stein im Bereich der Straßenbahnwaggons und Haltestellen der Linie 1 um. In der Mischung aus Schneematsch und Neuschnee verlor sich die Spur des Jungen jedoch endgültig unweit der Haltestelle Engelboldstrasse.

Niedergeschlagen saßen sie im kleinen Besprechungsraum und versuchten sich mit starkem Kaffee wach und konzentriert zu halten. Holger Grünbaum sorgte ständig für Nachschub, seine köstlichen Weihnachtsplätzchen blieben allerdings heute unberührt. „Die einzige Hoffnung, die wir haben, ist die Zeit", sagte Kurt. „Wenn Treuhertz ähnlich vorgeht wie bei Jonas Bergmann, wird er Marco einige Zeit gefangen halten, bevor er ihn tötet."

Jessica Dornfeld bezweifelte das: „Indem er sich uns in seinem Brief offenbart hat, hat er sich selbst einen großen Druck auferlegt. Wenn er den Jungen töten will, wird er sich dafür nicht mehrere Wochen Zeit lassen können. Das Risiko, dass er vorher geschnappt wird, ist zu groß. Sicherlich wollte er mit dem Rätsel Aufmerksamkeit erregen, aber er musste auch davon ausgehen, dass wir es früher oder später lösen würden. Die Umsetzung und Vollendung seines eigentlichen Vorhabens, nämlich den Mord, wird er damit aber nicht aus den Augen verlieren."

„Wir haben doch Fotos von ihm!", sagte Tatjana. „Es kann doch nicht so schwer sein, diesen Mann zu finden!"

„Eben!", stimmte Jessica zu. „Das wird er einkalkulieren und darum wesentlich schneller handeln, als bei Jonas Bergmann. Uns bleibt also nicht mehr viel Zeit, wenn wir das Schlimmste noch verhindern wollen!"

„Aber wie können wir ihn finden?", fragte Dennis.

„Er wird wohl kaum in Stuttgart unter seinem richtigen Namen gemeldet sein. Vermutlich wohnt er irgendwo alleine und zurückgezogen im Schutz der Großstadtanonymität. Sicherlich geht er, wie ein normaler Mensch, irgendwo zum Bäcker oder in den Supermarkt, vielleicht hat er sogar eine Arbeitsstelle. Wir können nichts weiter tun, als unsere standardisierten Suchmethoden so intensiv wie möglich ablaufen zu lassen!"

„Und manchmal kommt einem in solchen Situationen auch unverhofft der Zufall zu Hilfe!", fügte Dennis hinzu.

Keiner antwortete, da jeder diesen Gedanken hatte, aber nicht wagte, offen auszusprechen, dass sie sich in einer fast hoffnungslosen Situation befanden und die Hilfe des Zufalls bitter nötig hatten.

31.
Wo bist Du?

Freitag, 20. Dezember 2013

An Vorbereitungen für das große Familienweihnachtsfest war nicht zu denken. In drei Tagen würden seine Tochter Martina und der Sumatra Tiger aus Australien einfliegen und Brigitte hatte seit dem Streit von neulich kein einziges Wort mehr mit ihm gesprochen. Die wenigen Stunden Schlaf, die Kurt derzeit blieben, verbrachte er entweder auf der Couch in seinem Hobbykeller, oder in seinem alten Schlafsack unter dem Schreibtisch im Präsidium.

Die Suche nach Marco Seeberger und Severin Treuhertz verlief weiterhin frustrierend erfolglos. Was ihnen zusätzlich Sorge bereitete, war die Tatsache, dass ein bisher völlig unbekannter Junge den Brief vor zwei Tagen an der Pforte des Präsidiums abgelegt hatte. Auf den Aufnahmen der Überwachungskameras war eindeutig zu erkennen, dass es sich bei dem Kind nicht um Marco Seeberger handelte. Hatte Treuhertz vielleicht einen weiteren Jungen in seiner Gewalt? Dagegen sprach allerdings, dass der Junge die Möglichkeit hatte, im Polizeipräsidium um Hilfe zu bitten. Warum hätte er diese Chance nicht nutzen sollen? Auf diese und viele andere Fragen gab es bisher keine Antwort. Jetzt waren sie so weit gekommen, hatten das Rätsel um die „Bilder der Totengalerie" gelöst und sogar den Mörder überführt. Ganz zu schweigen vom Nebel der Ereignisse

um den „Hof des Grauens“, der sich zunehmend lichtete. Aber sie traten hilflos auf der Stelle und mussten jederzeit mit dem Schlimmsten rechnen, dem Auffinden einer weiteren Kinderleiche.
Vielleicht konnte Nikolai Schiller ihnen weiterhelfen?! Einiges sprach dafür, dass er ebenso wie Severin Treuhertz, den Hof lebend verlassen hatte. Doch auch er war wie vom Erdboden verschluckt.

Samstag, 21. Dezember 2013

Noch so viele Kurse und Theoriestunden konnten einen nicht auf diese fürchterlichen Momente vorbereiten. Wenn man sich an einem Punkt des Lebens dafür entschieden hatte, eine berufliche Laufbahn bei der Mordkommission einzuschlagen, musste man mit diesen Erlebnissen rechnen, die einem fast selbst die Luft zum Atmen nahmen. Konsterniert standen Kurt, Tatjana und Dennis an diesem Morgen um einen Baum im Rosensteinpark, nur wenige Gehminuten vom Naturkundemuseum entfernt. Das Gebiet war weiträumig abgesperrt. Sie folgten den Nummerntafeln, die die Spurensicherer aufgestellt hatten in absteigender Reihenfolge bis zur Tafel mit der Nummer 1, welche die Position der Leiche markierte. Tatjana standen Tränen in den Augen, Dennis war speiübel und auch dem alten Haudegen Kurt Schockenried hatte es völlig die Sprache verschlagen. Jessica Dornfeld stand, wie es für sie typisch war, scheinbar teilnahmslos einige Meter entfernt und betrachtete das Szenario aus der Distanz. Unmittelbar in der Nähe des großen Baumes lag ein totes

Kind. Es war die Leiche von Marco Seeberger. Sie waren zu spät gekommen. Alle zusammen hatten sie versagt. Sie hatten es nicht geschafft, das Leben dieses unschuldigen Jungen zu beschützen. Leicht bekleidet und barfüßig lag er auf dem Rücken im Schnee, den Kopf nach rechts geneigt. Arme und Beine waren seitlich abgespreizt, wie bei einem Engel, der zum Flug ansetzte. Auf den ersten Blick wirkte es so, als schliefe er friedlich.
In den frühen Morgenstunden waren die Temperaturen immer weiter gefallen und es hatte aufgehört zu schneien. Marco musste jedoch hierher gebracht worden sein, als es noch schneite. Unzählige Spuren waren sichtbar, doch Neuschnee hatte sie für eine detaillierte Analyse unbrauchbar gemacht. Die Rekonstruktion ergab immerhin, dass Severin Treuhertz seinen Wagen am Rande des Parks abgestellt und das Kind zu dem Baum getragen hatte. Dabei hatte er die beträchtliche Distanz von immerhin fast dreihundert Metern zurückgelegt. Vom Parkplatz seines Autos war er zunächst dem vorgegeben Fußweg gefolgt und hatte sich dabei vermutlich an den wenigen Straßenlaternen orientiert, die aufgrund der klirrenden Kälte aber teilweise ausgefallen waren. Dann ging er querfeldein, zwar in leichtem Zick-Zack-Kurs, aber trotzdem zielstrebig auf den Baum zu. Es standen viele Bäume in dem Park, aber es schien fast, als hätte er diesen bewusst angesteuert. Ungefähr sechzig Meter vom Fundort entfernt musste er Marco abgelegt haben, um eine Pause zu machen. Diese konnte nicht lange gedauert haben, da es nur wenige Fußspuren an dieser Stelle gab. Er hatte den leblosen Körper, zumindest gingen sie davon aus, dass Marco zu

diesem Zeitpunkt bereits tot war, nur kurz abgelegt, um dann gleich weiter zu gehen. Auch am Fundort selbst hatte er sich nicht lange aufgehalten. Er legte Marco unter den Baum, drapierte ihn und ging wieder. Sein Rückweg ähnelte dem Hinweg, die Spuren verliefen lediglich etwas geradliniger.
Simon Brandner und Mark Scheck näherten sich dem abgesperrten Bereich. Der Chef des Rechtsmedizinischen Instituts trug, ganz im Gegensatz zu seinen früheren Gepflogenheiten, seine Tasche selbst. Beide waren in Mützen und dicke Daunenjacken gehüllt. Als sie sich an die Arbeit machten, musste der Chef seinen Assistenzarzt darauf hinweisen, dass er doch bitte seine dicken Skihandschuhe gegen die arbeitsüblichen Latexhandschuhe eintauschen sollte. Mark bewegte sich sichtlich unsicher und war hauptsächlich darauf bedacht, keine Spuren zu zerstören. Man konnte ganz genau erkennen, dass er keinerlei Erfahrung mit der Arbeit an einem Tatort hatte. Dr. Brandner schien die Situation zwar auch nahezugehen, trotzdem, oder vielleicht gerade deswegen, spulte er seine Untersuchungen routiniert und schnell herunter. Als sie fertig waren, gesellten sich die Mediziner zu den drei Kommissaren. „Das Wesentliche in aller Kürze“, waren die Worte, mit denen Simon Brandner die Erläuterung seiner ersten Befunde einleitete. „Der Junge war bereits tot, als er hier abgelegt wurde. Aufgrund der extremen Kälte und der Lage des Körpers im Schnee ist die Leichenstarre ausgeprägter und die Körperkerntemperatur definitiv niedriger als unter normalen Bedingungen. Sofern es so etwas wie normale Bedingungen überhaupt gibt. Todesur-

sache ist Genickbruch als Folge von gewaltsamem Erdrosseln. Auch hier könnte die Tatwaffe eine große Eisenkette gewesen sein. Im Unterhautgewebe sind mit bloßem Auge Einblutungen sichtbar, die der Form der Kettenglieder entsprechen könnten. Auf den ersten Blick gibt es ansonsten keine weiteren Anzeichen auf äußerliche Gewalteinwirkung. Wir sehen uns dann bei der Obduktion!"
Er zog einen imaginären Hut und verabschiedete sich: „Frau von Senden, Herr Schockenried, Dennis, wir empfehlen uns. Komm mit, Mark. Mir gefällt es hier nicht und außerdem ist es schweinekalt!"
Mark zuckte mit den Schultern, verabschiedete sich ebenfalls und trottete seinem Vorgesetzten hinterher.
„Was für ein riesengroßes Arschloch!", sagte Kurt so laut, dass es auch garantiert jeder der Anwesenden hören konnte. Die bisweilen zur Schau getragene Arroganz von Dr. Brandner war ihm schon häufig sauer aufgestoßen.
Als der Leichnam von Marco in einem Plastiksarg abtransportiert wurde, war Kurt noch als einer der Letzten am Tatort. Er warf eine Zigarette in den Schnee, breitete die Arme aus und starrte in den schwarzen Wolken verhangenen Himmel. „Gott, wo bist Du? Wo bist Du, wenn man Dich braucht? Wie kannst Du nur zulassen, dass so etwas Schreckliches geschieht? Wenn es Dich wirklich gäbe, hättest Du das verhindert! Ich schwöre bei meinem Leben, dass ich erst zur Ruhe kommen werde, wenn dieser Bestie das Handwerk gelegt wurde, und wenn der Preis dafür ist, dass ich selbst dabei drauf gehe, dann soll es so sein!"

32.
Einzelticket zur Hölle

Sonntag, 22. Dezember 2013, vierter Advent

Wie so oft stiegen kurz vor den Weihnachtsfeiertagen die Temperaturen auf der Celsius-Skala wieder fast in einen zweistelligen positiven Bereich, so dass anstelle weißer Weihnachten, Matsch und Dreck das Landschaftsbild prägten. Erstaunlich war allerdings, dass es in diesen Tagen noch nicht einmal der Mord an zwei Kindern und ein freilaufender Killer schafften, das Wetter vom Spitzenplatz der Gesprächsthemen in der Stadt zu verdrängen. Im Polizeipräsidium hatte man natürlich andere Sorgen. Für den Adventmorgen war wieder einmal eine Besprechung angesetzt. Holger Grünbaum hatte trotz der prekären Lage beschlossen, einen selbstgebastelten Adventskranz mit vier Kerzen in die Mitte des Tisches an der Stirnseite des kleinen Besprechungsraumes zu stellen. Kurt hatte eine fürchterliche Laune.

„Schon wieder so eine dämliche Besprechung! Das bringt doch alles nichts! Wir sitzen hier mit unseren Ärschen in einem geheizten Raum herum und labern, während da draußen ein Scheißkerl mit schwerer Kindheit herumläuft, der meint aus Rachsucht an der Menschheit unschuldige Kinder töten zu können."

„Ihre Analyse ist gut, Herr Schockenried!", sagte Jessica Dornfeld trocken. „Sie haben das Motiv auf den Punkt gebracht. Severin Treuhertz zerstört Leben, und zwar ausnahmslos das achtjähriger Jungen und ihrer Familien. Als Vorlage dient ihm sein eigenes Schicksal. Offenbar macht es dabei aber für ihn keinen Unterschied, dass er, im Gegensatz zu seinen Opfern, überlebt hat. Für ihn ist sein Leben zerstört und wertlos. Es bedeutet ihm nichts, genauso wenig, wie das Leben anderer. Er weiß möglicherweise, dass er Unrecht tut, rechtfertigt dies jedoch mit dem, was ihm widerfahren ist. Jonas Bergmann und Marco Seeberger wurden mit schweren Ketten erdrosselt. Vermutlich spielte diese Art der Tötung damals auf dem Hof ebenfalls eine Rolle. Ebenso wie er und die anderen vier Jungen im Jahre 1983 aus der Fotogalerie des St. Ferdinand ausgewählt worden waren, hat er auf diese Weise seine Opfer ausgesucht."

Jessica hielt kurz inne und fuhr fort: „Ich muss mich korrigieren. Es ist nicht gesagt, dass er die Kinder in der Galerie gefunden hat, aber er wählt sie im St. Ferdinand-Krankenhaus aus. Daraus lässt sich meiner Ansicht nach schlussfolgern, dass außer seiner Geburt im St. Ferdinand und der Tatsache, dass ihm das zum Verhängnis werden sollte, noch eine aktuelle Beziehung seinerseits zu dieser Klinik bestehen muss. Vielleicht war er dort Patient, oder er arbeitet sogar dort?! Wir sollten das schleunigst überprüfen!"

„Auf diese Idee hätte auch früher schon einmal jemand kommen können, oder etwa nicht?", mischte sich Kriminalrat Scheible ein.

Kurt platzte daraufhin der Kragen: „Warum haben Sie das dann nicht durchschaut, Sie kurzbeiniger Klugscheißer?!"

Die Anspannung war groß und die Stimmung gereizt. Das gemeinsame Ziel vor Augen, legte keiner die Worte des anderen auf die Goldwaage, auch wenn Herr Scheible Kurt mit einem kurzen Blick zu verstehen gab, dass über diese verbale Ohrfeige noch zu reden sein würde.
„Wir wissen aber nicht, nach welchen Kriterien die fünf Kinder damals ausgesucht wurden?!“, stellte Tatjana fest.
„Richtig!“, gab Jessica zu. „Das spielt meiner Ansicht nach momentan aber keine Rolle bei den Ermittlungen in den aktuellen Fällen. Falls aber zu gegebener Zeit ein Interesse daran bestehen sollte, die Ereignisse von damals endlich vollständig aufzuklären, dann sollte man die Identität der Entführer und ihre Verbindung zum St. Ferdinand-Krankenhaus überprüfen. Wenn es erforderlich sein sollte, muss man die beiden Männer, beziehungsweise die Knochen, die noch von ihnen übrig geblieben sind, exhumieren.“
Dr. Simon Brandner, der heute persönlich anwesend war, weil sein Assistenzarzt sich ebenfalls einmal erlaubt hatte, verhindert zu sein, legte die Befunde der Obduktion Marco Seebergers dar:
„Todesursache war, wie ich bereits am Fundort geäußert hatte, äußeres Ersticken durch Erdrosseln des Opfers. Die Frakturen der ersten beiden Halswirbel und des Dens axis entstanden durch die große Gewalteinwirkung und wären, jede für sich, ebenfalls tödlich gewesen. Strangulationswerkzeug war eine großgliedrige Kette. Es zeigten sich klar umschriebene Einblutungen in das Unterhautfettgewebe und in die Halsmuskulatur, korrespondierend zu den Gliedern der Kette. Die Drosselfurchen verliefen horizontal um den Hals und schnitten das Gewebe überall

gleichmäßig tief ein. Das Gesicht des Jungen war aufgedunsen und bläulich verfärbt. Es zeigten sich intensive Stauungsblutungen im Gesicht, in den Augenlidern und Bindehäuten, sowie Einblutungen in die Zungenmuskulatur. Der Tod wurde mit großer Gewalt herbeigeführt. Ich konnte unterblutete Abbrüche des Kehlkopfes und des Zungenbeins finden. Die Befunde der inneren Organe lassen ebenfalls nicht den geringsten Zweifel an der Todesursache zu. Die rechte Herzkammer war erweitert und die Lungen infolge der forcierten Atembewegungen, die Marco während des Todeskampfes reflektorisch ausgeführt hatte, überbläht. Die Bauchorgane, vor allem die Leber waren gestaut. Komischerweise gibt es keinen Hinweis auf Begleitverletzungen, die normalerweise auftreten, wenn das Opfer versucht, sich zu wehren. Hierfür kann es natürlich mehrere Gründe geben. Das zu ermitteln, liegt jedoch außerhalb meines Aufgabenbereiches. Marco Seeberger wurde wohl gegen 6.35 Uhr von einem Nachtschwärmer gefunden, der in angetrunkenem Zustand auf dem Heimweg aus einem Club in der Innenstadt war. Wir waren bereits eine Stunde später am Fundort im Rosensteinpark. Zu diesem Zeitpunkt war er schon seit mehreren Stunden tot, genauer gesagt seit ziemlich genau sieben Stunden. Zu dieser Einschätzung komme ich aufgrund folgender Befunde: Die Totenflecken ließen sich vollständig wegdrücken und waren noch sehr einfach zu verlagern. Dies zeigt sich beispielsweise beim Umdrehen der Leiche. Um den Körper zu drapieren, musste die Totenstarre gebrochen werden. Da sie sich wieder auf ein bestimmtes Niveau zurück gebildet hatte, konnte sie zum Zeitpunkt des Brechens noch nicht voll ausgeprägt gewesen sein. Dieses Phänomen des Wiedereintritts der Totenstarre nach Brechen, ist nur in einem zeitlichen Intervall von etwa sechs bis acht Stunden nach Todeseintritt zu beobachten. Der Junge war leicht bekleidet und lag im Schnee. Darum fiel die Körperkerntemperatur, nach der initialen Plateauphase von etwa zwei Stunden, stärker ab, als das üblicherweise der Fall ist, und zwar um circa 1,5°Celsius pro Stunde. Daraus resultiert ein Todeszeitpunkt, der ziemlich genau auf 0.30 Uhr festzulegen ist. Eine pädophile Motivation der Taten schien ja, wenn ich Sie richtig verstanden habe, unwahrscheinlich zu sein. Passend dazu fanden sich auch an Marco Seeberger keine Spuren, die auf einen sexuellen Missbrauch hindeuteten. Trotz Schnee und Kälte konnten wir Spuren menschlichen Gewebes und auch Faserspuren von Textilien an dem Jungen und seiner Kleidung finden. Eine DNA-Bestimmung mittels Schnelltest war problemlos möglich. Abgleiche mit den einschlägigen Datenbanken waren jedoch negativ. Sollten DNA-Proben des potentiellen Täters beschafft werden können, ließe sich definitiv klären, ob die gefundenen Spuren von ihm stammen oder nicht."

„Na, das ist doch einmal eine Aussage, auf die sich aufbauen lässt!", freute sich Herr Scheible, worüber Kurt erneut nur den Kopf schütteln konnte.

„Das nützt uns doch alles nichts, solange wir nicht die geringste Ahnung haben, wo sich Treuhertz aufhält. Um zu beweisen, dass er der Mörder ist, brauchen wir keinen DNA-Abgleich. Nachdem die absolute Katastrophe zur Gewissheit wurde, nämlich dass wir es nicht geschafft haben, Marco Seeberger zu finden, bevor ihn der Mistkerl töten konnte, müssen wir alles Erdenkliche daran setzen, um weiteres Unheil abzuwenden. In diesem Moment suhlt sich dieser Psychopath wahrscheinlich noch im Rausch seines Erfolges, doch schon bald wird er sich sein nächstes Opfer suchen, wenn er es nicht sogar schon im Blick hat. Wir müssen mit aller Macht verhindern, dass er ein weiteres Kind in seine Gewalt bringen kann. Aber dazu müssen wir schnell sein!"

„Ganz klar!", stimmte Jessica Dornfeld zu. „Es steht zu befürchten, dass sein Drang weitere Kinder in seine Gewalt zu bringen, immer größer wird, ebenso wie der Drang nach Erfüllung seiner eigentlichen Mission. Dadurch werden die Zeitintervalle zwischen den Taten immer kürzer. Dieses Phänomen konnte sehr häufig bei Serientätern beobachtet werden. Allerdings verlief der Prozess bei Severin Treuhertz in rasanter Geschwindigkeit. Es scheint fast so, als hätte über die Jahre, in denen er nicht gemordet hat, eine Bestie in ihm geschlummert, die jetzt losgelassen ist."

„Was ist denn seine eigentliche Mission?", hakte Tatjana nach.

„Rache für das Leben, das andere ihm zerstört haben. Dafür ist er bereit, jede Grenze zu überschreiten. Am liebsten würde er uns alle auf direktem Weg mit in die Hölle nehmen!"

Kurt schlug mit der Faust auf den Tisch: „Wir müssen ihn stoppen! Dann kann er von mir aus zur Hölle fahren, aber nur mit einem One-Way-Einzelticket!"

Teil 3
Der unbekannte Gegner

33.
Wallenstein

Montag, 23. Dezember 2013, Jersey City, New Jersey, USA

Er stellte die Stofftasche mit seinen Einkäufen auf die Arbeitsfläche seiner kleinen Küche. Dann nahm er die dunkelblaue Schirmmütze ab und hängte sie an einen der beiden Kleiderhaken links neben der Eingangstüre. Wie immer hängte er seine Jacke mit dem Logo der „Hudson County Security Company“ an den Platz daneben. Das trübe Licht der Wohnzimmerlampe projizierte seinen Schatten an die gegenüberliegende Wand des Wohnraumes. Er war immer noch fasziniert davon, wie er die Größe seines Schattens spielerisch verändern konnte, indem er den Abstand zur Wand veränderte. Die vielen Jahre in der Dunkelheit hatten ihn die beiden treuesten Begleiter in seinem Leben fast vergessen lassen. Sein Vater hatte ihm einmal erklärt, dass es zwei Dinge im Leben gibt, die sich zwar verändern, einen aber nie verlassen würden. Nämlich der eigene Schatten und das Spiegelbild. Er ging an dem abgewetzten Ledersessel vorbei und stand vor der Fensterfront. Aus seinem 2,5 Zimmer-Appartement im 27. Stock des „Aqua Blue“-Hochhauses schaute er direkt auf den Hudson River und die Skyline von Manhattan. Das „Empire-State-Building“ war in dieser Nacht blau beleuchtet. In den vergangenen vierzehn Jahren hatte sich diese Aussicht in sein Gedächtnis gebrannt. Er schloss die Augen und reproduzierte in seinen Gedanken den wundervollen Blick. Ganz rechts konnte man in der Entfernung die Lichter der „Staten-Island-Fähre“ erkennen. Er ließ den Blick über „Lower Manhattan“ und den „Financial District“ gleiten und sah die Lichter des „One World Trade Centers“, dessen Eröffnung für das nächste Jahr geplant war und das mit seiner Höhe von 1776 Fuß auf die amerikanische Unabhängigkeitserklärung anspielte. Nur eine U-Bahn-Station von dort entfernt, an der „Christopher Street“, befand sich seine Arbeitsstelle. Jeden Tag fuhr er vom Bahnhof „Hoboken“ aus mit der „PATH“ durch den Tunnel am Grunde des „Hudson“ die fünf Stationen hin und wieder zurück. Er arbeitete seit über dreizehn Jahren in einem der typischen New Yorker Hochhäuser als „Doorman“. Dass sich der Sitz der Sicherheitsfirma, für die er arbeitete in New Jersey und nicht in Manhattan befand, störte mittlerweile niemanden mehr. Anfangs hatten die New Yorker noch Anstoß daran genommen. Er hatte schon oft darüber nachgedacht, ob er ein Buch über die Erlebnisse in seinem Beruf schreiben sollte. Zahlreiche skurrile, lustige und schöne Momente hatte er mit den vielen Bewohnern des Hauses erlebt. Im Laufe der Jahre hatte er viele Menschen kommen und gehen sehen, doch er war überzeugt davon, sich fast an jeden einzelnen davon erinnern zu können. Er öffnete die Augen und war glücklich. Nicht nur seine Gedanken waren frei, sondern er war es auch. Fast fünfzehn Jahre und sechs Monate lang waren er, Severin, Miro, Dietmar und Thorsten Sieberts mumifizierte Leiche, von den beiden sadistischen Männern in ein dunkles Kellerverlies gesperrt worden. Doch keine Dunkelheit, keine Gewalt und keine Eisenkugeln am Bein konnten ihm damals das Einzige nehmen, was ihm geblieben war, seine Gedanken. In seinen Gedanken war er frei und konnte an jeden Ort gehen, den er sich wünschte. Eigentlich war immer Paris das Ziel seiner Träume gewesen. Ob seine Eltern und seine Schwester wohl mittlerweile dort gewesen waren? Er wünschte es ihnen von Herzen. Dass er schließlich in den USA gelandet war, war lediglich dem Zufall geschuldet. Nachdem Severin und er einen Pakt geschlossen hatten, versuchte er sich in der ungewohnten Zivilisation zurecht zu finden und musste Geld für ein Flugticket erbetteln. In den Straßen von Schwäbisch Gmünd gelang ihm dies nur mühsam. Eines Tages im März 1999, stand er in den frühen Morgenstunden vor dem Schaufenster eines Reisebüros. Die Vögel kündigten einen Wechsel der Jahreszeit an und er konnte die Frühlingsluft förmlich riechen. Ein Sonderangebot versprach sieben Tage New York City, Flug und Übernachtung inklusive, sogar die Organisation eines Visums würde vom Organisator übernommen werden. Vor dem „elften September 2001" waren die Einreisebestimmungen in die USA noch sehr unproblematisch gewesen. Das erforderliche Geld hatte er bereits beisammen und mit einem gestohlenen Personalausweis verschaffte er sich das Ticket ins Land der unbegrenzten Möglichkeiten. Das Geld, das er durch den Verkauf des Rückflugtickets einnahm, war sein Startkapital in New York City. Er schaffte es mit Hilfe anderer deutscher Einwanderer, sich innerhalb weniger Monate ohne Englischkenntnisse eine neue Existenz zu erschaffen. Schnell lernte er die neue Sprache und konnte sie auch bald lesen und schreiben. Unter falschem Namen lebte er jetzt ein zurückgezogenes und bescheidenes Leben. Die Schatten seiner Vergangenheit würde er niemals abschütteln können, ebenso wenig wie seinen eigenen, aber er hatte sich mit diesem Leben arrangiert. Es verging nach wie vor kein Tag und keine Nacht, in der er nicht den wahnsinnigen und hasserfüllten Blick von Severin Treuhertz vor sich sah, nachdem es ihnen gelungen war, den Fotografen und seinen Kompagnon zu überwältigen. Die Schreie von Dietmar Breuer und Miro Zendic´ hatten sich ebenso in sein Gedächtnis eingebrannt, wie der flehende Blick von Miro, ihn endlich von seinen Qualen zu erlösen. Ja, er hatte zwei Menschen getötet, aber er war sich sicher, nichts Unrechtes getan zu haben.

Gegen 1.15 Uhr Ortszeit, fuhr er seinen Computer hoch. Das E-Mail-Postfach hatte außer einer Nachricht seines Freundes und Kollegen Jebediah Harper, der ihm ein frohes Weihnachtsfest wünschte, und einer Menge Spam, nichts zu bieten. Er besuchte regelmäßig deutsche Internetseiten, da er Stuttgart nach wie vor als seine Heimat betrachtete und weil er über Zeitgeschehen, Politik, Sport und insbesondere die Ergebnisse des VfB Stuttgart unterrichtet sein wollte. Mit viel Stolz und Freude hatte er im Juni verfolgen können, wie der VfB im DFB-Pokalfinale in Berlin, in einem großartigen Kampf zusammen mit seinen Fans dem haushohen Favoriten aus München die Stirn geboten hatte. Schon als fußballbegeisterter Junge hatten ihn diese Duelle fasziniert.

In der Online-Ausgabe der großen Stuttgarter Tageszeitungen beherrschte aber ein anderes Thema die Schlagzeilen. Aufmerksam las er sich alles immer und immer wieder durch und war sich schließlich sicher. Aufgeregt ging er in seinem Appartement auf und ab und sagte sich immer wieder: „Das ist Severin. Er ist zurück. Er hat unseren Pakt gebrochen!"

Die Berichterstattung ließ für ihn keinen Zweifel zu. Achtjährige Jungen, die mit einer Eisenkette erdrosselt wurden, die Verbindung zu einem großen Stuttgarter Krankenhaus und der Verdacht, dass zwei Jungen der Sklaverei auf dem „Hof des Grauens" im Jahre 1999 entkommen konnten, wobei einer der beiden Überlebenden der mutmaßliche Täter sei. Offensichtlich suchte die Polizei vergeblich nach Severin, was ihn nicht wunderte. Severin war gerissen genug unterzutauchen, um dann aus dem Hinterhalt erneut zuzuschlagen.

„Ich muss ihn stoppen!", sagte er sich.

Er hatte bereits zugelassen, dass Severin zwei unschuldige Menschen auf dem Gewissen hatte, bevor er jetzt die Jungen in Stuttgart tötete.

„Auf keinen Fall dürfen noch mehr Kinder und ihre Familien zu Schaden kommen!"

Er benötigte etwa fünfundvierzig Minuten, bis er alles Notwendige organisiert hatte. Dann ging er zurück zu seinem E-Mail-Postfach und rief die Nachricht seines Kollegen auf. Er klickte auf „Antworten" und schrieb:

Lieber Jebediah,

ich wünsche Dir und Deiner Familie ebenfalls ein frohes Weihnachtsfest und ein glückliches neues Jahr. Wie Du weißt,

habe ich über die Feiertage und zwischen den Jahren frei. Kurzfristig habe ich mich deshalb entschlossen, Weihnachten in meiner alten Heimat, in Deutschland zu verbringen. Du weißt schon, in der Stadt, in der die Brezeln erfunden wurden. Ich fliege morgen früh ab Newark. In Stuttgart habe ich eine Verabredung mit einem alten Weggefährten.
Grüße
Dein
Albrecht W. Wallenstein

34.
Ho Ho Ho!

Dienstag, 24. Dezember 2013, Heiligabend

Schnell hatten sie herausgefunden, dass Severin Treuhertz tatsächlich, so wie es Jessica Dornfeld vermutete, eine Anstellung im St. Ferdinand-Krankenhaus hatte. Er arbeitete dort seit vielen Jahren als Küchenhilfe und war bei Vorgesetzten und Kollegen gleichermaßen anerkannt. Er galt als pünktlich, zuverlässig und freundlich. Unscheinbar und schüchtern waren weitere Attribute, die ihm zu Teil wurden. Er kannte sich im gesamten Klinikum sehr gut aus, da er unter anderem für die Auslieferung und Abholung der großen Essenswagen auf und von den Stationen zuständig war. Auch der Sekretariatsbereich um Erika Södergren wurde auf Wunsch mit Speisen aus der hauseigenen Küche beliefert. Über die Jahre hatte Frau Södergren nach eigenen Angaben ein freundschaftliches Verhältnis zu Radomir Kraft aufgebaut. Wenn sie sich begegneten, wurde oft geflachst und sie genoss die versteckten Komplimente, die er ihr wohl immer wieder gemacht hatte. Auch wenn ihre Überzeugung dadurch in den Grundfesten erschüttert wurde, musste sie zugeben, dass es für Radomir Kraft, oder auch andere, durchaus möglich gewesen wäre, den Schlüssel für die Galerie aus ihrem Büro unbemerkt zu entwenden und anschließend auch wieder an seinen Platz zu bringen.

Alle Angestellten des St. Ferdinand, die Radomir Kraft kannten oder in irgendeiner Form mit ihm zu tun hatten, waren entsetzt, als durchsickerte, dass er angeblich ein mehrfacher Mörder sein sollte. Immerhin kannte man jetzt den Grund, warum Kraft seit dem 19. Dezember unentschuldigt der Arbeit fern geblieben war.
„Wenn ich nur daran denke, dass mich Severin Treuhertz fast mit einem Essenswagen über den Haufen gefahren hätte, wird mir ganz übel!“, warf Tatjana ein. Und Kurt, dessen Laune inzwischen ins Bodenlose gefallen war, fügte hinzu: „Und ich könnte kotzen, dass dieses fiese Arschloch nur einen Meter von mir entfernt war und ich ihm nicht die Visage poliert habe. Mann, wir könnten ihn schon lange haben! Dann wäre Marco Seeberger noch am Leben und würde heute Abend im Kreise seiner Familie unter dem Weihnachtsbaum sitzen und Geschenke auspacken!“
„Mach Dir keine Vorwürfe, Kurt. Du konntest ja in diesem Moment nicht ahnen, dass es unser gesuchter Kindermörder ist, der Tatjana fast platt wie eine Flunder gefahren hat!“
„Nein, das konnte ich nicht ahnen. Aber ich mache mir große Vorwürfe, dass wir so viel Zeit mit der Überprüfung der Männerhaushalte vergeudet haben. Ich habe gespürt, dass da etwas schief läuft, aber ich war zu blöd, es zu erkennen. Wir hätten das Rätsel früher lösen müssen und auch die Verbindung von Treuhertz ins St. Ferdinand hätten wir erkennen müssen. Außerdem hätte ich vom ersten Moment an, als ich mir so gut wie sicher war, dass der Mord an Jonas Bergmann etwas mit den Geschehnissen auf dem „Hof des Grauens“ zu tun hat, einen professi-

onellen Profiler hinzuziehen sollen und nicht auf meinen eigenen Instinkt vertrauen, der offensichtlich nicht mehr so scharf ist, wie er früher einmal war. Für mich war´s das. Sobald dieser Fall abgeschlossen ist, werde ich den Polizeidienst quittieren!“

Betretenes Schweigen herrschte im Büro von Dennis und Tatjana, wo sich die drei Kommissare zusammengesetzt hatten. Plötzlich wurde die Türe mit großer Wucht aufgestoßen und Holger Grünbaum tanzte ins Zimmer. Er trug eine Nikolausmütze und einen falschen Bart, sowie hautenge rote Skiunterwäsche. Ein Streuselkuchen mit vierundzwanzig Kerzen balancierte wie bei einem Kellner auf der rechten Hand und in seiner Linken hielt er die Imitation einer Rute. Dann legte er los:

„Ho, Ho, Ho, von draußen vom Walde komm ich her, ich muss Euch sagen, es weihnachtet sehr!

Überall in den Bürositzen, sah ich traurige Polizisten sitzen;

und droben aus seinem Tor, sah mit großen Augen der Scheible hervor;

und wie ich so strolchte um Kurtileins Tann, da rief´s mit heller Stimme mich an: „Knecht Holger“, rief es, „alter Gesell, heb deine Beine und spute dich schnell!

Die Kerzen fangen an zu brennen, das Himmelstor ist aufgetan,

Liebe Kollegen ihr sollt nun

von der Jagd des Mörders einmal ruhn;

und später flieg ich hinab zur Erden,

denn es soll wieder Weihnachten werden!

Happy birthday, lieber Jesus, happy birthday, lieber Kurt! “

Betretenes Schweigen füllte den Raum. Holgers sicherlich gut gemeinte Darbietung schien in der aktuellen Situation völlig unangebracht.
Einige Stunden später hatten sie sich einigermaßen von der Grünbaum´schen Performance erholt. Es war kurz nach 17.00 Uhr und das Präsidium fast wie ausgestorben. Kriminalrat Scheible hatte sich soeben mit dem Appell an seine Mitarbeiter verabschiedet, doch wenigstens einige schöne Stunden im Kreise der Familie zu verbringen. Der arme Holger war völlig verstört und rot vor Scham nach Hause geflüchtet. Da er keine Familie in Stuttgart hatte und derzeit auch nicht in einer festen Beziehung war, würde er den Heiligen Abend alleine zu Hause verbringen. Tatjana, die eigentlich vorgehabt hatte, ihre Familie in der Nähe von Chemnitz zu besuchen, musste auf ihren Heimaturlaub verzichten und feierte gemeinsam mit ihrem Freund Jörg Maurer in ihrer Sillenbucher Wohnung.
„Was machen Sie heute Abend?“, fragte Dennis Jessica Dornfeld, die keinerlei Anstalten machte, das Präsidium zu verlassen.
„Vielleicht gehe ich etwas essen. Ich kenne da einen guten Italiener in der Calwer Strasse. Leider werden Sie mich nicht begleiten können, da Sie dort Hausverbot auf Lebenszeit haben. Außerdem ist die Hälfte des Restaurants wegen Renovierungsarbeiten bis auf Weiteres geschlossen.“
„Dann hätte ich einen Vorschlag für Sie!“, sagte Dennis und grinste dabei schelmisch.

„Und der wäre?“, sagte Jessica mit einer Miene, die Dennis signalisierte, dass sie ihm eigentlich nicht mehr böse war.

„Meine Eltern erfüllen sich wegen des siebzigsten Geburtstages unseres Vaters, der in diesem Jahr stattfand, einen Jugendtraum und verbringen Weihnachten unter Palmen. Also feiern meine Schwester Anna und mein Mitbewohner Bernd, der im Übrigen Annas Freund ist, bei uns zu Hause. Wenn Sie möchten, sind Sie herzlichst eingeladen. Es gibt vegetarisches Raclette. Aber keine Sorge, Bernd und ich haben heimlich Wurst und Fleisch in die Wohnung geschmuggelt. Er wollte die Sachen an einem „sicheren Ort“ verstecken“, so dass Anna sie nicht finden und entsorgen kann

Jessica setzte eine besorgte Miene auf: „Sie wohnen also mit Ihrer Schwester zusammen, die obendrein auch noch militante Vegetarierin ist? Na, das erklärt ja einiges! Aber gut, warum nicht?! Ich bin schon sehr gespannt darauf, Ihre Mitbewohner kennenzulernen.“

35.
Weihnachtsoratorium

„Es sind noch Kartoffeln da!“, sagte Margarete Schiller und reichte die Schüssel mit den dampfenden Erdäpfeln ihrer Tochter Alexandra, die sich einen üppigen Nachschlag genehmigte. Alexandra war Nikolai Schillers ältere Schwester und mittlerweile dreiundvierzig Jahre alt. Seit Nikolais Verschwinden im Jahre 1983 verbrachten die drei Schillers jedes Weihnachtsfest unter sich. Sämtliche gut gemeinten Einladungen hatten sie stets ausgeschlagen und auch Gäste waren an diesem Tag nicht willkommen. So etwas wie einen Alltag konnte sich die Familie im Laufe der Jahre zwar wieder aufbauen, die Ungewissheit um den Verbleib ihres Sohnes und Bruders würde ihnen aber niemals ermöglichen, inneren Frieden zu finden. Es waren die besonderen Tage des Jahres, an denen der Schmerz noch stärker zu spüren war, als sonst. Zu diesen Tagen gehörten Nikolais Geburtstag, der Jahrestag seines Verschwindens und natürlich auch Weihnachten. Wie alle Kinder hatte er das Fest im Kreise der Familie so sehr geliebt. Niemals würden sie seine vor Vorfreude strahlenden blauen Augen in den Minuten vor der Bescherung vergessen. Es hatte ein festes Ritual gegeben, auf das bei Familie Schiller die Bescherung folgte. Nach dem Abendessen halfen Alexandra und Nikolai den Tisch abzuräumen und anschließend setzten sie sich ins Wohnzimmer und spielten „Mensch

ärgere Dich nicht“, während die Eltern in der Küche aufräumten. Dann saßen sie zu viert im Wohnzimmer und hörten den Anfang von „Johann Sebastian Bachs“ sechsteiligem „Weihnachts-Oratorium“. Dadurch wurden einige Minuten der Besinnung geschaffen und gleichzeitig die Spannung vor der Bescherung erhöht. Nach dem zweiten Teil des Oratoriums stand Rainer Schiller immer auf und ging in den Garten hinaus, angeblich zu dem geheimen Treffpunkt, an dem das Christkind ihm die Geschenke übergeben würde. Wenige Minuten später klingelte er an der Haustüre und die Kinder stürmten ihm entgegen, um die Geschenke zu übernehmen und zum Weihnachtsbaum zu tragen. Groteskerweise hielten die Schillers immer noch verkrampft an diesem Ablauf fest, auch wenn dieser eher einer Parodie glich. Auch in diesem Jahr würde sich das Ritual, mittlerweile zum dreißigsten Male ohne Nikolai, wiederholen. Margarete und Rainer Schiller waren in der Küche, um Essensreste zu verstauen und das schmutzige Geschirr in die Spülmaschine zu räumen. Alexandra Schiller saß alleine auf dem beigefarbenen Wohnzimmerteppich und spielte „Mensch ärgere Dich nicht“ gegen sich selbst. Wie immer hatte sie die gelben Hütchen und die Gegner waren rot. Nikolai hatte immer mit den roten Hütchen gespielt und meistens gewonnen, sehr zum Ärger der älteren Schwester. Und auch heute schienen die Roten schneller im Ziel zu sein, als die Gelben.
Herr Schiller saß in dem großen Ohrensessel und Alexandra auf dem Fußboden, als der erste Teil des „Weihnachts-Oratorium“ lief. Plötzlich ging Margarete Schiller auf die große Fensterfront des Wohnzimmers zu und

blieb direkt vor einer der Scheiben stehen. Sie starrte in den dunklen Garten hinaus. Dann öffnete sie die Türe zur Veranda und ging einen Schritt hinaus ins Freie. In der Ferne konnte sie Kirchenglocken hören. Der Wind wurde stärker und rauschte durch die kahlen Bäume und Hecken ihres Gartens. Wie von einer unsichtbaren Kraft gezogen, ging sie Schritt für Schritt weiter in die Dunkelheit, bis sie die Klänge Johann Sebastian Bachs nicht mehr hören konnte. Einige Meter von ihr entfernt hörte sie das Knacken eines Zweiges und erschrak dabei. Sie ging zunächst wieder einige Schritte zurück, um dann doch ihrer Neugier nachzugeben und in die Richtung zu gehen, aus der sie das Geräusch vernommen hatte. Da, es hatte wieder geknackst. Aber dieses Mal kam das Geräusch aus einer anderen Richtung. Voller Angst ging sie schnell einige Meter rückwärts. Plötzlich stolperte sie über eine Unebenheit im Boden und landete auf dem Gesäß. Und schon wieder knackte es, das Geräusch kam aus ihrer unmittelbaren Nähe. Zitternd stand sie auf und bewegte sich langsam rückwärts auf das kleine Gartenhäuschen zu, als ihr plötzlich eine Hand auf der Schulter lag. Sie drehte sich um holte bereits zum Schlag aus, als Rainer Schiller ruhig sagte: „Margarete, was tust Du denn hier? Warum bist Du denn so schmutzig? Bist Du etwa hingefallen?“

„Hier war jemand in unserem Garten, Rainer, ich schwöre es Dir!“

„Ach, das war bestimmt nur ein Tier. Deine Nerven spielen Dir einmal wieder einen Streich! Aber das ist verständlich. Denn schließlich ist heute der dreißigste Heilige Abend ohne Nikolai.“

Die Gemüter hatten sich wieder etwas beruhigt und es lief inzwischen der zweite Teil des Oratoriums. Alle warteten wie paralysiert darauf, dass der nächste Punkt des Rituals endlich beginnen würde. Durch einen Schlag gegen die Scheibe der Balkontüre wurden sie aus ihrer Lethargie gerissen. Da sie in einem erleuchteten Raum saßen und es draußen dunkel war, konnten sie nichts als ihre Spiegelbilder in den Scheiben erkennen. Wieder klopfte es. Und schließlich noch einmal, mindestens viermal hintereinander. Sie waren starr vor Angst. Alexandra und Frau Schiller hielten sich gegenseitig fest, während Rainer Schiller langsam auf die Türe zuging. Er bewaffnete sich mit einem Kerzenständer, um jederzeit zuschlagen zu können, falls es erforderlich sein sollte. Das Klopfen wurde immer eindringlicher.

„Ich habe Angst!", flüsterte Alexandra und Frau Schiller kreischte hysterisch. In diesem Moment zersprang die Balkontüre mit einem riesigen Krach in tausend Scherben. Starr vor Angst blickten sie in die Augen eines großen fremden Mannes, der in der Türe stand. Durch das Mondlicht in seinem Rücken, warf er einen gigantischen Schatten in den Raum. Der Mann trat langsam ein und blieb nach wenigen Schritten stehen. Er sah sich um und nickte anerkennend. Er atmete langsam und ruhig in tiefen Zügen, fast so, als wollte er die Luft in sich aufsaugen. Dann sagte er: „Mutter, Vater, Alexandra. Ich wünsche Euch frohe Weihnachten!"

36.
Stille Nacht…

Der alte Schorsch kam auf Kurt zu gerannt, wedelte vor Freude mit dem Schwanz und schmiegte sich an sein Herrchen, fast so als wolle er ihm sagen: Schön, dass Du endlich da bist. Es dauerte nur einige Sekunden, dann konnte Kurt seinen Schäferhund verstehen. Fanny Schockenried, Kurts Schwiegertochter, stürmte mit einem Sektglas in der Hand auf ihn zu, fiel ihm überschwänglich um den Hals und küsste ihn dabei mehrmals auf beide Wangen. Fanny hatte viele Probleme, eines davon war Distanzlosigkeit. Die beiden standen noch im Flur, als Kurt hören konnte, wie jemand die Klospülung betätigte. Im nächsten Moment wurde die Türe zum WC aufgestoßen und traf den armen Kurt direkt am Hinterkopf. „Verdammt und zugenäht, kannst Du denn nicht aufpassen?!", fluchte er, als eines seiner drei Enkelkinder, nämlich die fünfjährige Chelsea-Marie-Paris, aus der Toilette spazierte und noch nicht einmal bemerkt hatte, dass sie Großvater Kurt die Türe gegen das Hirn gepfeffert hatte. „Hallo Opa, Du siehst fürchterlich aus. Das sagen zumindest Oma und der Papa. Sie haben Angst, dass Du bald völlig überschnappst!"
„So, so!", knurrte Kurt. „Dann werde ich wohl mal ein Wörtchen mit der Oma und dem Herrn Papa reden müssen!"

Brigitte kam langsam aus der Küche und ging auf ihren Mann zu. Die schwarze Schürze mit der weißen Aufschrift „Hells Kitchen", die ihr Kurt zum letzten Hochzeitstag geschenkt hatte, stand ihr gut. Noch immer hatten die Beiden seit dem Streit letzte Woche nicht miteinander gesprochen. Sie nahm ihren Mann versöhnlich in den Arm und sagte mit dem wundervollen und warmherzigen Lächeln, das Kurt so sehr an ihr liebte: „Frohe Weihnachten und alles Gute zum Geburtstag, Du alter Brummbär!"
Doch dann hob sie mahnend den Zeigefinger: „Ich weiß, dass Dir Euer aktueller Fall sehr zu schaffen macht und dass Du fast daran verzweifelst. Wenn aber der Fall und Deine Sinnkrise vorüber sind, haben wir einiges zu besprechen, mein Lieber!"
„Das sehe ich auch so!", stimmte Kurt seiner Frau zu, zeigte sich aber ebenfalls versöhnlich: „Frohe Weihnachten, mein Täubchen! Wo ist denn der Rest der Rasselbande?"
Sie gingen ins Wohnzimmer, das direkt mit dem Esszimmer und dem offenen Küchenbereich verbunden war. Nach vielen Jahren konnte er endlich seine Tochter wieder in die Arme schließen. Er hatte sie sehr vermisst.
„Schön, dass Du da bist, Liebes. Es tut mir leid, dass ich Dich noch nicht begrüßen konnte, obwohl Du gestern schon angekommen bist. Aber die Arbeit, Du weißt ja wie das mit meinem Beruf ist?!"
Martina freute sich ebenfalls sehr, ihren Vater nach Jahren wieder zu sehen. Nach einer herzlichen Begrüßung sagte sie: „Ich weiß, Dein Beruf. Du wirst die Mörder und Verbrecher eines Tages auch noch mit ins Grab nehmen?!"

Dann stieß sie Kurt in die Seite: „Hast Du nicht etwas vergessen?!"
Kurt hatte keine Ahnung, was sie gemeint haben könnte und schaute fragend.
„Na, da drüben!", sagte Martina und zeigte auf das Sofa. „Mein Mann!"
„Ach du liebe Zeit!", dachte sich Kurt. „Den habe ich ja total vergessen!" Aber Irgendwann musste es ja so weit kommen, dass er diesen nutzlosen Schafzüchter kennen lernen würde.
Der zugegebenermaßen gut aussehende und freundlich wirkende junge Mann kam auf Kurt zu und reichte ihm die Hand. Um bloß keine voreiligen Sympathien zuzulassen, suchte Kurt sofort nach einem Haar in der Suppe und wurde fündig. Bei einem Schafzüchter hatte er einen wesentlich kräftigeren Händedruck erwartet. Dann sagte Todd: „Hi Dad!"
„Oh nein, bloß das nicht!", fürchtete Kurt. Noch so einen Spinner, der so distanzlos war wie Fanny, würde er in der Familie nicht verkraften.
„Guten Tag!", grummelte Kurt. „Sie sind also der Tiger, nicht wahr?! Herzlich willkommen in good old Germany!" Dann kramte er in seinen rudimentären Englischkenntnissen und untermalte diese mit einem schwäbischen Akzent: „I hope, ju laik hier äh, Schduddgard. Se siddi of Daimler and Porsche. And du yu know, Hölderlin, se grät poet?! "
Todd blickte Hilfe suchend zu Martina, die prompt für ihn einsprang: „Papa, er heißt Todd. Todd Dumatranidis. Außerdem kann er kein Deutsch."

„Wieso kann er denn kein Deutsch? Ihr seid doch seit Jahren verheiratet?! Und die dämlichen Schafe verstehen ihn sowieso nicht, egal wie er mit ihnen quatscht. In welcher Sprache unterhaltet ihr Euch denn eigentlich?"
Martina nahm Todds Hand und antwortete lächelnd: „Die Sprache der Liebe ist international!"
Kurt war bedient. Fanny und Brigitte waren zutiefst gerührt von der Aussage Martinas, während Kurt und auch sein Sohn Harald genervt mit den Augen rollten. Die Sache mit dem Händedruck des „Tigers" hatte sich im Übrigen soeben relativiert, als Harald Kurt die Hand zur Begrüßung schüttelte. Der warme und schlaffe Händedruck seines Sohnes war Kurt selten so aufgefallen, wie in diesem Moment. „So sehr er seine Enkelkinder irgendwie auch mochte, aber aus den Kindern von Fanny und Harald konnte ja eines Tages nichts werden. Als ob sie mit ihren Vornamen nicht schon genug gestraft waren?!", dachte sich Kurt. „Nein, die drei hatten auch noch ein Weichei zum Vater und eine distanzlose Zicke zur Mutter."
Die nächsten zwei bis drei Stunden verliefen weitestgehend unspektakulär. Traditionsgemäß gab es am Heiligen Abend im Hause Schockenried Schwäbischen Kartoffelsalat mit Saitenwürstchen, was vor allem die Kinder liebten. Dazu gab es Ackersalat und zum Nachtisch würde Brigitte ihren berühmten „Ofenschlupfer" servieren. Der „Ofenschlupfer" war eine schwäbische Spezialität, die einem Auflauf glich. Apfelscheiben, altbackenes Weißbrot, Rosinen und Mandelblättchen wurden geschichtet und mit einer Ei-Sahne-Mischung übergossen. Vanille, Zucker und Zimt rundeten den Geschmack schließlich ab. Auf Drängen der

Kinder hatte die Bescherung bereits vor dem Abendessen stattgefunden, was bei Schockenrieds aber auch nicht ungewöhnlich war. Abgesehen von der Hauptspeise, gab es bei ihnen keine ritualisierten Abläufe am Heiligen Abend. Chelsea-Marie-Paris ritt wie wild auf ihrem mindestens ein Meter hohen Spielzeugpony, dem sie bereits die Mähne zu Zöpfen geflochten hatte. Der zweijährige Luca-Kurt saß grunzend auf dem Boden und drückte immer wieder den Knopf an seinem neuen Polizeiauto. „Wir brauchen einen Hubschrauber. Zentrale, bitte kommen!“, so tönte es aus dem Plastik-Vehicle. Dieser Spruch zerrte mittlerweile an den Nerven aller. Doch keiner intervenierte, denn der kleine Mann schien bereits so müde zu sein, dass er sicher bald freiwillig einschlafen würde. Dann hätte auch die Lärmbelästigung ein Ende.

„Wo ist eigentlich Kevin-Léon?“, fragte Brigitte.

„Ich weiß es nicht!“, zuckte Harald mit den Schultern. „Vor einer halben Stunde war er noch in Opas Hobbykeller und hat mit einer Bowling-Kugel gespielt.“

Fanny war verärgert: „Wie kannst Du bloß einen Jungen mit so einer schweren Kugel spielen lassen. Da kann ja Gott weiß was passieren?!“

„Genau!“, stimmte Kurt zu. „Was ist denn, wenn der Kerl Macken in meine Kugel macht?“

Zunächst dachte niemand an etwas Schlimmes, doch als sie gemeinsam das ganze Haus abgesucht hatten und Kevin-Léon immer noch nicht aufgetaucht war, wuchs die Sorge. Auch im Garten war keine Spur von dem Jungen zu finden. Jacke und Mütze Kevin-Léons waren nicht mehr auffindbar, also musste er das Haus verlassen haben.

Kurt und Harald rannten auf die Strasse. Sie riefen so laut nach dem Jungen, dass die Anwohner aufgeschreckt an die Fenster eilten. Niemandem war etwas aufgefallen und keiner konnte sich erinnern, das Kind gesehen zu haben. Einige Straßen weiter, ganz in der Nähe des Möhringer „Probstsees", kamen sie an einem öffentlichen Mülleimer vorbei. Davor lag eine dunkelblaue Kinderjacke auf dem Boden. „Das ist Kevin-Léons Jacke!", schrie Holger panisch.
„Wir teilen uns auf!", wies Kurt seinen Sohn an. „Du gehst hier entlang um den See herum und ich gehe in die andere Richtung, bis wir wieder aufeinander treffen. Achte auf Spuren am Ufer und schau auch auf das Wasser!"
Er schüttelte seinen Sohn, der in eine Schockstarre zu verfallen drohte.
„Hast Du mich verstanden, Harald?!"
Dann gingen sie los. „Wenn der Junge doch bloß besser schwimmen könnte!", dachte sich Kurt. Natürlich kreisten seine Gedanken aber noch um etwas viel Schlimmeres. Um Severin Treuhertz.
Kurt hastete immer weiter am See entlang, ohne Erfolg. Auf Höhe des „Weilstetter Weges" ging er über eine Grünfläche wieder näher ans Wasser heran. Es war fast windstill. Das Mondlicht spiegelte sich in der glatten Oberfläche des Wassers und warf einen Lichtkegel zu einer größeren Gruppierung von Büschen, die fast kreisförmig angeordnet waren. Kurt sah Spuren im nassen Graß, die direkt auf die Büsche zuführten. Hier musste vor kurzer Zeit jemand gegangen sein. Langsam pirschte er sich an die dichten Büsche heran und schaffte sich einen kleinen Durchgang,

indem er einige Zweige abbrach. Er kam auf eine kleine, von außen nicht einsehbare Lichtung. Er blickte sich um. Plötzlich stockte ihm der Atem. Am gegenüberliegenden Rand der Lichtung lag ein großer dunkler Plastiksack. „Die Größe könnte zu einem Kinderkörper passen?!", befürchtete Kurt das Allerschlimmste, stürmte auf den Sack zu, drehte ihn um und riss ihn auf.

37.
...Heilige Nacht

Alle waren erleichtert, dass Kevin-Léon wieder da und ihm nichts zugestoßen war. Da die Eltern aber nicht in der Lage dazu waren, war es wieder einmal Kurt, der sich unbeliebt machte und dem Jungen eine Standpauke verpasste. Immerhin bekam er dabei moralische Unterstützung von Brigitte, die ihrem Enkel ebenfalls versuchte klar zu machen, dass es ganz und gar nicht in Ordnung war, alleine, und schon gar nicht ohne jemandem etwas davon zu sagen, das Haus zu verlassen, um einen Spaziergang zur nahegelegenen Kirche zu machen. Kevin-Léon hatte wohl von einigen Klassenkameraden gewusst, die am späteren Abend bei der Christmette sein würden. Er wollte auch unbedingt dabei sein und da keiner aus der Familie Anstalten gemacht hatte, mit ihm zum Gottesdienst zu gehen, hatte er den Entschluss gefasst, sich eben alleine auf den Weg dorthin zu machen. Die Jacke, die Harald und Kurt bei dem öffentlichen Mülleimer gefunden hatten, gehörte nicht Kevn-Léon. Harald hatte sich glücklicherweise geirrt!
Kurt stand am Waschbecken und schrubbte seine Hände. Nachdem er den Sack am See geöffnet hatte, steckte er mit beiden Händen mitten in widerlichem Müll. Vergammelte Kleidung, verdorbene Essensreste und Unmengen von verschimmeltem Altpapier hatten sich darin befunden.

Offenbar hatte jemand die Einsamkeit der „Heiligen Nacht“ ausgenutzt, um sich seines Müllproblems zu entledigen. Für einen kurzen Moment musste er an den armen Fred Zimmermann aus dem Betrugsdezernat denken, dem er im vergangenen Jahr die interne „Müllsack-Affäre“ des Stuttgarter Polizeipräsidiums angelastet hatte, obwohl er selbst der Übeltäter gewesen war. Der Anflug eines Lächelns huschte dabei über sein Gesicht.
Die Stimmung war inzwischen auf dem Nullpunkt. Harald, Fanny und die drei Kinder waren verärgert abgedampft und der arme „Sumatratiger“ hatte wohl die Wirkung des Württemberger „Trollinger“ unterschätzt. Schielend saß er in der Ecke der Wohnzimmercouch und schien von seinen Schafen im fernen Australien zu träumen.
Kurt fasste seine Frau und seine Tochter bei den Händen und sagte:
„Bitte seid mir nicht böse, ihr Beiden. Aber ich werde jetzt zum Polizeipräsidium fahren und mich wieder an die Arbeit machen. In diesem Moment, während wir in der warmen Stube Weihnachten und Geburtstag feiern, läuft in dieser Stadt ein sadistischer Kindermörder frei herum. Ich kann nicht anders, bitte verzeiht mir. Wartet nicht auf mich, ich werde dort übernachten.“
Er drückte beiden einen Kuss auf die Stirn und ging wieder hinaus in die Stille Nacht.

38.
Die Räuber

Mittwoch, 25. Dezember 2013, 1. Weihnachtstag

Nikolai Schiller hatte nicht damit gerechnet, dass ihn die Emotionen mit einer solchen Wucht treffen würden. In den vergangenen dreißig Jahren hatten in seiner Gefühlswelt verschiedene Prozesse stattgefunden. Als er auf den „Hof des Grauens“ verschleppt wurde, vermisste er seine Familie zunächst schrecklich und wünschte sich nichts sehnlicher, als bei seinen Eltern und seiner Schwester zu sein. In den darauf folgenden Jahren endete seine Kindheit und die Pubertät begann. Die körperlichen und seelischen Veränderungen, die das mit sich brachte, hatte er natürlich bemerkt, doch in einem dunklen Kellerverlies mit einer Eisenkugel am Bein, konnte er nichts damit anfangen. In dieser Phase der Jugend hatte er bereits jeden Gedanken an seine Familie und die damit verbundene Hoffnung auf ein Wiedersehen aufgegeben. Ob dies einer gewissen Resignation oder eher Selbstschutz geschuldet war, wusste er nicht. Wahrscheinlich war es eine Mischung aus beidem gewesen. Als er im Alter von fünfundzwanzig Jahren zusammen mit Severin Treuhertz den Hof verlassen konnte, war jegliches Verlangen, die Menschen, die ihm in seinem früheren Leben so unendlich viel bedeutet hatten, wiederzusehen, erloschen. Weit weg wollte er ein neues Leben beginnen und der Zufall hatte ihn nach New York geführt. Auch in der Gegenwart, während seines Fluges von Newark nach Frankfurt am Main, verschwendete er noch keinen Gedanken daran, seine Familie aufzusuchen. Je näher der ICE aber dem Stuttgarter Hauptbahnhof kam, desto größer wurde die unsichtbare Kraft, die ihn in ihren Bann zog und direkt zum Hause der Familie in Stuttgart-Vaihingen führte. Mit einem Mal erwachte eine kindliche Freude in ihm, der er sich nicht widersetzen konnte. Vielleicht war seine Familie ja auch weggezogen, oder sie waren gar nicht mehr am Leben. Er musste es unbedingt wissen. Als er vom Garten des Hauses in das erleuchtete Wohnzimmer sah, wo seine Eltern und Alexandra saßen, wich er von seinem Vorsatz ab, sich nicht zu erkennen zu geben. Zum Greifen nahe waren auf einmal Sehnsüchte und Träume, die über drei Jahrzehnte in seinem Unterbewusstsein geschlummert hatten. Dass das Ereignis für seine Eltern und seine Schwester ein Schock werden würde, nahm er billigend in Kauf. Zunächst wollten sie die Polizei rufen, doch mit jeder Sekunde, die er bei ihnen im Zimmer verbrachte, reifte in ihnen die Gewissheit, dass es wirklich und leibhaftig Nikolai war, der an diesem Heiligen Abend im Jahre 2013, nach über dreißig Jahren wieder aufgetaucht war. Die folgenden Stunden, die er mit seiner Familie verbrachte, konnten im Grunde nicht eine einzige der unendlich vielen Fragen klären, die alle aneinander hatten. Er versprach hoch und heilig, sich wieder zu melden und musste seiner Mutter dabei versprechen, nicht wieder für immer aus ihrem Leben zu verschwinden. Alexandra und sein Vater hingegen waren wesentlich reservierter gewesen. Er konnte jedoch alle davon überzeugen, sein Auftauchen zunächst noch geheim zu halten. Er erbat sich sechs Tage Zeit und gab an, etwas Wichtiges erledigen zu müssen, wovon weitere Menschenleben abhingen. Dann würde er nach New York zurückfliegen. Wenn jemand mitbekäme, dass er wieder da war, würde dies den Erfolg seiner Mission praktisch unmöglich machen. Nachdem er in der Nacht das Haus der Eltern verlassen hatte, fuhr er mit einem Taxi vom Vaihinger Marktplatz zu der kleinen Pension in Bad Cannstatt, in der er sich unter dem Pseudonym Moritz Spiegelberg eingemietet hatte. Schon als Kind wusste er um seinen berühmten Nachnamen und er machte sich mittlerweile einen Spaß daraus, die Namen von Protagonisten aus bekannten Werken Friedrich Schillers anzunehmen. In den USA bestand keine Gefahr, dass ihn dabei jemand durchschauen würde, denn Schiller war dort ungefähr so bekannt wie der deutsche Bundespräsident, nämlich überhaupt nicht. In Deutschland und insbesondere in Stuttgart, musste er sicherlich etwas vorsichtiger sein. Aber auch hier war es doch eher unwahrscheinlich, dass ein Normalbürger die Namen der Personen aus Stücken wie „Kabale und Liebe", oder „Die Räuber" kannte. Sein Ego ließ es jedoch nicht zu, auf diese Spielerei zu verzichten. Aber er war gewarnt, denn seine Eltern hatten ihm berichtet, dass die Polizei sich bereits nach ihm erkundigt hatte und durchaus in Erwägung zog, dass er noch am Leben sein könnte. Jetzt war es an der Zeit, sich dem eigentlichen Grund für seine Rückkehr zuzuwenden, nämlich Severin Treuhertz. Er musste ihn finden, bevor dieser weiteres Unheil anrichten konnte. Und er hatte auch schon eine Idee, wo er nach ihm suchen sollte.

39.
Irrtum eines Lebens

Donnerstag, 26. Dezember 2013, 2. Weihnachtstag

Langweilig war es ihm gewesen in den letzten Tagen. Zum Einen musste er ganz schön auf der Hut sein, um nicht gefunden zu werden und zum Anderen waren die Kinder der Stadt an den Feiertagen in den Schoß der Familie gebettet, also in Sicherheit. Kurzzeitig hatte er am Heiligen Abend in Erwägung gezogen, die einmalige Chance zu nutzen, die ihm sein nächstes Opfer in spe, auf dem Silbertablett serviert hatte. Er hatte sich aber gerade noch beherrschen können, sonst wäre das Spiel zu einfach und damit auch zu langweilig geworden. Viele Stunden hatte er das Reihenhaus des Polizisten und seiner Familie in Möhringen beobachtet und traute seinen Augen nicht, als das Kerlchen am späten Abend alleine das Haus verließ und in aller Seelenruhe zur Kirche spazierte. Aber glücklicherweise konnte er der Versuchung widerstehen. Die Jagd nach der Beute war, was ihn inzwischen antrieb. Und der Enkelsohn des missmutigen Kommissars im Trenchcoat passte dabei nahezu perfekt in sein Schema. Schließlich musste auch die Polizei dafür büßen, dass sie damals nicht genug unternommen hatten, ihn zu finden und zu befreien und ihm somit ein normales Leben zurückzugeben. Morgen würde er einen Vorstoß wagen und versuchen, den kleinen Bastard in seine Gewalt zu bringen. Wo er ihn töten und anschließend hinwerfen würde, wusste er noch nicht. Das war aber seiner Meinung nach auch unwichtig, denn der Aufschrei des Entsetzens, der durch die Stadt gehen würde, wäre in jedem Falle enorm. Der Tod eines Polizistenkindes, auch wenn es sich nur um einen Enkel handelte, würde den finalen Höhepunkt seiner Rache darstellen. Severin Treuhertz war klug genug zu wissen, dass er dann vermutlich am Ende seines langen und traurigen Weges angekommen sein würde, denn die Bullen würden eine wahre Hetzjagd nach ihm veranstalten. Noch den einen oder anderen Tag musste er es schaffen, nicht erkannt und gefunden zu werden, damit er seine Mission erfüllen konnte. Was dann mit ihm geschehen würde, war ihm egal. In Gedanken hatte er sich bereits ausgemalt, wie er bei seiner Verhaftung einen Polizisten angreifen würde, so dass ein anderer gezwungen sein würde, ihn zu erschießen. Ihm blieb nicht mehr viel Zeit, das wusste er. Es konnte nicht mehr allzu lange dauern, bis sie ihn in der abgelegen Gartenhütte auf der Waldebene Ost finden würden. Nichts erweckte von außen den Verdacht, dass jemand mitten im Winter in diesem verwilderten Schrebergarten hauste. Er vermied es auch grundsätzlich, Licht zu machen, schließlich war er noch immer an ein Leben in Dunkelheit gewöhnt. Früher oder später würde aber irgendein dämlicher Polizeihund seine Fährte aufnehmen und ihn aufspüren. Sein Äußeres bereitete ihm weniger Sorgen. Mit kahlgeschorenem Kopf und einem inzwischen ziemlich dichten Bart, war er praktisch kaum zu erkennen. Es gab allerdings ein großes Risiko, dass er noch eingehen musste, bevor er sein wahrscheinlich letztes Opfer töten würde. Noch einmal im Leben, wollte er seiner Mutter gegenüber treten. In den letzten mehr als vierzehn Jahren hatte er stets in ihrer unmittelbaren Nachbarschaft gelebt und sie fast täglich gesehen, doch er hatte es nie gewagt, sich zu erkennen zu geben. Zu sehr hatte ihn der Anblick seiner vom Kampf mit dem Schicksal gebeutelten Mutter bedrückt. Er wollte sie nicht einem noch größeren Konflikt ausgesetzt sehen, indem er wieder in ihr Leben trat. Aber bevor er sich für immer verabschiedete, musste er noch einmal mit ihr sprechen, um ihr zu sagen, wie sehr er sie immer geliebt hatte. Diesen Entschluss hatte er nicht kurzfristig gefasst, sondern schon immer so geplant. Seinem Freund Nikolai hatte er in den finsteren Nächten, die sie wegen der Kälte eng aneinander gekuschelt verbracht hatten, oft davon erzählt, dass er als letzte Tat vor seinem Tode in Freiheit, seine Mutter aufsuchen wollte, um ihr zu danken. Er sah es als seine Pflicht an, ihr dafür zu danken, dass sie ihm das Leben geschenkt hatte, auch wenn sein Leben ein einziger Irrtum war.

40.
„Brokeback" und 25 Tage Liegezeit

Freitag, 27. Dezember 2013

„In Gottes Namen, dann zieht die Kollegen eben ab!", raunzte Dennis ins Telefon, als ihn ein Kollege der Schutzpolizei darum bat, die aufgrund der Weihnachtsferien äußerst angespannte Personalsituation etwas zu entlasten, indem nicht mehr rund um die Uhr ein Beamter vor dem Haus, in dem Frau Treuhertz wohnte, auf der Lauer liegen musste. In der Tat schien Dennis das Risiko vertretbar, denn es war nicht damit zu rechnen, dass Severin Treuhertz alias Radomir Kraft so unvorsichtig sein würde, bei seiner Mutter aufzukreuzen. Er musste damit rechnen, dass man dort auf ihn wartete. Er war weder in den vergangenen Tagen, noch in den letzten vierzehn Jahren bei ihr erschienen. Warum sollte er es also ausgerechnet jetzt tun, während die gesamte Kavallerie nach ihm suchte?!

Das Weihnachtsfest im Hause Rathvan war entgegen aller Befürchtungen von Dennis, überraschend schön gewesen. Außer Jessica Dornfeld gesellte sich im Laufe des Abends noch ein weiterer Überraschungsgast zu Dennis, seiner Schwester Anna und seinem Untermieter Bernd Plums, nämlich Holger Grünbaum. Als Dennis den armen Holger gesehen hatte, als er sich auf den Heimweg in einen trostlos einsamen Heiligen Abend machte, hatte er solches Mitleid mit ihm gehabt, dass er ihn kurzerhand eingeladen hatte. Holger hatte die Einladung spontan angenommen und entpuppte sich als absolute Bereicherung der Runde. Sein Rezept für Feuerzangenbowle hatte es in sich und bescherte angeregte Diskussionen über „Heile die Welt", so brisante Themen wie „Stuttgart 21", das Phantomtor von Sinsheim, den Abhörangriff auf das Handy der Kanzlerin und die klägliche Ausgabe des „Christopher Street Day" in Stuttgart. Am Ende des Abends waren alle nicht mehr fahrtüchtig gewesen, so dass Jessica Dornfeld für die Nacht mit dem alten Klappsofa in Dennis Zimmer vorlieb nehmen wollte. Galanterweise hatte ihr Dennis jedoch sein Bett zur Verfügung gestellt und sich selbst auf das Sofa verzogen. Obwohl sich die beiden den gesamten Abend über sehr gut verstanden hatten und, wie er meinte, auch etwas miteinander geflirtet hatten, hatte er es nicht gewagt, so etwas Ähnliches wie einen Annäherungsversuch zu starten. Im Falle einer Abfuhr hätte er Jessica endgültig nie wieder unter die Augen treten können. Diese Schmach wollte er sich ersparen. Bernd und Holger blubberten bis in die frühen Morgenstunden an einer Wasserpfeife, bis Anna Rathvan dem benebelnden Treiben ein Ende setzte und den armen Bernd daran erinnerte, noch in dieser Nacht mindestens zweimal seinen Pflichten als Partner und Liebhaber nachkommen zu müssen. Holger schlief indes selig ein, nachdem er die Film-DVD von „Brokeback Mountain" eingelegt hatte und dabei in Gedenken an Heath Ledger die eine oder andere Träne vergossen hatte.

Das Faxgerät an Tatjanas Arbeitsplatz ratterte und sie zog einen Befundbericht vom Rechtsmedizinischen Institut heraus. Sie las die Zeilen aufmerksam und reichte das Blatt anschließend an Dennis weiter. Im gleichen Moment klingelte das Telefon auf seinem Schreibtisch. „Tag, alter Junge. Wie sind Dir die Weihnachtsfeiertage bekommen? Hast Du Dir ordentlich den Bauch voll gehauen?", meldete sich Mark Scheck.

„Hi, Mark. Es geht so, aber danke der Nachfrage. Rückblickend würde ich das diesjährige Weihnachtsfest als unkonventionell, aber dennoch als ganz schön bezeichnen. Aber das muss ich Dir ein anderes Mal erzählen, jetzt wird gearbeitet. Du rufst bestimmt wegen des Befundberichts zu den Untersuchungen im Fall Jonas Bergmann an, nicht wahr?!"

„Ja, so ist es. Die Untersuchungen konnten heute Morgen endlich abgeschlossen werden. Ich war über die Feiertage täglich dreimal im Institut, um zu schauen, ob die Fliegen endlich geschlüpft sind. Nichts! Aber als ich heute Morgen um 7.15 Uhr im Labor war, wo wir die Umgebungsbedingungen des Kleidercontainers so exakt wie möglich nachgestellt hatten, war es endlich so weit. Viele schöne und lebendige Schmeißfliegen."

„Du bist pervers! Was soll denn daran schön sein?"

„Na ja, ich hatte ja einmal erklärt, dass wir anhand des Zeitraumes vom Ablegen der Eier bis zur vollständigen Entwicklung zur Fliege ableiten können, wie lange die Leiche mit den Schmeißfliegeneiern schon besiedelt war."

„Und, zu welchem Ergebnis seid Ihr nun gekommen?"

„Unsere Versuchsreihe startete am Nachmittag des zweiten Dezember und endete heute Morgen. Im Rahmen der Messungenauigkeit und unter Einbeziehung möglicher Fehlerquellen erster Art, wie beispielsweise, dass es sich nicht um die Orginalumgebung handelte, in der die Versuche stattfanden, kommt man auf ein Ergebnis von fast genau fünfundzwanzig Tagen."

„Das heißt also im Klartext, er wurde fünfundzwanzig Tage zuvor getötet?"

„Nicht ganz. Streng genommen, sagt es eigentlich nur etwas darüber aus, wann die Leiche mit den Fliegeneiern besiedelt wurde. In diesem besonderen Fall war aber klar, dass Jonas Bergmann bei seinem Auffinden nicht länger als fünfundzwanzig Tage im Container gelegen haben konnte, da dieser am Morgen des achten November zuletzt geleert wurde. Also stimmen Liege- und Besiedlungszeit überein. Der Fäulniszustand der Leiche passt ebenfalls dazu, so dass Ihr davon ausgehen könnt, dass Jonas erst kurz bevor er in den Container geworfen wurde, getötet wurde."

„Danke für die Informationen. Wie Du Dir allerdings denken kannst, sind diese Informationen für uns mittlerweile nicht mehr von entscheidender Bedeutung. Wir wissen, wer ihn getötet hat. Ob das nun einen Tag früher oder später war, spielt für unsere Ermittlungen keine Rolle mehr."

„Ich weiß. Aber der Vollständigkeit halber mussten wir Euch doch das Ergebnis mitteilen. Seid Ihr denn bei der Suche nach Severin Treuhertz inzwischen weiter gekommen?"

„Nein, nicht im Geringsten. Der ist wie vom Erdboden verschluckt. Positiv ist nur, dass bis jetzt noch kein weiterer Junge vermisst wird."
„Vielleicht zieht er sich ja jetzt zurück, weil es ihm zu heiß wird?"
„Möglich, aber eher unwahrscheinlich. Wir gehen davon aus, dass er weiter macht. Es wäre gut, wenn er nochmals in Erscheinung treten würde, denn sonst haben wir kaum eine Chance, ihn zu schnappen."
„Ich drücke Euch weiterhin die Daumen und melde Dich bitte, wenn ich etwas tun kann, o.k.?"
„Klar, mache ich, Mark!"
Tatjana hatte dem Gespräch aufmerksam gelauscht. Sie überlegte eine Zeit lang und sagte dann zu Dennis: „Du hast Recht. So grotesk es klingen mag, aber wir müssen hoffen, dass Treuhertz weiter macht. Notfalls müssen wir ihn irgendwie aus der Reserve locken!"
„Tatjana, Du denkst doch nicht etwa an einen Lockvogel, oder so etwas?!"
„Na ja, wenn es die einzige Möglichkeit sein sollte, ihn dazu zu bewegen, dass er sich zeigt, dann hielte ich diese Maßnahme durchaus für angebracht."
Dennis schüttelte den Kopf. Tatjana von Senden schaffte es immer wieder aufs Neue, ihn zu überraschen. Dieses Mal war er allerdings eher schockiert. Ein Kind als Lockvogel, die hatte ja wohl nicht mehr alle Latten am Zaun. Ansonsten war sie überkorrekt und bekam bereits bei jedem Bericht, der einen kleinen Tippfehler beinhaltete, juckende Ganzkörperausschläge und jetzt schlug sie doch allen Ernstes diese Ungeheuerlichkeit vor.

Tatjana sah Dennis energisches Kopfschütteln gepaart mit einem entsetzten Gesichtsausdruck und fragte genervt: „Hast Du etwa einen besseren Vorschlag? Dann mal raus damit! Ich kann es kaum erwarten zu hören, wie der berühmte Kriminalhauptkommissar Dennis Rathvan gedenkt, den Kindermörder Severin Treuhertz hinter dem Ofen vor zu locken!"
Dennis schlug die Hände vors Gesicht und sagte resigniert: „Nein, Tatjana. Ich habe im Moment leider keinen besseren Vorschlag."

41.
Undank ist der Welten Lohn

Seit vorgestern schlich Nikolai Schiller nun schon um das Haus in der Heslacher Adlerstrasse, in dem die Mutter von Severin Treuhertz lebte. Der Blick in ein Telefonbuch hatte genügt, um zu wissen, dass sie immer noch an derselben Adresse wohnte, die ihm Severin schon vor so vielen Jahren genannt hatte. Er war sich ziemlich sicher, dass auch Severin ganz in der Nähe wohnte. Es war ihm absolut zuzutrauen, dass er seine Mutter über Jahre beobachtet hatte. Nikolai wusste natürlich nicht, wie lange Severin schon wieder in Stuttgart war, oder ob er überhaupt jemals weg gewesen war, aber in einem Punkt war er sich ganz sicher: Severin würde nicht zulassen, dass die Polizei ihn schnappte, ohne vorher noch ein letztes Mal mit seiner Mutter gesprochen zu haben, so wie er es immer angekündigt hatte. Nikolai musste aufpassen, denn mittlerweile war er sicher schon dem einen oder anderen Anwohner aufgefallen. Zum Glück waren heute Morgen die Polizisten abgezogen. Die hatten sicherlich auch gedacht, dass sie niemand erkennen würde, dabei fielen sie auf wie bunte Hunde. Den Tag, an dem auf der Polizeischule etwas über Tarnung gelehrt wurde, hatten sie wohl verpasst. Möglicherweise war Severin auch schon hier gewesen und hatte den Braten gerochen. Aber jetzt, wo die Polizei fort war, stiegen die Chancen, dass Severin seine Mutter aufsuchen würde. Er musste einfach kommen. Was, wenn er sich doch abgesetzt hatte und versuchte unterzutauchen? Nein. Nikolai schüttelte den Kopf. Nicht Severin, der würde seinen Plan bis zum Ende durchziehen und sich weiterhin an der Welt rächen, indem er unschuldige Kinder umbrachte, bis man ihn zur Strecke brachte. Nikolai bedauerte sehr, dass er nicht einfach zur Polizei gehen konnte. Aber er hatte selbst zwei Menschen getötet, war untergetaucht und hatte unter falschem Namen ein neues Leben geführt. Er würde nicht so weit gehen und sich selbst einen Hochstapler schimpfen, doch seine gesamte Existenz, und war sie noch so bescheiden, basierte auf Lügen. Er hatte sich bei einem Bäcker an der Böheimstrasse eine frische Laugenbrezel mit Butter bestreichen lassen. Die Brezel war noch ofenwarm und die Butter schmolz darauf. Als er den Geschmack auf seiner Zunge wahrnahm, schloss er die Augen und fühlte sich in eine Zeit seines Lebens versetzt, in der auch seine Welt noch in Ordnung gewesen war. In einer schlecht einsehbaren Hofeinfahrt lehnte er an einer Wand und wärmte sich an einem Becher Schwarztee. Das Haus, in welchem Frau Treuhertz wohnte, lag auf der gegenüberliegenden Straßenseite und war etwa zwanzig Meter von ihm entfernt. Er hatte einen guten Überblick über die gesamte Straße. Es war nicht viel los heute. Das lag sicherlich an dem unangenehmen Wetter, welches eher an schmuddelige Novembertage erinnerte, aber auch am Brückentag zwischen den Weihnachtsfeiertagen und einem Wochenende. Viele Arbeitnehmer hatten sich für heute frei genommen. Zwischen den Jahren arbeitete ohnehin nur, wer unbedingt musste. So war es auch an seiner Arbeitsstelle, bei der „Hudson County Security Company". Sein

Freund und Kollege Jebediah Harper hatte in diesem Jahr in den sauren Apfel beißen müssen, da er beim Losverfahren kein Glück gehabt hatte. Nikolai hatte in den zurückliegenden Jahren immer freiwillig viele Schichten in diesen Tagen übernommen, damit die Kollegen die Zeit bei ihren Familien verbringen konnten. Doch in diesem Jahr sehnte auch er sich nach ein paar freien Tagen, denn er fühlte sich müde und ausgelaugt. Die Stunden verrannen und Nikolai schaute immer wieder auf die Uhr. Die Zeit lief ihm davon. Nicht nur die Stunden, sondern auch die Tage. Seinen Rückflug am 30. Dezember musste er unbedingt einhalten, denn am Neujahrsabend begann seine nächste Schicht als „Doorman“ in einem Wohnhaus nahe der 5th Avenue in Manhattan. Einige Häuser weiter die Straße hinunter, spielten zwei Jungs mit einem Fußball, den sie immer wieder abwechselnd gegen eine Wand kickten. Das Spiel gefiel Nikolai, denn die Jungs spielten nicht gegeneinander, sondern miteinander. Ziel des Spiels war es, den Ball so oft wie möglich im Wechsel gegen die Wand zu spielen. Da der Ball immer direkt gespielt werden musste und nicht gestoppt werden durfte, mussten die Jungs versuchen, dem jeweils anderen einen möglichst einfachen Ball zuzuspielen. Also war Teamwork gefragt, um erfolgreich sein zu können. Jedes Mal, wenn die Beiden ihre Bestmarke übertroffen hatten, freuten sie sich, als hätten sie eine Meisterschaft gewonnen. Das war schön anzuschauen und Nikolai hätte am liebsten gefragt, ob er mitspielen durfte. Schräg gegenüber schimpfte eine betagte Frau mit einem verdutzten Hundebesitzer, weil der Köter offenbar wieder einmal einen Haufen an der Hausecke abgesetzt hatte und das Herrchen es nicht für nötig gehalten hatte, die Hinterlassenschaften seines Hundes zu beseitigen. „Schweinerei“ und „kackende Flohschleuder“ waren nur einige der Beschimpfungen, die Nikolai aufschnappen konnte. Dann hielt ein dunkelbrauner Lieferwagen vor der Hofeinfahrt zum Haus, in dem Frau Treuhertz wohnte. Nikolai kannte diese Wagen und das darauf befindliche Logo eines weltweit tätigen Paketdienstes. Ein Mann stieg aus und ging mit einem kleineren Paket in die Einfahrt. Durch den Lieferwagen war Nikolai für etwa zwei Minuten die Sicht auf den Hauseingang versperrt. Er wurde immer nervöser und schließlich verließ ihn die Geduld. Er musste unbedingt den Eingangsbereich im Blick haben. Was wäre, wenn Severin genau in diesen zwei Minuten das Haus betreten würde. Er hastete hinüber, ging an dem Lieferwagen vorbei in den Hof und stand mit einem mal vor der Haustüre. Er bekam einen riesigen Schreck, als sich die Türe in diesem Moment öffnete. Der Mann vom Paketdienst kam heraus, grüßte ihn freundlich und hielt ihm die Türe auf, da er ihn fälschlicherweise wohl für einen Hausbewohner gehalten hatte. Nikolai war vollkommen verunsichert und wusste nicht so recht, was er tun sollte. Doch ohne lange nachzudenken, ging er langsam die knarrenden Stufen des alten Wohnhauses hinauf. Frau Treuhertz wohnte in der dritten von fünf Etagen. Dort angekommen, legte er sein Ohr an die Wohnungstüre, um zu lauschen. Der Schreck fuhr ihm in die Glieder, als die Türe nachgab und sich öffnete. Offenbar war sie nicht richtig geschlossen gewesen. Er stand im Flur der Wohnung. Es war still und muffig. Die Möbel waren alt und schäbig. Auf dem Teppich im Flur konnte er Fußspuren entdecken, die definitiv nicht von Frau Treuhertz stammen konnten, da die Schuhe, von denen sie hinterlassen wurden, viel zu groß waren. Er bückte sich und berührte einen der Schuhabdrücke mit seinen Fingern. Sie waren noch feucht, also mussten sie relativ frisch sein. Er folgte ihnen langsam und ging dabei auf Zehenspitzen. Er erreichte eine Türe, die nur einen Spalt weit geöffnet war. Aus dem Zimmer hörte er eine Männerstimme ruhig und langsam sprechen. Ihm stockte der Atem und sein Puls raste. Er begann zu schwitzen und hatte das Gefühl bald keine Luft mehr zu bekommen. Es war die Stimme Severins. Unter Tausenden hätte er sie wieder erkannt, obwohl er sie seit 14 Jahren nicht gehört hatte. Er öffnete den Türspalt einige Zentimeter, um etwas besser sehen zu können. Da stand er. Der Mensch, mit dem er unfreiwillig so viele Jahre seines Lebens zusammen verbracht hatte. Severin hatte ihm den Rücken zugedreht und eine Frau lag auf dem Boden. Es musste Frau Treuhertz sein. Sie war tot. Nikolai erkannte, wie das Blut unter ihrem Kopf den grauen Teppichboden dunkelrot einfärbte.

„Schade, Mutter. Ich hatte gehofft, dass Du mehr Verständnis für Deinen einzigen Sohn aufbringen würdest. Die ganzen Jahre habe ich dich beobachtet und den Moment herbei gesehnt, in dem ich endlich mit Dir sprechen könnte. Wenigstens ein bisschen Freude hätte ich von dir erwartet. Du hättest zumindest so tun können, als ob Du Dich ein bisschen freuen würdest. Undankbar bist Du und sonst nichts. Ist das etwa der Lohn für alles, was ich getan habe? Für wen mache ich denn das? Für wen bringe ich denn die Kinder um? Für Dich und mich, für uns. Die anderen sollen den gleichen Schmerz erfahren, den wir erleben mussten. Und was machst Du? Nichts als Vorwürfe. Sagst, ich wäre nicht mehr Dein Sohn und ich solle mich zum Teufel scheren. Zum Teufel mit Dir, Mutter! Wir sehen uns dann in der Hölle!"

Nachdem Severin den Monolog an seine tot auf dem Boden liegende Mutter beendet hatte, beugte er sich hinunter und gab ihr einen Kuss auf die Wange. Nikolai musste verschwinden, bevor Severin ihn bemerken würde. Er versuchte, keinen Lärm zu machen, ging aber hastig etwa zwei bis drei Meter weiter und versteckte sich neben einem Küchenschrank. Vorsichtig blickte er dahinter hervor. Im nächsten Moment kam Severin aus dem Wohnzimmer und eilte in Richtung der Wohnungstüre. Nikolai war schon erleichtert, dass Severin die Wohnung gleich verlassen haben würde, als dieser ganz plötzlich stehen blieb. Er musterte den Fußboden und bemerkte, dass dort außer seinen eigenen Spuren, noch weitere waren. Severin richtete sich auf, atmete tief durch und überlegte einen Moment. Er deutete an, sich gleich umdrehen zu wollen, doch er tat es nicht. Ohne sich weiter umzuschauen, ging er zügig zum Ausgang und verließ die Wohnung. Nikolai sank zu Boden und atmete auf, als die Wohnungstüre ins Schloss fiel.

42.
Überraschung für den Opa

An diesem grauen Dezembertag hatte man den Eindruck gewinnen können, die Sonne sei nie richtig aufgegangen. Es war bereits stockdunkel, als Harald Schockenried seinen rostigen „Opel Vectra“ an der viel befahrenen Gablenberger Hauptstrasse, gegenüber eines Discount-Supermarktes, elegant in eine enge Parklücke manövrierte. Dass der BMW-Fahrer hinter ihm trotzdem hupte, weil es ihm nicht schnell genug ging, quittierte er mit dem erhobenen Mittelfinger seiner rechten Hand. Kevin-Léon saß auf der der Rückbank und war in das Computerspiel „FIFA 2014“ auf seiner „Portable Playstation“ vertieft. Beides hatte ihm das diesjährige Weihnachtsfest eingebracht.

„Papa, warum hast Du dem Mann in dem anderen Auto Deinen Finger gezeigt?“

„Ach, das hatte nichts zu bedeuten, mein Junge“, schwindelte Harald. „Das ist ein alter Bekannter und ich habe ihn nur freundlich gegrüßt!“

Kevin-Léon schaute seinen Vater fragend an, wandte sich dann aber wieder den wichtigen Dingen zu, nämlich dem Match zwischen dem VfB und Galatasaray Istanbul auf seiner Playstation. Drogbá und Niedermeier lieferten sich gerade eines zahlreicher Kopfballduelle, die der Turm in der Schwabenabwehr zumeist für sich entschied.

„Ich gehe noch schnell hinüber zum Supermarkt, um eine Palette Vollmilch, Eier und grünen Salat zu kaufen. Deine

Mutter hat mir vorher noch telefonisch den Auftrag erteilt und Du weißt, was es bedeuten würde, wenn wir mit leeren Händen zu Hause aufkreuzen würden, oder?!"

Kevin-Léon schaute kurz auf, sagte aber nichts.

„Schon gut, Sohn. Ich gehe davon aus, dass Du lieber hier im Auto auf mich warten möchtest, anstatt mitzukommen und mir behilflich zu sein?"

Wieder gab der Junge keine Antwort.

„Habe verstanden! Bleib in aller Ruhe hier sitzen und spiel weiter. Lass Dich bloß nicht stören. Ich gehe alleine!", sagte Harald Schockenried zu seinem Sohn, stieg aus dem Wagen und eilte auf die gegenüberliegende Straßenseite zum Supermarkt.

Etwa zwei Minuten später klopfte jemand gegen die hintere rechte Seitenscheibe des Vectras. Kevin-Léon fiel vor Schreck die Spielkonsole aus der Hand. Dann klopfte es nochmal. Die Scheiben waren beschlagen und der Junge wischte mit der Hand ein Guckloch frei, durch das er hinaus schauen konnte. Er sah einen Mann, der ihm andeutete, er solle das Fenster öffnen. Da das alte Auto keine elektrischen Fensterheber hatte, konnte Kevin-Léon der Aufforderung problemlos nachkommen. Der Mann schaute sich um und beugte sich dann durch das offene Fenster ins Auto. „Hallo, Du. Sag´ mal, wo ist denn Dein Papa? Ist der im Supermarkt?"

„Ja, genau", antwortete Kevin-Léon.

„Das ist aber blöd!", sagte der Mann, der eine dunkle Strickmütze trug und einen dichten Vollbart hatte.

„Wann kommt er denn wieder?"

„Der ist eben erst losgegangen und muss einiges besorgen, damit Mama nicht mit ihm schimpft. Der braucht sicher noch eine Weile!"
Der Mann nahm seine Mütze ab. Darunter offenbarte sich ein kahlrasierter Schädel. Er beugte sich noch weiter in das Innere des Wagens und sagte: „Na ja, vielleicht könntest ja auch Du mir helfen?"
„Wie soll ich das machen?", fragte der Junge schüchtern.
„Wenn Du kurz aussteigen würdest, dann könnte ich es Dir zeigen?!"
Kevin-Léon überlegte einen Augenblick, um dann hilfsbereit die Türe zu öffnen und aus dem Auto zu klettern.
„Mein Auto parkt nur zehn Meter weiter die Straße hoch", begann der Kahlköpfige zu erklären. „Auf der Rückbank habe ich ein Geschenk."
„Ein Geschenk?!", fragte Kevin-Léon neugierig. „Für wen?"
„Na ja, eigentlich soll es ja eine Überraschung sein. Deshalb weiß ich nicht so recht, ob ich es Dir sagen darf?!"
„Ich liebe Überraschungen!", klatschte der Junge vor Freude in die Hände.
„Also gut!", sagte der Mann und kam ganz nah an das Ohr des Jungen. „Ich bin ein alter Freund Deines Großvaters, dem Hauptkommissar. Ich möchte ihm ein nachträgliches Weihnachtsgeschenk machen und da es wie gesagt eine Überraschung sein soll, wollte ich Deinem Vater das Geschenk geben, mit der Bitte, es an Deinen Opa weiter zu leiten."
Kevin-Léon freute sich sehr. Obwohl er wegen der Sache mit dem Weihnachtsbaum, den er durch das gesamte

Polizeipräsidium schleppen musste, noch etwas stinkig auf seinen Großvater war, mochte er ihn doch sehr. Und wenn Mama nicht ständig darüber lästern würde, was Opa doch für ein ungehobelter Klotz sei, hätte er ihm längst verziehen. Er folgte dem Mann zu einem Auto. Der öffnete die Beifahrertüre klappte den Sitz nach vorne und zeigte auf die Rückbank. Da stand ein Karton, auf dem mit Filzstift geschrieben stand: „Für Kurd".

Kevin-Léon wunderte sich über die falsche Schreibweise des Vornamens seines Großvaters, war sich aber sicher, dass der Karton zweifelsfrei für ihn bestimmt war. Der Mann zeigte auf den Karton und sagte: „Wenn Du das Geschenk für mich herausholst und zu Eurem Wagen trägst, würdest Du mir wirklich sehr helfen. Ich gebe Dir auch fünf Euro dafür!"

„Nicht schlecht!", dachte sich Kevin-Léon. Das war wirklich leicht verdientes Geld und obendrein eine tolle Überraschung für Opa.

Als er gerade auf den Rücksitz des Autos klettern wollte, kam ein weiterer Mann hastig angelaufen und rief: „Halt!" Der Bärtige schien sich zu ärgern, als der andere Mann sagte: „Junge, Du musst ganz schnell in den Supermarkt gehen und Deinen Vater holen. Ich habe eben gesehen, wie jemand Euer Auto beschädigt hat. Bitte beeile Dich, bevor der Übeltäter weg ist!"

Der Mann trug einen Hut und hatte den Kragen seiner Jacke so weit aufgestellt, dass die Hälfte des Gesichts davon bedeckt war. Außerdem sprach er mit ganz tiefer und rauer Stimme, fast so, als ob er sie verstellen würde. Der Freund seines Großvaters hatte es auf einmal sehr

eilig, schloss die Beifahrertüre und ging schnell zur Fahrerseite des Autos um einzusteigen.
„Was ist denn jetzt mit der Überraschung?“, fragte Kevin-Léon verdutzt.
„Ein anderes Mal!“, sagte der Glatzkopf, der seine Mütze mittlerweile wieder aufgesetzt hatte, startete sein Auto und brauste davon.
Verwirrt rannte Kevin-Léon in den Supermarkt und holte seinen Vater, der gerade in der Warteschlange an der Kasse stand. Als sie gemeinsam wieder heraus kamen, waren die beiden fremden Männer verschwunden. Harald suchte gewissenhaft sein Auto nach einem frischen Schaden ab, konnte jedoch nichts entdecken.

43.
Spieglein an der Wand…

Samstag, 28. Dezember 2013

Das war gerade nochmal gut gegangen. Als sich Nikolai Schiller gestern Nachmittag in der Wohnung von Frau Treuhertz nach einigen Sekunden wieder gefangen hatte, stand er vom Boden auf und rannte zur Wohnungstüre. Glücklicherweise hatte Severin die Türe nicht abgeschlossen, sondern nur zugezogen. Nikolai wusste, er durfte sich nicht abschütteln lassen, sonst hätte er die Spur Severins wahrscheinlich unwiderruflich verloren. Er war zur Straße gehastet und sah, wie Severin zu Fuß in Richtung der U-Bahn-Haltestelle am Marienplatz ging. In sicherer Entfernung war er ihm gefolgt. Am Charlottenplatz wechselte Severin die U-Bahn, stieg in die Linie 7 um und fuhr weiter bis zur Endhaltestelle „Ruhbank / Fernsehturm“. Dort stieg er in ein geparktes Auto und fuhr wieder stadteinwärts in Richtung Gablenberg. Nikolai folgte ihm in einem Taxi, wobei sie ihn nahe des Wohngebietes „Gänsheide“ fast aus den Augen verloren hätten. Einigen roten Ampelphasen zum richtigen Zeitpunkt hatte er es zu verdanken, dass er Severin weiter im Auge behalten konnte. An der Gablenberger Hauptstrasse beobachtete er dann, wie Severin zu dem Jungen auf dem Rücksitz des Opel Vectra Kontakt aufnahm. Als es ihm fast gelungen war, das Kind in sein Auto zu locken, musste Nikolai einschreiten. Ihm war bewusst, dabei ein großes Risiko einzugehen. Er musste davon ausgehen, von Severin ihn erkannt worden zu sein. Außerdem fühlte sich dieser jetzt wahrscheinlich provoziert. Er wusste aus eigener Erfahrung, dass Severin mit Misserfolgen nicht umgehen konnte. Mit hoher Wahrscheinlichkeit würde er nochmals versuchen, den Jungen in seine Gewalt zu bringen. Warum hatte sich Severin ausgerechnet diesen Jungen ausgesucht? Nikolai wusste es nicht. Er würde es auch, zumindest im Moment, nicht herausfinden können, da er sich dafür entschieden hatte, Severin auf den Fersen zu bleiben. Die Alternative, den Jungen weiter zu beobachten und ihn damit zu beschützen, erschien ihm zu riskant. Schließlich konnte Severin noch weitere potentielle Opfer haben, die er nun anstelle dieses Jungen aufsuchen würde. Die Kälte und die Feuchtigkeit der Nacht steckten Nikolai in den Knochen. Er hatte keine Minute geschlafen und die Schrebergartenlaube, in der Severin sich versteckt hielt, von seinem Unterschlupf im Unterholz des angrenzenden Waldes aus, nicht aus den Augen gelassen. Zum Glück hatte er gestern den Taxifahrer angewiesen, an der Gablenberger Hauptstrasse auf ihn zu warten, so dass er Severin auch bis hier her folgen konnte. Ob das unbemerkt gelungen war, wusste er natürlich nicht. Es war ihm aber auch egal, denn Nikolai war jetzt bereit. Er war bereit, Severin Treuhertz gegenüber zu treten und ihn ein für alle Mal zur Strecke zu bringen. Er musste nur den richtigen Moment abpassen.

Severin war wütend. Seine Faust krachte mindestens zehnmal mit voller Wucht auf den kalten Steinboden der Laube. Die Knöchel seiner Hand waren geschwollen und das Blut tropfte auf den Boden. Er ging zu einem kleinen Spiegel, der über der Waschnische hing. Ein diagonal verlaufender Sprung im Glas des Spiegels teilte sein Gesicht in zwei Hälften und verzerrte es. Er wischte sich mit der blutverschmierten Hand durchs Gesicht. Sein Hass kannte keine Grenzen mehr. Er würde seine Wunden lecken und dann mit aller Macht zuschlagen. Der Enkel des Polizisten durfte ihm nicht entkommen. Wer war der Kerl gewesen, der ihm dazwischen gefunkt hatte, als er den Jungen schon fast im Auto hatte? War es ein blöder Zufall gewesen, oder hatte jemand die Situation erkannt? Nein, ihm war jemand auf den Fersen, das stand für ihn fest. Für wie blöde hielten die ihn eigentlich? Natürlich hatte er die frischen Fußspuren neben den seinen in der Wohnung seiner Mutter bemerkt. Es musste also noch jemand außer ihm dort gewesen sein. Aber was hätte er tun sollen? Eine offene Konfrontation mit einem Gegner, der womöglich eine Schusswaffe bei sich hatte, hätte das Ende für ihn bedeuten können, noch bevor er seine Mission erfüllt hatte. Also entschied er sich dafür, zu flüchten. Wer war sein unbekannter Verfolger? Ein Polizist? War er ihm auch bis hier her gefolgt? Unwahrscheinlich, dachte er sich und ging zu dem schmalen Fenster an der Vorderseite der Laube. Er zog die dichten Vorhänge nicht bei Seite, sondern schaute durch einen schmalen Spalt in der Mitte hindurch. Draußen schien alles ruhig zu sein. Natürlich wusste er, dass er aus sicherer Distanz beobachtet werden konnte. Seine Gedanken sprangen wild hin und her. Ein Polizist war es also eher nicht, oder? Der würde kaum auf eigene Faust arbeiten. Außerdem hätte er ihn dann in Gablenberg auf frischer

Tat ertappt und in Gewahrsam genommen. Kein Polizist der Welt hätte ihn laufen lassen. Aber wer konnte es sonst sein? Er hatte versucht, den Blicken des Mannes auszuweichen, der den Enkel des Polizisten davor bewahrt hatte, in das Auto zu steigen. Dadurch hatte er sich aber selbst der Möglichkeit beraubt, seinen Gegner zu identifizieren, oder sich zumindest sein Äußeres einzuprägen. Was war mit der Stimme? Er ging in sich, konnte aber keine Verbindung zu dieser Stimme herstellen. Er kannte sie nicht. Er rätselte weiter und erinnerte sich daran, dass die Stimme merkwürdig tief und heiser klang, fast so, als wäre sie absichtlich verstellt worden. Das konnte zwei Gründe gehabt haben. Entweder fürchtete der Kerl, er, Severin, würde die Stimme erkennen, oder er wollte sie unkenntlich machen, um zu einem späteren Zeitpunkt nicht wieder erkannt zu werden.

44. Verdammt und zugenäht!

„Du hast WAS getan?“, schnaubte Kurt. „Hast Du denn jetzt völlig den Verstand verloren? Wie konntest Du nur genehmigen, dass die Wachen vor dem Haus von Frau Treuhertz abgezogen wurden?“
Dennis räusperte sich: „Na ja, also ich dachte, der taucht doch da sowieso nicht mehr auf, nachdem er sich in den vergangenen Tagen nicht hatte blicken lassen.“
Kurt schäumte vor Wut und knöpfte sich nun Tatjana vor: „Und Sie haben davon gewusst, Tatjana?“
„Äh ja, Herr Schockenried. Aber ich war derselben Meinung, denn……“
„Es ist mir vollkommen egal, welcher Meinung Ihr beiden wart!“, brüllte Kurt so laut, dass man sich tatsächlich ernsthafte Sorgen um seine Gesundheit machen musste.
„Seid Ihr zwei Hobbydetektive denn vielleicht einmal auf Idee gekommen, dass Severin Treuhertz seine Mutter aufsuchen wollte, aber durch die Präsenz der Kollegen davon abgehalten wurde?! Wahrscheinlich war deren Tarnung wieder einmal so dilettantisch gewesen, dass selbst Stevie Wonder sie problemlos erkannt hätte!“
Tatjana und Dennis warfen sich verzweifelte Blicke zu. Da hatten sie wohl Mist gebaut. Doch Kurt war leider noch nicht am Ende mit seiner Wutrede.
„Wenn uns der Treuhertz durch die Lappen gegangen ist, weil Ihr beiden „Dachplatten“ dem Gejammer unserer

faulen Kollegen nachgegeben habt, dann könnt Ihr Euch auf etwas gefasst machen!"
Tatjana empörte sich: „Ich muss doch sehr bitten, Herr Schockenried. Und in diesem Zusammenhang möchte ich Sie wiederholt darauf hinweisen, auf Ihre Ausdrucksweise zu achten!"
Kurt ging auf Tatjana zu und hob mahnend den Zeigefinger:
„Vorsicht, Tatjana. Treiben Sie es nicht zu weit! Sie und Dennis sind mir unterstellt. Wie lange noch, das weiß ich nicht. Denn dies könnte mein letzter Fall sein. Aber ich warne Euch beide. So lange ich hier das Sagen habe, wird keiner mehr einen Finger rühren, ohne dies vorher von mir abgesegnet haben zu lassen. Sollte sich einer von Euch nicht daran halten, dann fliegt er und zwar in hohem Bogen. Dann ist es vorbei mit Ihrer Karriere bei der Kriminalpolizei, Madame. Und Sie können wieder in Ihr Kuhkaff in der Nähe von Chemnitz zurückkehren!"
„Und Du mein Lieber!", wandte er sich jetzt Dennis zu: „Du kannst Deinen langen Freund aus der Rechtsmedizin fragen, ob Du künftig bei ihm als Sprechstundenhilfe in seiner Praxis arbeiten kannst, denn bei der Polizei nimmt Dich keiner mehr, dafür sorge ich! "
Kurt setzte noch einen drauf: „Oder noch besser, Du wirst Rosenverkäufer! Das passt zu Deinem indischen Nachnamen. Ich könnte Dir dann meinen Sohn Harald als kongenialen Partner an die Hand geben. Ihr beiden Frauenversteher würdet bestimmt ein Dream-Team abgeben!"
Dann ging Kurt schnurstracks an den verblüfften Hans-Dieter Scheible und Holger Grünbaum vorbei, die

sich, angelockt von Kurts Gebrüll, gerade der Runde anschließen wollten.
Auf dem schnellsten Weg fuhren sie zur Wohnung von Severin Treuhertz´ Mutter. Nachdem niemand öffnete, verschafften sie sich gewaltsam Zutritt zum Haus und dann auch zur Wohnung. Kurts schlimmsten Befürchtungen wurden bei Weitem übertroffen. Frau Treuhertz lag tot auf dem Fußboden. Unter ihrem Kopf war eine große, am Rand bereits getrocknete, Lache Blut zu erkennen. Es sah so aus, als wäre sie erschlagen worden. „Verdammt und zugenäht!", fluchte Kurt. „Jetzt haben wir noch eine Leiche und außerdem ist uns Treuhertz wieder durch die Lappen gegangen. Das war eine große Chance, ihn zu schnappen. Ich wusste, dass er irgendwann hier aufkreuzen würde!"
„Und wenn Severin Treuhertz gar nichts mit dem Tod seiner Mutter zu tun hat?", merkte Dennis etwas kleinlaut an.
Kurt holte bereits Luft, um erneut eine Ladung Beschimpfungen in Richtung seines Kriminalhauptkommissars zu pfeffern, als die ebenfalls zum Tatort beorderte Jessica Dornfeld das Wort ergriff. Entgegen ihrer sonstigen Gewohnheiten, hatte sie diesen Tatort nicht stumm in sich aufgesogen, sondern blitzschnell einen möglichen Hergang parat: „Frau Treuhertz muss ihren Mörder gekannt haben, denn sie hatte ihm die Türe geöffnet. Außer unseren Spuren an der Wohnungstüre, fand sich nach Auskunft der Kollegen von der Spurensicherung wohl kein Hinweis darauf, dass sie gewaltsam geöffnet wurde. Raubmord ist somit auszuschließen. Die Wohnung wurde nicht durchsucht und es hat auch nicht den Anschein, dass Gegen-

stände fehlen, auch wenn es hier allem Anschein nach nichts Wertvolles zu holen gibt. Die Geldbörse der Frau mit etwas Bargeld darin, liegt auf dem Esstisch."
Sie hatte sich Latexhandschuhe übergestreift und hob einen blutverschmierten Kerzenständer vom Boden auf. Dass sie damit bei weitem ihre Kompetenzen überschritt, nahmen die Kommissare kommentarlos hin. Sie sagte: „Hiermit wurde sie wahrscheinlich erschlagen und zwar im Affekt. Bei einer geplanten Tat würde man davon ausgehen, dass der Mörder eine Waffe mitbringt. Die Dame hatte uns glaubhaft versichert, ihren Sohn seit seinem Verschwinden im Jahre 1983 nicht mehr gesehen zu haben. Als wir sie vor einigen Tagen damit konfrontierten, dass er seit vielen Jahren unter falschem Namen nur wenige Straßen weiter gelebt hat, war sie sichtlich schockiert gewesen. Ich bin sicher, Severin Treuhertz hat seine Mutter aufgesucht, um noch einmal mit ihr zu sprechen. Das lässt den Schluss zu, dass er sich im Klaren darüber ist, dass nun auch die Schlinge um seinen Hals immer enger wird. Ich vermute, die Reaktion seiner Mutter fiel nicht so aus, wie er sich das erhofft hatte. Man darf nicht unterschätzen, wie viel Überwindung ihn dieser Besuch nach all den Jahren gekostet haben muss und wie emotional das Ereignis für ihn war. Wahrscheinlich fühlte er sich von ihr zurückgewiesen. Vielleicht hatte sie ihm sogar damit gedroht, die Polizei zu verständigen. Dann ist Severin ausgeflippt und hat zugeschlagen."
„Und dann ist er einfach so wieder gegangen?", fragte Tatjana dazwischen.
„Ja, einfach so. Aber er war nicht alleine hier!"

Kurt sagte nichts, denn er hatte die unterschiedlichen Fußspuren auf dem Teppichboden im Flur bereits entdeckt. Dennis und Tatjana hingegen schauten Jessica fragend an. Sie erklärte: „Im Flur haben zwei Personen mit nassen und schmutzigen Schuhen Abdrücke hinterlassen. Der Größe und Form nach, handelt es sich mit ziemlicher Sicherheit um Männerschuhe. Die beiden waren zwar zur gleichen Zeit in der Wohnung, sind aber nicht gemeinsam gekommen. Denn einer von beiden ging auf Zehenspitzen, das heißt, er wollte nicht bemerkt werden, während der andere, nämlich Severin Treuhertz, sich hier ganz normal bewegt hat. Schließlich war er hier ja einmal sein zu Hause gewesen."

„Soll das heißen, jemand hat heimlich beobachtet, wie Severin Treuhertz seine Mutter erschlagen hat?", fragte Dennis verblüfft.

„Ja!", sagte Jessica. „Das könnte es bedeuten."

„Und warum hat derjenige dann nicht versucht, ihn aufzuhalten? Warum hat er nicht die Polizei gerufen? Wer war der mysteriöse Fremde?"

Jessica schwieg für einige Sekunden und starrte auf den am Boden liegenden Leichnam der Frau. Dann hob sie ihren Blick und sagte: „Ich vermute, es war Nikolai Schiller!"

45.
„Pat und Patachon“

Ratloses Schweigen herrschte, nachdem Jessica ihre Theorie über den Tathergang und die mögliche Anwesenheit Nikolai Schillers aufgestellt hatte. Auch Kurt hatte nicht damit gerechnet. Es erschien ihm aber durchaus plausibel, dass Nikolai Schiller der unbekannte zweite Mann in der Wohnung gewesen sein könnte. Sie hatten die Möglichkeit in Erwägung gezogen, dass er noch am Leben war, nur dass er jetzt auch in diesen Fall verstrickt sein sollte, war doch überraschend. Kurt dachte nach und sagte: „Angenommen, Frau Dornfeld, Sie haben Recht, dann würde das aber bedeuten, dass Severin Treuhertz und Nikolai Schiller auf keinen Fall gemeinsame Sache machen, sondern, dass sie gegeneinander arbeiten, oder?“
„Ich könnte mir vorstellen, Severin Treuhertz ist sich der Tatsache nicht bewusst, außer der Polizei noch einen weiteren Gegner zu haben. Nikolai Schiller möchte Treuhertz stoppen, muss das aber, aus welchen Gründen auch immer, auf eigene Faust versuchen.“
„Wahrscheinlich hat er selbst einiges auf dem Kerbholz, so dass er fürchten muss, verhaftet zu werden, sobald er sich zeigt!“, mutmaßte Dennis.
„Das wäre möglich!“, stimmte Jessica ihm zu.
„Und wie denken Sie, kam Nikolai Schiller Severin Treuhertz auf die Schliche?“, fragte Tatjana.

„Da gibt es viele Möglichkeiten. Wahrscheinlich durch die Medien. Er dürfte Details aus ihrer Vergangenheit und vom „Hof des Grauens“ wieder erkannt haben.“

„Wir sollten ganz schnell der Familie Schiller in Stuttgart-Vaihingen einen Besuch abstatten. Begleiten Sie mich, Frau Dornfeld?“

„Natürlich!“, stimmte Jessica Kurts Frage zu.

Kurt zeigte etwas herablassend auf die Gerichtsmediziner Brandner und Scheck, die mittlerweile eingetroffen waren und ihre Arbeit aufgenommen hatten, als er zu Dennis sagte: „Frag doch mal Deine Kumpels „Pat und Patachon“, wie lange Ihrer ersten Einschätzung zu Folge, Frau Treuhertz schon tot ist?! Du weißt ja dann, wie Du mich erreichen kannst, nicht wahr?!“

Jessica und Kurt waren gerade gegangen, als sich Dennis Mark und Simon Brandner zuwandte. Simon führte die Arbeit durch und Mark hielt sich, wie zuletzt auch, dezent im Hintergrund, um keine Spuren am Tatort zu beschädigen. Er wirkte aber keinesfalls mehr so unsicher, wie beim letzten Mal.

„Mann, der Schockenried hat ja mal wieder eine Laune!“, sagte Dr. Brandner und Mark fügte hinzu: „Was hast Du denn wieder ausgefressen, Dennis?“

Dennis winkte ab: „Ach, vergiss es. Ich möchte jetzt nicht darüber reden. Tatsache ist, dass ich mich wieder einmal nicht mit Ruhm bekleckert habe. Zunehmend glaube ich, dass ich ein schlechter Polizist bin!“

„Nein, Mann! Das bist Du sicher nicht!“, versuchte Mark Dennis zu trösten, was ihm aufgrund seines Nachsatzes

aber nicht besonders gut gelang: „Eine Leiche mehr oder weniger, was kannst Du denn schon dafür?“
„Danke, mein Freund. Jetzt fühle ich mich doch schon gleich viel besser!“, sagte Dennis zynisch. „Du strahlst mal wieder die Sensibilität eines Torpfostens aus. Früher beim Fußball zu oft dagegen gelaufen, was?“
Simon Brandner schaltete sich in die wenig fruchtbare Kommunikation ein: „Etwa achtzehn Stunden!“
„Was meinst Du, Simon?“, fragte Dennis, der sich noch über seinen Freund Mark ärgerte.
„Meinen ersten groben Einschätzungen zu Folge, und wie Du weißt liege ich ja damit fast immer richtig, ist die Frau seit etwa achtzehn Stunden tot.“
Dennis schaute auf seine Armbanduhr und murmelte: „Das bedeutet, sie wurde gestern ungefähr gegen 15.00 Uhr getötet?!“
Bevor Dennis und Tatjana ins Polizeipräsidium zurück fuhren, führten sie ausführliche Befragungen im Wohnhaus und in der Nachbarschaft durch, ob vielleicht jemand Severin Treuhertz, oder Nikolai Schiller gesehen hatte. Leider ohne Erfolg. Es war wie so häufig, niemand hatte etwas Verdächtiges bemerkt oder gesehen.

46.

46.
Wichtige Angelegenheiten

Es dauerte nur wenige Minuten, dann bröckelte die Fassade. Margarete und Rainer Schiller hatten zunächst vehement abgestritten, dass ihr Sohn Nikolai zurückgekehrt war und Kontakt mit ihnen aufgenommen hatte. Doch dann brach Frau Schiller in Tränen aus und steigerte sich förmlich in einen Nervenzusammenbruch hinein.

„Es ist im Moment einfach alles zu viel für uns!“, warb Rainer Schiller um Verständnis, nachdem der herbei gerufene Hausarzt der Familie ihr ein Beruhigungsmittel verabreicht hatte und Frau Schiller endlich eingeschlafen war. Herr Schiller schilderte Jessica und Kurt ausführlich die Ereignisse des Heiligen Abends und erläuterte auch, dass Nikolai ausdrücklich darum gebeten hatte, bis zu seiner Abreise am 30.Dezember niemandem etwas von seiner Rückkehr zu erzählen. „Hat er das begründet?“, fragte Jessica.

„Nun ja, er hat uns keine Einzelheiten genannt, aber er betonte immer wieder, dass er etwas sehr Wichtiges zu erledigen habe und dass der Erfolg vor allem davon abhinge, dass seine Präsenz nicht bemerkt werden würde.“

„Haben Sie eine konkrete Vorstellung, worum es sich bei dieser wichtigen Angelegenheit handeln könnte?“, hakte Jessica nach.

„Er sagte, es hinge mit den schlimmen Ereignissen von damals zusammen. Er müsste jemanden aufhalten, um zu verhindern, dass es noch mehr tote Kinder geben würde. Auf unsere Nachfrage hin, ob es etwas mit dem Kindermörder zu tun habe, der derzeit in Stuttgart sein Unwesen treibt, nickte er nur."

„Haben Sie ihm gesagt, dass wir Sie bereits aufgesucht und uns nach ihm erkundigt hatten?", wollte Kurt wissen.

„Natürlich haben wir ihm das gesagt, er ist schließlich immer noch unser Sohn, auch wenn er auf mich wie ein Fremder wirkte."

„Hat er mit Ihnen darüber gesprochen, was damals passiert ist und warum er bis jetzt gewartet hat, sich bei Ihnen zu melden?"

Herr Schiller dachte kurz nach und antwortete dann: „Nein. Er sagte, wir sollten ihm vertrauen. Er versprach uns, wenn sein Auftrag erledigt sei, zunächst nach New York zurück zu reisen und sich dann nach einigen Monaten, wenn Gras über die Sache gewachsen wäre, wieder bei uns zu melden und alles zu erklären. Das haben wir akzeptiert."

„New York?!", staunte Kurt.

„Ja!", bestätigte Herr Schiller. „Er sagte uns, dass er seit vielen Jahren in New York, beziehungsweise in New Jersey lebte. Beim Gedanken daran, dass wir vor vier Jahren eine Woche dort verbracht haben, wird mir ganz anders. Wir waren ihm so nahe, ohne es zu ahnen. Wer weiß, vielleicht sind wir ihm ja auf der Strasse begegnet, oder saßen in der gleichen U-Bahn?!"

„Hat er den Namen Severin Treuhertz erwähnt?", wechselte Jessica das Thema.

Rainer Schiller wunderte sich über diese Frage. „Das ist doch einer der Jungen, die damals auch von diesem falschen Fotografen entführt worden waren, oder?! Die Leichen unseres Sohnes und die von Severin wurden niemals gefunden. Zumindest was Nikolai betrifft, wissen wir ja jetzt auch warum. Ist Severin denn etwa auch noch am Leben?“

„Ja!“, antwortete Jessica. „Noch ist er am Leben!“

47.
Der nette Herr Schiller

Sonntag, 29. Dezember 2013

Der letzte Tag und die darauf folgende Nacht hatten nicht ausgereicht, um Severins Zorn zu bändigen. Im Gegenteil, seine Wut wurde immer größer und steigerte sich ins Unermessliche. Mit seiner Mutter verspürte er nicht das geringste Mitleid. Sie hatte es doch selbst in der Hand gehabt. Hätte sie ihn mit offenen Armen empfangen, wäre alles gut gewesen. Und dass ihm ein unbekannter Gegner die Entführung des Polizistenenkels vermasselt hatte, wurmte ihn mächtig. Der Druck durch die Polizei war ohnehin immens. Jetzt hatte er einen weiteren Verfolger, konnte sich aber nach wie vor nicht erklären, wer der Fremde gewesen sein könnte. Er war sich aber sicher, dass der Mann in der Wohnung seiner Mutter und der Kerl an der Gablenberger Hauptstrasse, der mit einem Trick verhindert hatte, dass Kevin-Léon Schockenried in sein Auto gestiegen war, ein und dieselbe Person waren. Ihm lief die Zeit davon. Heute musste es passieren. Heute oder niemals mehr.

Nikolai Schiller war sich sicher, der Tag der Entscheidung war gekommen. Severin würde heute erneut versuchen, einen Jungen in seine Gewalt zu bringen. So wie er ihn einschätzte, würde er sich mit dem Misserfolg von vorgestern nicht zufrieden geben und den Jungen aufsuchen, den er, Nikolai, in letzter Sekunde davor bewahrt hatte, Severin zu folgen. Severin würde schnell und zielstrebig vorgehen müssen, denn die ganze Stadt suchte nach ihm. Er wusste aber auch, dass Severin skrupellos und durchtrieben war. Wie hätte er es auch sonst so lange schaffen können, sich nicht schnappen zu lassen? Wie viele Menschen er wohl im Laufe der Jahre getötet hatte? Nikolai musste es unbedingt schaffen, ihn heute zu stellen. Er musste aber auf eine günstige Gelegenheit warten und ihn überraschen, denn in einer offenen Konfrontation mit Severin, würde er unter Umständen den Kürzeren ziehen. Er hätte in den vergangenen beiden Tagen einfach zu der Laube gehen können, in der sich Severin versteckt hielt, doch was wäre gewesen, wenn er das Duell verloren hätte? Nein, er war sich sicher, sein Vorgehen war richtig. Erneut hatte er große Mühe gehabt, Severin unerkannt zu folgen. Etwa fünfundvierzig Minuten war es nun her, dass sie die Waldebene Ost zu Fuß verlassen hatten. Er war Severin durch den Wald gefolgt, vorbei am Funkturm auf dem Raichberg, bis sie ins Wohngebiet „Buchwald“ kamen. Severin kannte sich offenbar sehr gut aus, denn diese Abkürzung von der „Wangener Höhe“ in den Osten Stuttgarts kannten auch viele Einheimische nicht. Er folgte ihm durch das ruhige Wohngebiet, bis sie weitere fünfzehn Minuten später im Stadtteil Gablenberg angekommen waren, unweit der Stelle, wo Severin vor zwei Tagen versucht hatte, den Jungen zu entführen. Sie gingen durch die Pflasteräckerstraße, die sich in weitem Bogen den Berg hinauf zog. Nur wenige Meter von den viel befahrenen Hauptstraßen Stuttgart-Osts entfernt, wurde es immer ruhiger. An

diesem nasskalten Sonntag waren kaum Passanten auf den Straßen. Keiner, der nicht unbedingt musste, verließ heute seine warmen vier Wände. Plötzlich blieb Severin stehen und schaute sich um, als wolle er sicher gehen, dass ihm niemand gefolgt war. Nikolai konnte sich gerade noch hinter einem parkenden Auto verstecken, sonst wäre er entdeckt worden. Er beobachtete, wie Severin die Stufen zu einem kleinen Doppelhaus hinaufging und auf das Klingelschild schaute. Er läutete und einige Sekunden später öffnete eine Frau die Türe. Ein kleiner Junge und ein kleines Mädchen sprangen um sie herum. Der Junge von neulich war zumindest im Moment nicht zu sehen. Die Unterhaltung dauerte nicht sehr lange, dann sah Nikolai wie die Dame Severin die Hand schüttelte und ihn einließ. Daraufhin schloss sich die Haustüre wieder.
„Verdammt!“, fluchte Nikolai. Damit hatte er nicht gerechnet. Was sollte er jetzt bloß tun?
Kurz bevor Severin die Stufen zur Haustüre der Schockenrieds hinauf ging, blieb er stehen und blickte sich um. Von der Polizei oder seinem mysteriösen Widersacher war nichts zu sehen. Auch keine ungebetenen Passanten, die ihm in die Quere kommen konnten. Er ging nach oben und klingelte. Wenige Sekunden später öffnete eine Frau die Türe und um sie herum sprangen zwei kleine Kinder. Er wusste, mit wem er es zu tun hatte, schließlich hatte er die Familie am Heiligen Abend im Hause des Polizisten beobachtet. Es waren die kleineren Geschwister von Kevin-Léon und seine Mutter, die Schwiegertochter des Kommissars.

„Guten Tag, Frau Schockenried. Bitte entschuldigen Sie, dass ich Sie und Ihre Familie am heiligen Sonntag störe, aber ich habe etwas Dringendes abzugeben."

„Aha. Was ist es denn?" fragte Fanny Schockenried ganz direkt.

„Nun ja, ich bin ein alter Freund Ihres Schwiegervaters und ich habe ein Geschenk für ihn."

Severin zog einen kleinen Karton unter seiner weiten Jacke hervor, auf dem „Für Kurd" geschrieben stand. Fanny runzelte kurz die Stirn und sagte dann

„Ja klar, Sie sind also der nette Herr, der vorgestern mit unserem Sohn Kevin-Léon vor dem Supermarkt gesprochen hat. Leider kam ja dann so ein komischer Typ dazu, der behauptete, das Auto meines Mannes sei beschädigt worden. Na, der hat Ihnen aber die Überraschung für den Kurt schön verdorben, was?"

Fanny sagte zu Chelsea-Marie-Paris und zu dem kleinen Luca-Kurt sie mögen doch bitte Platz für den Herrn machen, schüttelte ihm dann in ihrer unbekümmerten und gutgläubigen Art eifrig die Hand und sagte: „Kommen Sie doch bitte herein. Die Freunde meines Schwiegervaters sind auch unsere Freunde!"

Severin konnte nicht glauben wie leicht es gewesen war, in das Haus zu kommen und staunte über so viel Leichtgläubigkeit. Im nächsten Moment konfrontierte ihn aber sein Gedächtnis damit, dass er vor vielen Jahren ähnlich leichtgläubig auf einen falschen Fotografen herein gefallen war. Ohne dieses Ereignis würde er heute nicht hier stehen.

„Wie war doch gleich nochmal Ihr Name?", fragte Fanny Schockenried. Er überlegte kurz und beschloss, es wäre nicht klug, sich als Radomir Kraft oder Severin Treuhertz vorzustellen, also beschloss er spontan zu antworten: „Tut mir leid, Frau Schockenried. Wie unhöflich von mir, dass ich mich noch gar nicht vorgestellt habe. Schiller, ich heiße Nikolai Schiller!“

„Na dann, Herr Schiller, kommen Sie herein und nehmen Sie Platz, während ich meinen Mann und Kevin-Léon rufe. Sie spielen gerade auf dem Dachboden mit der Eisenbahn. Kann ich Ihnen in der Zwischenzeit etwas zu trinken anbieten?“

„Bloß keine Umstände!“, sagte Severin und ging in das unaufgeräumte Wohnzimmer im Erdgeschoß.

Missmutig kamen Kevin-Léon und sein Vater Harald einige Minuten später angestapft, um den Überraschungsgast zu begrüßen. Vater und Sohn spielten beide gleichermaßen gerne mit der elektrischen Eisenbahn und duldeten eigentlich keine Störung, bei diesem sonntäglichen Ritual. Sogleich wich die schlechte Laune des Jungen aber der Neugier, als er den Karton für seinen Großvater entdeckte, den er schon auf dem Rücksitz des Autos gesehen hatte.

„Was ist denn da eigentlich drin?“, wollte er von dem Besucher wissen, der sich als Herr Schiller ausgegeben hatte.

Dieser reichte ihm den Karton und forderte ihn auf zu raten. Kevin-Léon schüttelte eifrig und überlegte laut: „Es rasselt laut. Könnte ein großer Schlüsselbund oder so etwas ähnliches sein?“

„Nicht ganz, mein Junge!“, sagte der Mann. „Aber Du bist schon ganz nah dran!“

Als alle im Raum waren, wunderten sie sich über das Verhalten des unbekannten Besuchers. Er ging ganz ruhig zur Türe, die das Wohnzimmer mit dem Flur verband und schloss sie hinter sich zu. Jetzt überschlugen sich die Ereignisse und was in den nächsten Sekunden folgte, war der blanke Horror für die Familie. Der Mann zog ein langes Messer aus seiner Jackentasche und marschierte schnurstracks auf Harald Schockenried zu. Dieser versuchte sich zum Schutz den Arm vor den Körper zu halten und wollte sich zur Seite drehen. Doch das Messer drang unterhalb der rechten Schulter in seinen Brustkorb ein. Harald stürzte zu Boden und war schon kurz darauf bewusstlos. Fanny schrie wie am Spieß und stellte sich schützend vor ihre drei Kinder, die völlig perplex waren. Kevin-Léon kam hinter seiner Mutter hervor und wollte seinem am Boden liegenden Vater zur Hilfe eilen. In diesem Moment schnappte sich Severin Treuhertz den Jungen und hielt ihm das Messer an den Hals. Er zischte Fanny zu: „Wenn Du Dich rührst, dann schneide ich ihm gleich hier und jetzt die Kehle durch! Anschließend bringe ich dann Deine beiden anderen Kinder um. Aber Dich, Dich verschone ich, damit Du für den Rest Deines Lebens diese Bilder vor Augen haben wirst!“
Er hielt dem wild um sich schlagenden Jungen so lange den Mund zu, bis sein Widerstand gebrochen war und er ebenfalls bewusstlos zu Boden sank. Ich werde jetzt durch den Garten Euer Haus verlassen. Den Jungen nehme ich natürlich mit. Keine Polizei, hörst Du?! Sonst schlitze ich ihn auf, verstanden?“
„Ja!“, wimmerte Fanny leise.

Etwas mehr als zehn Minuten hatte Nikolai Schiller unentschlossen und etwas ratlos vor dem Haus der Schockenrieds gewartet. Dann verlor er die Geduld und beschloss instinktiv zu handeln. Er ging an die Haustüre und klingelte. Einmal, Zweimal. Nichts. Er klingelte Sturm und trat gegen die Türe. Dann hörte er, wie eine Person auf die Türe zu gerannt kam. Er ballte die Fäuste und war innerlich bereit für einen Kampf. Im ersten Moment war er beruhigt, als die gleiche Frau die Türe öffnete, die vorhin auch Severin herein gebeten hatte. Doch gleich darauf stellte er fest, dass sie vollkommen aufgelöst und hysterisch war. Er packte sie fest an den Oberarmen und schüttelte sie, um ihr Schreien zu unterbrechen.
„Ich will Ihnen helfen!", sagte er energisch. „Was ist passiert?"
Fanny stotterte: „Ein Mann, da drin."
„Ja, und weiter. Ist er noch da?"
Fanny antwortete nicht, sondern starrte apathisch zu Boden.
Jetzt war es Nikolai, der schrie: „Was ist passiert? Sie müssen es mir sagen, bitte!"
„Mein Mann, er ist tot. Und Kevin-Léon ist fort. Er hat ihn mitgenommen."
Nikolai stürmte ins Haus und direkt in das Wohnzimmer. Er sah den regungslosen Harald am Boden liegen und beugte sich zu ihm. Er legte Zeige-und Mittelfinger an seinen Hals und fühlte leichte Bewegungen, die durch die Pulsation der rechten Halsschlagader hervorgerufen wurden. „Ihr Mann lebt noch! Bitte rufen Sie sofort einen Notarzt und die Polizei! Wo sind der andere Mann und Ihr Junge hin?"

Fanny zeigte auf die offene Tür zum Garten: „Sie sind da hinaus. Vor längstens drei Minuten.“
Nikolai rannte in den Garten. Weit konnte Severin mit dem Jungen noch nicht gekommen sein, aber er sah sie nicht mehr. Er hatte Severin Treuhertz und den Jungen verloren.

48.
Randale und Hiebe

„Frau Dornfeld, was machen Sie seit geschlagenen zwei Stunden in meinem Büro?“, fragte Kurt, als es ihm schließlich irgendwann zu bunt geworden war, sich aus seinem eigenen Büro aussperren lassen zu müssen und noch dazu von einer Frau. Jessica lächelte in ihrer charmanten, aber leicht arroganten Art, als sie antwortete: „Kennen Sie „Die Räuber“, Herr Schockenried?“
„Oh ja, und wie! Ich habe schon so viele von denen hinter Schloss und Riegel gebracht, dass diese Banditen immer Kerzen anzünden, wenn ich im Urlaub bin und ihnen nicht auf die Schliche kommen kann!“, prahlte Kurt.
„So, so. Dachte ich mir doch, dass es bei Ihnen mit der Kultur nicht so weit her ist. Und das als Erster Kriminalhauptkommissar bei der Mordkommission. Schämen Sie sich!“
Kurt rollte genervt mit den Augen und Jessica hakte nach: „Wie steht es denn mit der „Wallenstein-Trilogie?“
„Ist entweder von Hölderlin, Winfried Kretschmann, oder Uli Keuler?! Was soll der Mist, wenn ich fragen darf? Haben Sie sich stundenlang in meinem Büro eingenistet, um sich im Internet auf die Suche nach dämlichen Fragen zu begeben mit denen Sie mich schikanieren können?“
Tatjana und Dennis hatten sich mittlerweile dazu gesellt, als Jessica zu erklären begann. Sie setzte dabei ein überhebliches Grinsen auf: „Ein Mann namens Albrecht W.

Wallenstein flog um 8.55 Uhr Ortszeit am 23. Dezember von Newark/ New Jersey nach Frankfurt am Main und fuhr von dort aus weiter mit dem ICE zum Stuttgarter Hauptbahnhof. Um kurz nach 18.00 Uhr des gleichen Tages Mitteleuropäischer Zeit bezog ein Mann unter dem Namen Moritz Spiegelberg ein Zimmer in einer Pension in der Brählesgasse im alten Ortskern von Bad Cannstatt."

„Von mir aus könnten da auch Elvis, Lady Di und Michael Jackson abgestiegen sein! Was hat das alles mit uns zu tun?", wetterte Kurt und sah dabei, wie Dennis Rathvan ebenfalls nur ratlos mit den Schultern zuckte. Jetzt trat Tatjana von Senden auf den Plan: „Schiller natürlich, Ihr Banausen!", posaunte sie triumphierend in die Runde.

„Vielen Dank, Tatjana!", pflichtete Jessica ihr bei. „Wenigstens ein Mitarbeiter dieser Abteilung, der nicht durch einen eisernen Vorhang aus Fußball, Bowling, Bier und Actionfilmen von der kulturellen Seite des Lebens getrennt ist. Ich brauche nicht gesondert darauf hinzuweisen, dass es sich dabei um einen weiblichen Mitarbeiter handelt."

„Schluss jetzt mit dem Gerede!", forderte Kurt. „Wenn Sie uns bitte erklären würden, was es mit diesen seltsamen Namen auf sich hat!"

„Ich hatte ja bereits damit begonnen, aber einige unter uns konnten mir nicht ganz folgen! Nikolai Schiller spielt auf eine ganz banale, aber zugegebenermaßen auch einfallsreiche und zugleich lustige Art mit seinem Namen. Der hierzulande gängige, aber durch Friedrich Schiller berühmt gewordene Nachname „Schiller", inspirierte Nikolai offensichtlich sehr bei der Auswahl seiner Pseudonyme, die er brauchte, um untertauchen zu können und auch heute noch unerkannt zu bleiben. Albrecht W. Wallenstein ist die Hauptfigur aus Schillers „Wallenstein-Trilogie“. Es war einfach, über die US-Amerikanischen Behörden in Erfahrung zu bringen, dass Nikolai unter diesem Namen in New Jersey lebt, dort ein Apartment angemietet hat und bei einer Sicherheitsfirma als sogenannter „Doorman“ arbeitet, wie sie für US-amerikanische Wohnhäuser typisch sind. Er versuchte seine Spuren zu verwischen, gab sich dabei aber meiner Meinung nach nicht besonders viel Mühe. Wahrscheinlich legte er amerikanische Bildungsmaßstäbe der Annahme zu Grunde, niemand würde bei den ausgewählten Pseudonymen Verdacht schöpfen.“

Jetzt konnte sich Jessica einen Seitenhieb nicht verkneifen und schaute dabei lächelnd zu Tatjana, die ebenfalls über das ganze Gesicht grinste. „Wobei man ehrlicherweise zugeben muss, dass es auch hier bei so Manchem nicht besonders weit her zu sein scheint, mit der Bildung!“

Dennis und Kurt schwiegen zähneknirschend. „Es geht noch weiter!“, kündigte Jessica an. „Morgen, also am Montag den 30. Dezember, geht um 18.55 Uhr ein Flug der „Turkish-Airline“ mit der Nummer „TK1706“ von Stuttgart nach Istanbul und dann weiter zum „John F. Kennedy-Flughafen“. Es ist die letzte Möglichkeit an diesem Tag, von Stuttgart nach New York City zu fliegen. An Bord der Maschine wird ein gewisser „Ferdinand von Walter“ sitzen. Für diesen Flug gibt es die Möglichkeit eines Online Check-in. Sobald Herr von Walter von dieser Option Gebrauch machen sollte, können wir zurückverfolgen, von welchem Rechner aus das geschah. Sollte er sich für einen konventionellen Check-in vor Ort entscheiden, ergreifen wir ihn beim im Terminal 1 des Stuttgarter Flughafens. Nikolai Schiller kann uns also eigentlich nicht mehr durch die Lappen gehen!"

Wieder grinste Jessica: „Ach so, für alle Unbedarften unter uns, Ferdinand von Walter ist ein bekannter Protagonist aus Schillers „Kabale und Liebe"!".

Kurt wurde zusehends sauer und reagierte äußerst gereizt auf die wiederkehrenden Spitzfindigkeiten von Jessica Dornfeld: „Randale und Hiebe hätte ich für Sie im Angebot, wie steht es denn damit bei Ihnen? Also auf diesem Gebiet bin ich eine absolute Koryphäe, nicht wahr, Dennis?!"

Dennis wusste nun überhaupt nicht mehr, was er sagen sollte, entschied sich dann aber für einen konstruktiven Vorschlag: „Wenn wir Nikolai Schiller finden, dann finden wir hoffentlich auch Severin Treuhertz. Wir sollten schnell zu der Pension nach Bad Cannstatt fahren!"

„Auf jeden Fall!", stimmte Jessica zu. „Natürlich habe ich mich bereits mit der Pension in Verbindung gesetzt und dort sagte man mir, dass Herr Spiegelberg das Zimmer noch angemietet hat, aber seit über zwei Tagen nicht mehr aufgetaucht ist."

Kurts Handy klingelte in diesem Augenblick. „Einen Moment, bitte!", sagte er und nahm genervt das Mobiltelefon aus der Hosentasche. Stumm hörte er dem Polizisten am anderen Ende der Leitung zu, dann legte er auf. Fassungslosigkeit und Verzweiflung spiegelten sich in seinen müden Augen wieder.

49.
Grenze zwischen Brüdern und Gerechtigkeit

Nikolai konnte erkennen, dass der wenig stabile Maschendrahtzaun in der hinteren Ecke des Gartens herunter gedrückt war. Zunächst hatte er es nicht gesehen, da die Stelle von einem Busch verdeckt war. Es bestand kein Zweifel. Hier musste Severin mit dem bewusstlosen Jungen das Grundstück verlassen haben. Nikolai folgte den Spuren und gelangte auf das dahinter liegende Nachbargrundstück. Von hier führte eine Steintreppe hinauf zur Strasse. Nun gab es zwei Möglichkeiten: der Straße abwärts folgend, gelangte man nach Gaisburg. Bergauf konnte man am Ende der Straße erkennen, wie kleinere Wege aus dem Wohngebiet in die dunklen Wälder der Waldebene Ost führten. Nikolai war überzeugt, dass Severin nur diesen Weg genommen haben konnte. Hastig ging er weiter und spürte, dass ihm die Strapazen der letzten Tage ziemlich zugesetzt hatten. Der unbedingte Wille, das Leben des Kindes zu retten, trieb ihn jedoch immer weiter. In seinem Kopf setzte sich der Gedanke fest, ob es nicht doch ein großer Fehler gewesen war, Severin auf eigene Faust stoppen zu wollen. Vielleicht hatte er doch zu sehr an sich selbst und die Angst vor einer möglichen Strafe gedacht. Spätestens als er Severin beim Mord an seiner Mutter beobachtet hatte, hätte er, vielleicht auch anonym, die Polizei verständigen sollen. Allerdings war da noch ein anderes, starkes Verlangen. Nämlich Severin Treuhertz persönlich zu besiegen. Die Jahre auf dem Hof hatten die beiden Kinder zwar notgedrungen zusammengeschweißt, Nikolai hatte aber immer gewusst, dass er in einem normalen Leben nicht mit einem Menschen wie Severin Treuhertz befreundet gewesen wäre. Sein Hass, seine Intrigen und seine Aggressivität hatten ihn stets abgestoßen. Der Abend dämmerte bereits, als Nikolai am Waldrand ankam. Bald würde es dunkel sein. In der Ferne waren Polizeisirenen und Hundegebell zu hören. Mehrere Hubschrauber kreisten über dem Stuttgarter Osten und der Waldebene. Wenn die Polizei Wärmebildkameras einsetzen würde, wäre es nur eine Frage der Zeit, bis sie Severin und den Jungen, aber auch ihn selbst finden würden. Auch Severin war sich dieser Tatsache sicherlich bewusst und würde vermutlich die erste sich bietende Möglichkeit nutzen, um den Jungen zu töten. Wenn er es nicht gar schon getan hatte?! Nikolai zögerte nicht, sondern ging immer tiefer in den Wald hinein. Er folgte dabei seinem Instinkt und schlug stets den Weg ein, den er selbst bei einer Flucht gewählt hätte. Die Bodensicht war inzwischen katastrophal und er stolperte ein ums andere Mal. Zahlreiche Äste schlugen ihm ins Gesicht und gegen den Körper. Auf einmal trat er mit seinem linken Bein ins Leere. Ein vermeintlicher Laubhaufen entpuppte sich als ein mindestens fünfzig Zentimeter tiefes Loch im Waldboden, das lediglich mit alten Blättern aufgefüllt war. Er stürzte und konnte im letzten Moment schützend die Unterarme vors Gesicht halten, sonst hätte er sich das Kinn direkt in einem Haufen spitzer

Steine aufgeschlagen. Er rappelte sich auf und robbte auf Knien einige Meter weiter. Plötzlich kam er an eine Kante, hinter der sich ein tiefer Felsabhang auftat. Das Loch im Boden hatte ihn gerettet, denn in vollem Lauf hätte er den Abhang zu spät bemerkt, um rechtzeitig stehen bleiben zu können. Er wäre mindestens zwanzig Meter in die Tiefe gestürzt. Am Boden des Abhangs war eine kleine Lichtung und er konnte erkennen, wie sich dort etwas bewegte. Er war sich sicher, Stimmen zu hören. Doch das Rauschen der Bäume war so laut, dass er nichts verstehen konnte. Nikolai musste unbedingt versuchen, näher heran zu kommen. Er kroch an der Kante des Abhangs entlang, bis er an eine Kurve kam, an der der Waldboden wesentlich flacher bergab führte. Er bemühte sich, keine Geräusche zu verursachen, die ihn verraten würden. Im Schutze der Dunkelheit und der Bäume pirschte er sich immer näher heran und plötzlich erkannte er sie. Es waren Severin und der Junge, den er vor zwei Tagen noch davor bewahrt hatte, in Severins Auto zu steigen. Der Junge war stehend an einen Baum gefesselt. Er schluchzte und winselte um Gnade. Severin hatte sich vor ihm aufgebaut und schlug ihn immer wieder mit der Hand ins Gesicht. Nikolai hörte Severin sagen: „Hör auf zu heulen, Du Jammerlappen! Das hilft Dir jetzt auch nichts mehr."
„Bitte lassen Sie mich gehen. Ich habe Ihnen doch nichts getan!", bettelte der Junge.
Severin war eiskalt: „Das Gleiche habe ich damals auch gesagt. Aber meinst Du, die hätten auf mich gehört? Nein, mein Leben war zu Ende. Hier und jetzt wird auch Deines enden!"

Der Junge verstand überhaupt nichts und sah sich hilflos einem erwachsenen Psychopathen gegenüber, der ihm drohte. In diesem einen Punkt hatte Severin Recht. Auch Nikolai konnte sich noch genau an dieses ausweglose Gefühl, bestehend aus Wut, Verzweiflung und Todesangst erinnern. Aber niemandem gab das selbst Erlebte das Recht, anderen vergleichbares Leid zuzufügen.
„Du weißt, dass ich Dich jetzt töten werde, oder?" fragte Severin.
Der Junge antwortete nicht. Er schien sich bereits in sein Schicksal gefügt zu haben. Dieses Verhalten zeugte keinesfalls von Schwäche, sondern die Resignation war nichts weiter als ein Werkzeug der eigenen Seele, die Hoffnung auf ein Entkommen aus der ausweglosen Situation aufzugeben, um nicht noch weiter von der Welt und dem Leben enttäuscht zu werden. Severin hielt dem Jungen eine funkelnde Messerklinge unter die Nase und zischte: „Siehst Du, hier klebt bereits das Blut Deines Vaters dran. Und damit werde ich jetzt auch Dich töten!"
„Nein, das wirst Du nicht tun, Severin!"
Severin schreckte auf. Er sah, wie ein Mann aus dem Dunkel heraus auf ihn zukam und etwa zwei Meter von ihm entfernt stehen blieb. Er musterte ihn und plötzlich lief ihm ein eiskalter Schauer über den Rücken. „Nikolai, Du?"
„Ja, Severin. Ich bin es. Ich bin gekommen, um Dich aufzuhalten. Lass den Jungen gehen, dann können wir über alles reden!"
„Niemals!", keifte Severin. Dann begann er zu stottern: „Du, du warst das vor zwei Tagen bei dem Auto, stimmt´s?!"

„Ja, Severin. Ich habe Dich seit Tagen beobachtet."
„Wie hast Du mich gefunden?"
„Ich hatte natürlich keine Ahnung, wo ich Dich suchen sollte, aber es war klar, dass Du früher oder später bei Deiner Mutter auftauchen würdest, bevor es für Dich zu Ende geht. Und dass Dein Ende nahte, war Dir sicherlich bewusst."
In Severins Augen funkelten Wahn und Hass zugleich. „Ja, meine Mutter, das undankbare Frauenzimmer. Ich habe Dir auf dem Hof zu viel über sie erzählt, nicht wahr?!"
„Wenn Du damals gewusst hättest, dass Dich Deine Erzählungen eines Tages ans Messer liefern würden, hättest Du es natürlich nicht getan?!"
Severin wurde wütend: „Ans Messer ist hier nur einer geliefert und das ist der Junge hier!"
Er drückte Kevin-Léon die Schneidefläche des Messers so fest an den Hals, dass es blutete. „Ich werde ihn jetzt töten und Du kannst nichts dagegen tun!"
„In spätestens zehn Minuten wimmelt es hier nur so von Polizisten. Deren Hunde werden Dich in Stücke reißen, Severin. Lass den Jungen gehen, dann lasse ich Dich gehen."
Severin brach in schallendes Gelächter aus: „Und wenn schon. Dann sollen sie doch kommen. Wenn ich den Polizistenenkel getötet habe, dann ist meine Rache vollendet!"
„Rache wofür, Severin? Die Menschen, die damals die Verbrechen an uns begangen haben, sind schon lange tot. Wir haben sie getötet und die Sache damit beendet, so gut es ging. Dass unsere Leben nie wieder normal sein würden,

stand schon nach wenigen Tagen auf dem Hof fest. Warum müssen unschuldige Menschen dafür büßen?"

„Die sind nicht unschuldig. Keiner ist unschuldig. Alle haben nur zugesehen, wie wir auf dem Hof als Sklaven verrotteten!"

„Keiner hat zugesehen, Severin. Niemand wusste, dass wir da sind. Sonst hätten sie uns geholt!"

„Du hast leicht reden. Wahrscheinlich bist Du die ganzen letzten Jahre in Frankreich gesessen und hast Dich einen Dreck um Deine Familie geschert. Ich habe dagegen jeden Tag mit anschauen müssen, was für ein jämmerliches Leben meine Mutter führte. Wenn ich früher gewusst hätte, dass sie es gar nicht anders verdiente, wären mir viele Sorgen erspart geblieben. Warst Du in Paris?"

„Nein. Ich war noch nie in meinem Leben in Frankreich!"

„Heißt das, Du warst auch die ganzen Jahre über hier?"

„Ich war woanders, aber das tut jetzt nichts zur Sache. Lass endlich den Jungen gehen, Severin."

„Du hast doch selbst getötet! Wer gibt Dir eigentlich das Recht zu entscheiden, was gut und was böse ist?"

„Es stimmt, ich habe zwei Menschen getötet. Einmal war es Notwehr und beim anderen Mal war es Nächstenliebe. Ich habe Miro von seinen Qualen erlöst. Aber glaube mir, es verging bis heute nicht ein einziger Tag, an dem ich mich nicht fragte, ob es vielleicht falsch war, was ich getan habe?!"

„Ich frage mich, was heute wäre, wenn Du statt meiner der Killer wärst und ich der „Held"? Nikolai, wir waren doch wie Brüder. Niemals würde ich meinem Bruder in die Quere kommen?"

„Doch, Severin. Das würdest Du. Du hast mehrfach bewiesen, dass Dir kein Menschenleben etwas bedeutet, wahrscheinlich noch nicht einmal Dein eigenes. Und was mich betrifft, ich habe gelernt, dass man niemals sein eigenes Leben über das anderer stellen darf, unabhängig davon, was einem selbst widerfahren ist. Und sollte es notwendig sein, werde ich die Konsequenzen meiner Handlungen tragen, indem ich mich der Verantwortung des Gesetzes stelle!"

Während des Gesprächs war Nikolai unbemerkt einige Schritte auf Severin zugegangen und war jetzt noch höchstens einen halben Meter von ihm entfernt. Die Propeller der Hubschrauber waren immer deutlicher zu hören. Für den Bruchteil einer Sekunde richtete Severin seinen Blick zum Himmel und Nikolai nutzte diesen Moment, um auf ihn zuzuspringen. Sein Angriff zielte auf Severins Hand, in der er das Messer hielt. Sie stürzten zu Boden. Im Fallen hatte Severin versucht, dem Jungen die Kehle aufzuschlitzen, doch sein Hieb hatte ihn verfehlt. Die beiden Männer wälzten sich auf dem Boden. Schon immer war Nikolai Severin körperlich überlegen gewesen. Diesen Vorteil konnte er auch jetzt zu seinen Gunsten nutzen und gewann die Oberhand. Schließlich hatte er das Messer an sich nehmen können. Er kniete auf Severins Brustkorb und presste ihn so gegen den Boden. Sie waren sich auf einmal ganz nah. Er spürte seinen Atem im Gesicht. Fast so wie früher, als die beiden verängstigten Kinder sich in einem dunklen Kellerverlies, nur wenige Meter von einer Leiche entfernt, zum Schlafen aneinander gekuschelt hatten. Nikolai schaute in Severins Augen. Sein ganzer Zorn und sein Hass schienen verflogen, fast so, als würde er froh sein, dass es endlich vorbei ist. Tränen liefen ihm über die Wangen. „Bitte töte mich, Nikolai!", flehte er. Nikolai Schiller hielt inne. Eine grausame Stille umgab auf einmal die Waldlichtung. „Ich bin nicht wie Du!", flüsterte Nikolai. „Wir waren niemals Brüder, Severin!"

Dann stach er zu. Einmal, zweimal, dreimal in den Brustkorb. Severin hustete und das Blut quoll aus seinem Mund. Dann wurde sein Blick von einer erlösenden Leere erfüllt und er bewegte sich nicht mehr. Severin Treuhertz war tot.

50.
Abschaum

Fanny hatte gesagt, der Mann an der Türe habe sich als Nikolai Schiller vorgestellt, doch der Tote auf der Waldlichtung war definitiv Severin Treuhertz alias Radomir Kraft. Als Kurt telefonisch davon unterrichtet wurde, dass sein Sohn Harald niedergestochen wurde und die Ärzte bereits um sein Leben kämpften, wusste er nicht wohin mit seinen Gefühlen. Auf einmal waren sie da, die Schuldgefühle und Selbstvorwürfe. Hätte ich doch nur die Chance, vieles nochmals anders zu machen. Hätte ich ihm doch nur einmal gesagt, wie sehr ich ihn liebe. Kurt war entsetzt. Aber als er erfuhr, dass der gesuchte Kindermörder seinen Enkelsohn gekidnappt und wahrscheinlich nichts anderes im Sinn hatte, als ihn umzubringen, brach eine Welt für ihn zusammen. Er hatte versagt, indem er diesen schlimmen Menschen nicht schon lange gefasst hatte. Und dafür mussten nun unter Umständen sein eigener Sohn und beinahe auch sein Enkelsohn mit dem Leben bezahlen? Nein. Kurt war sich sicher, dieses Szenario wäre für ihn selbst auch nicht mehr mit dem Leben zu vereinbaren. Dass ein abscheulicher Mensch wie es Severin Treuhertz ohne jeden Zweifel geworden war, nicht mehr ihn alleine, den Polizisten, als seinen natürlichen Feind betrachtete, sondern dass nun auch Familienmitglieder dafür bezahlen mussten, mit ihm verwandt zu sein, das konnte er nicht begreifen. Das ging ihm zu weit. Er jagte den Abschaum der

Menschheit, doch nun hatte dieser Abschaum den Spieß umgedreht und hatte Jagd auf seine unschuldige Familie gemacht. Unschuldig, das war Severin Treuhertz auch einmal gewesen. Wer weiß, was aus ihm geworden wäre, wenn sein Leben im Jahre 1983 nicht diese schreckliche Wendung genommen hätte? Aber trotzdem war sich Kurt absolut sicher, dass manche Menschen das Böse in seiner reinsten Form schon immer verinnerlicht hatten und das Leben nur auf einen Knopf drücken musste, um es frei zu geben. Kevin-Léon stand unter einem leichten Schock, war aber ansonsten, abgesehen von einigen Kratzern und einer oberflächlichen Schnittwunde am Hals, unversehrt. Er kauerte sitzend vor einem Baum und neben ihm lagen die Fesseln, die ein zweiter, fremder Mann für ihn durchgeschnitten habe, nachdem er den am Boden Liegenden getötet hatte. Kevin-Léon erzählte seinem Großvater die gesamte Geschichte der vergangenen Tage, beginnend mit den merkwürdigen Ereignissen an der Gablenberger Hauptstrasse, über den merkwürdigen Karton mit der Aufschrift „Für Kurd“, bis hin zum Kampf der beiden Männer mit tödlichem Ausgang für Severin Treuhertz. Es bestand nicht mehr der geringste Zweifel daran, dass der große Unbekannte, nach dem sie suchten, tatsächlich Nikolai Schiller war. Er war zurückgekehrt. Kurt wunderte sich über die Schilderung seines Enkels, den Tod von Treuhertz betreffend. Kevin-Léon schwor Stein und Bein, dass der andere Mann diesen hier nur getötet hatte, weil er ihn töten wollte und nicht weil er es musste. Er hatte ihn bereits überwältigt und hätte genauso gut warten können, bis die Polizei da gewesen wäre, um ihn verhaften zu lassen. Im Klartext hieß das, dass sie jetzt noch einen Mörder suchten, nämlich den Mörder des mehrfachen Mörders Severin Treuhertz, Nikolai Schiller. Kurt war zunächst der einzige, der diese Details aus den Schilderungen seines Enkels erfuhr und wollte sie unter den Teppich kehren. Er war Polizist mit Leib und Seele und wusste, dass er Schiller nicht entkommen lassen durfte, wenn sich ihm die Möglichkeit bot, ihn zu schnappen. Aber dieser Mann hatte das Leben seines Enkelkindes und vielleicht auch das seines Sohnes gerettet. Und diesen Menschen sollte Kurt jetzt jagen, weil er dafür einen widerlichen Kindermörder getötet hatte?

Leider ging seine Taktik aber nicht auf. Die wegen einer weiteren Wochenendleiche übel gelaunten Rechtsmediziner Dr. Scheck und Dr. Brandner versalzten ihm gehörig die Suppe. Zuerst stellte „Pat“ Brandner fest: „Das war aber ganz sicher keine Notwehr!“ und „Patachon“ Scheck schickte hinterher: „Der hat dreimal hintereinander, während er auf ihm saß, auf ihn eingestochen!“

Also ging die niemals enden wollende Suche weiter, doch jetzt war es die Suche nach Nikolai Schiller.

51.
Endstation Paris

Montag, 30. Dezember 2013

Die wichtigste Nachricht des Tages war gewesen, dass Harald Schockenried, nach Angaben der Ärzte, außer Lebensgefahr war. Sie konnten verschmerzen, dass ihre Fahndung nicht von Erfolg gekrönt war. Während der gesamten Nacht und des bisherigen Tages, konnten sie Nikolai Schiller nicht aufspüren. Klar war aber, er würde um 18.55 Uhr, unter dem Namen Ferdinand von Walter, in der Maschine nach Istanbul mit Anschlussflug nach New York sitzen. Spätestens am Gate konnten sie ihn mit einem großen Aufgebot in Empfang nehmen. Die Fluggäste der „Turkish Airline“ checkten an den Gates 135-139 im Terminal 1 ein. Da zwei seiner engsten Familienmitglieder fast mit dem Leben bezahlt hatten, erklärte Kurt Schockenried die Sache mittlerweile zu seiner „persönlichen Angelegenheit“. Entgegen seiner sonstigen Gepflogenheiten fuhr er heute mit der S-Bahn zum Flughafen und ärgerte sich bereits maßlos, als ihm der Fahrkartenautomat an der Haltestelle „Schwabstrasse“ drei Euro sechzig für die einfache Strecke abverlangen wollte. Er beschloss, aus Protest nicht zu bezahlen und im Falle einer Fahrkartenkontrolle seinen Dienstausweis vorzuzeigen. Dann wollte er einmal sehen, wer sich durchsetzen würde. Der „Kontroletti“, oder er. Im „Berghautunnel“, zwischen den Stationen Rohr und

Obereichen, stand der S-Bahn-Zug aus unerfindlichen Gründen für mindestens fünfzehn Minuten auf der Stelle. Kurt war also spät dran, als er am Flughafen Echterdingen die Treppen hinauf zum Terminal 1 hechelte. Sein Handy klingelte und eine weitere Hiobsbotschaft erreichte ihn. Nikolai Schiller, alias Ferdinand von Walter, hatte für den gebuchten Flug nicht eingecheckt und war auch definitiv nicht an Bord der abflugbereiten Maschine nach Istanbul. Kurt fluchte vor sich hin. Das durfte doch alles nicht wahr sein. Schon wieder war ihnen jemand durch die Lappen gegangen. Er gab auf. „Was soll´s?!“, sagte er sich. Sollten die doch alle ihren Mist künftig alleine machen. Nach den Ereignissen der letzten Wochen, war er fest entschlossen, beruflich das Handtuch zu werfen. Kurt blickte sich nochmals in alle Richtungen um und ging dann auf eine Bank zu, auf die er sich setzen wollte, um etwas auszuruhen. Er bemerkte weder den Mann, der bereits auf der Bank saß, noch die Bäckertüte auf dem Platz neben ihm. Mit einem lauten Seufzer ließ sich Kurt auf die Bank plumpsen und begrub dabei die Tüte mit den Backwaren unter sich. Er merkte erst, dass etwas nicht stimmte, als ihn der Banknachbar ansprach: „Entschuldigung!“, sagte der Mann und bat Kurt höflich, sich zumindest kurz zu erheben, damit er seine Bäckertüte bergen konnte. Kurt drehte lethargisch seinen Kopf in Richtung des Mannes und fragte: „Wie bitte? Was soll ich tun?“

„Nichts für ungut, aber Sie haben sich gerade auf meine Tüte mit frischen Backwaren gesetzt, wenn Sie bitte so freundlich wären……?!“

„Oh!", entgegnete Kurt überrascht und holte die platt gedrückte Tüte unter seinem Hintern hervor. „Tut mir leid. Ich habe die Tüte nicht bemerkt. Hier, bitte!", sagte er und reichte dem Mann die Tüte mit den Brezeln, beziehungsweise das, was davon übrig war.

„Ist schon gut!", sagte der Mann in gutmütigem Ton. „Was soll´s? Sie haben es ja bestimmt nicht mit Absicht getan, oder?"

„Nein, natürlich nicht!", antwortete Kurt bissig. „Ich habe die blöde Tüte nicht gesehen. Selbstverständlich bezahle ich für Ihren Schaden. Was schulde ich Ihnen?"

„Ach, vergessen Sie es. Wer wird denn im alten Jahr noch nachtragend sein?! Erzählen Sie mir lieber, warum Sie so durch den Wind sind?!"

Kurt hatte zwar keine Lust auf eine Unterhaltung mit einem Fremden, streckte dem Mann jedoch nach kurzem Zögern die Hand entgegen: „Meine Name ist Kurt Schockenried. Ich bin Kommissar bei der Kriminalpolizei Stuttgart."

„Das ist ja interessant. Dann sind Sie also dienstlich hier?"

„Ja. Wir suchen jemanden. Und wie Sie an meiner Laune unschwer erkennen können, haben wir ihn nicht gefunden."

„Soll das heißen, er ist Ihnen entwischt?"

„So sieht es wohl aus. Genau sagen kann man das aber nicht, denn wir wissen nicht einmal genau, nach wem wir eigentlich suchen."

„Ich verstehe nicht ganz?"

„Das wundert mich nicht. Ich verstehe es ja noch nicht einmal selbst. Wir suchen sozusagen ein Phantom. Aber es existiert definitiv, es ist keine Legende."

„Ich möchte nicht aufdringlich erscheinen, aber nun haben Sie mich doch sehr neugierig gemacht. Was ist denn das für ein Phantom?“

„Ein Mensch, dem viel Unrecht widerfahren ist, der aber auch selbst schlimme Dinge getan hat. Wir wissen aber weder genau, wie er jetzt aussieht, noch was er für einen Namen trägt.“

„Aha, daher also die Bezeichnung „Phantom“! Aber sagen Sie, wenn Sie die Dinge, die er getan hat, als schlimm bezeichnen, sind Sie sich sicher, dass er auch tatsächlich ein schlimmer Mensch ist?“

Mit verschleiertem Blick antwortete Kurt: „Ja, daran kann nicht der geringste Zweifel bestehen.“

„Ich wollte keineswegs an Ihrer Menschenkenntnis zweifeln, dennoch hörte sich das nicht so an, als ob sie von dem überzeugt wären, was sie eben sagten. Wie dem auch sei, ich sehe das Problem trotz allem eher in unserer Gesellschaft und in den ihr zugrunde liegenden Systemen, als in der Natur des Menschen selbst. Ich finde es schlecht, dass Menschen abgestempelt und in Schubladen gesteckt werden, aus denen sie nicht wieder heraus können. Wer weiß, was sie zu dem gemacht hat, was sie sind?“

„Sie wollen mir jetzt doch bitte nicht weismachen, dass die Gesellschaft schuld daran ist, dass Verbrecher zu dem wurden, was sie sind? Ich finde gut, dass unser System alles daran setzt, sie ihrer gerechten Strafe zuzuführen.“

„Zweifelsfrei, Strafe muss sein. Aber die Gesellschaft trägt zumindest eine Mitschuld daran, was mit den Menschen

passiert. Ich kann mir nicht vorstellen, dass jemand böse geboren wird, oder?"
„Oh doch, glauben Sie mir. Ich habe schon viele dieser Kreaturen gejagt und glücklicherweise auch einige von ihnen schnappen können. Vor allem habe ich gesehen, welches Unheil sie über die Menschen und deren Welt gebracht haben."
„Ich möchte gar nicht abstreiten, dass es Menschen gibt, die schlechte Dinge tun. Aber nur in unserer Gesellschaft ist es möglich, dass gute Menschen böse werden. Nur der Mensch vermag zu bewirken, dass aus einem Held ein Mörder werden kann und umgekehrt."
Kurt schaute den Mann mit etwas gereizter Miene an. Naturgemäß, musste er, als Polizeihauptkommissar, eine andere Sicht der Dinge haben. Der fremde Mann schaute auf die Uhr an seinem linken Unterarm und sagte zu Kurt, während er ihm die Hand zum Abschied reichte: „Verzeihung. Ich habe völlig die Zeit vergessen. Gerne hätte ich noch ein wenig mit Ihnen philosophiert, aber mein Flug geht in Kürze. Man trifft selten jemanden, mit dem man sich über derartige Dinge unterhalten kann. Ich habe mich gefreut, Sie kennengelernt zu haben und bedanke mich für dieses interessante Gespräch, auch wenn wir wohl nicht ganz auf einer Wellenlänge lagen."
„Das kann man wohl sagen. Um ehrlich zu sein, hatte ich sowieso keine Lust auf eine Unterhaltung. Und Entschuldigung nochmals wegen Ihrer Tüte."
„Schon vergessen!"
„Wohin geht denn Ihr Flug?", fragte Kurt.
„Nach Paris."

„Direkt?"
„Nein, über Zürich. Also dann, ich wünsche Ihnen einen guten Rutsch ins neue Jahr!", sagte der Mann und ging davon.
Kurt sank in sich zusammen und schloss resigniert und gleichermaßen frustriert die Augen. Plötzlich fiel es ihm wie Schuppen von denselben. „Mist! Das ist es! Paris! Das war doch immer der große Traum gewesen. Und nach New York würde er nicht fliegen, da er davon ausgehen musste, dass wir ihn im Flugzeug erwarten würden."
Er sprang auf und sah den Mann in einiger Entfernung in Richtung des Gates gehen. Er rannte ihm hinterher. Kurt hatte ihn fast eingeholt und war nur noch wenige Meter von ihm entfernt, als er stehen blieb und rief: „Ach, Herr Schiller!"
Der Mann hielt plötzlich inne. Er drehte sich ganz langsam um, sagte aber nichts. Jetzt waren es seine Augen, die traurig wirkten. Die Tatsache, dass er sich umgedreht hatte, hatte ihn verraten. Sie wussten es beide. In der Erwartung, dass gleich ein halbes Dutzend Polizisten über ihn herfallen würden, um ihn zu verhaften, blieb Nikolai Schiller regungslos stehen. Es kamen aber keine Polizisten. Stattdessen hob Kurt die Hand und sagte: „Ich wünsche Ihnen einen guten Flug nach Paris, Herr Schiller! Oder soll ich Sie lieber Herr Wallenstein oder Herr Spiegelberg nennen? Herr von Walter gefällt mir auch sehr gut!"
Nikolai Schiller nickte voller Zuneigung und Anerkennung. Mit weicher Stimme sagte er: „Danke!"

Dann wandte er sich erneut um und ging weiter zum Gate, ohne nochmals zurück zu blicken. Niemand hielt ihn davon ab.

Epilog

Dienstag, 31. Dezember 2013, Silvester

Wie immer herrschte in der Stunde vor dem Jahreswechsel ein reges Treiben auf der Stuttgarter Karlshöhe. Tausende von Menschen waren hier, um beschwingt in das neue Jahr zu feiern. Die Ereignisse der letzten Wochen hatten Narben hinterlassen und warfen auch gleichermaßen ihre Schatten voraus. Das Leben vieler Menschen wurde unwiderruflich negativ verändert und zu viele Menschen hatten ihr Leben lassen müssen. Jonas Bergmann und Marco Seeberger waren tot, ebenso wie Severin Treuhertz und seine Mutter. Dass die Ereignisse um den „Hof des Grauens“ nun endlich weitestgehend aufgearbeitet werden konnten, war ein schwacher Trost.

Harald Schockenried hatte überlebt. Welche Folgen die schweren Verletzungen seiner rechten Lunge jedoch für sein weiteres Leben haben würden, vermochten auch die Ärzte nicht zu prophezeien.

Kevin-Léon machte einen gefestigten Eindruck, musste sich jedoch in professionelle Hände begeben, um sein Trauma verarbeiten zu können. Wie lange dieser Prozess dauern würde, war ebenfalls unklar.

Nikolai Schiller hatte seiner Familie zwar die Gewissheit verschafft, dass er noch am Leben war, doch er riss sie gleichzeitig in einen erneuten Strudel der Verzweiflung. Sie wussten nicht, ob sie ihn jemals wieder sehen würden. Sollte man ihn fassen, drohte ihm eine lange Gefängnis-

strafe. Zumindest der Mord an Severin Treuhertz würde ihm im Sinne der Selbstjustiz zur Last gelegt werden können.
Kurt Schockenried hatte niemandem davon erzählt, dass er Nikolai Schiller am Flughafen erkannt hatte und ihn entkommen ließ. Auch er hatte sich damit strafbar gemacht und hätte drastische Konsequenzen zu befürchten. Ausgelaugt wie er war, griff er möglichen Folgen vor. Mit Beginn des neuen Jahres 2014, hatte er seinen kompletten Jahresurlaub eingereicht und sich anschließend auf unbestimmte Zeit unentgeltlich vom Polizeidienst freistellen lassen. Momentan konnte er sich nicht vorstellen, jemals an seinen Arbeitsplatz zurückzukehren. Auf seinem Schreibtisch im Büro stand der kleine Karton mit der Aufschrift „Für Kurd", den ihm Severin Treuhertz als „Überraschung" zukommen lassen wollte. Kurt hatte ihn bisher noch nicht geöffnet. Vielleicht würde er dies morgen tun, möglicherweise aber auch an einem anderen Tag, oder unter Umständen auch niemals.
Aufgrund der besonderen Umstände, verbrachten sie den diesjährigen Silvesterabend in ungewohnter Zusammensetzung. Kurt war mit seiner Frau Brigitte, der Schwiegertochter Fanny und den drei Enkelkindern auf der Karlshöhe. Seine Tochter Martina und ihr Mann Todd hatten den Stuttgart-Aufenthalt um einige Tage verlängert, um die Entwicklungen des Gesundheitszustandes von Harald abzuwarten. Holger Grünbaum war wie gewohnt die Stimmungskanone an diesem Abend und hatte viel Spaß dabei, zusammen mit Bernd Plums, weit vor Mitternacht eine Feuerwerksrakete nach der

anderen in den Nachthimmel zu schießen. Sehr zum Missfallen von Anna Rathvan, die in der Böllerei nur eine Propaganda der Pyro-Industrie und eine Gefährdung des Regenwaldes durch die Umweltverschmutzung witterte. Jessica Dornfeld und Dennis Rathvan hatten weite Teile des Abends zusammen verbracht, mit angeregten und interessanten Unterhaltungen. Das Fiasko von „Da Carmine“ sorgte nicht mehr für Verstimmungen unter den beiden, sondern eher für amüsiertes Gelächter. Tatjana von Senden und Jörg Maurer hatten ihre Meinungsverschiedenheiten nach Jörgs ominösem Besuch des Weihnachtsmarktes ebenfalls beigelegt. Zu einem Heiratsantrag hatte sich Jörg aber immer noch nicht durchringen können. Mark Scheck war sichtlich bemüht, seine fast zweijährige Tochter davon abzuhalten, sämtliche umherstehenden Bier-und Sektflaschen auszuleeren. Simon Brandner hingegen hielt bis dato vergeblich Ausschau nach einer potentiellen Gespielin für die Silvesternacht, die auf seine „Ich bin Arzt und leite ein Institut-Nummer“ hereinfiel. Um Mitternacht verwandelte sich der Himmel über Stuttgart in ein buntes Farbenmeer, auf das ebenso unausweichlich wie der Kater am nächsten Morgen, eine Dunstglocke aus Rauch und Qualm folgte, die sich am Nachmittag des nächsten Tages immer noch nicht vollständig verzogen haben würde.

Um Mitternacht fielen sich alle in die Arme und wünschten sich ein gutes neues Jahr. Kurt war zum ersten Mal seit vielen Wochen wieder etwas befreiter. Er haderte mit vielem, was im Verlauf der Ermittlungen falsch gelaufen war, konnte aber dennoch in den Spiegel schauen. Sicherlich hätte Nikolai Schiller viel Gefahr abwenden können, wenn er rechtzeitig die Polizei verständigt hätte und nicht eigenmächtig vorgegangen wäre, aber trotz allem hatte er das Leben von Kurts Enkelsohn und wahrscheinlich auch das Haralds gerettet. Dass er eigene Rechnungen beglichen hatte, indem er Severin Treuhertz tötete, war für Kurt, zumindest moralisch gesehen, tolerabel. Drei Minuten nach Mitternacht spürte Kurt, wie das Handy in seiner Hosentasche vibrierte. Das Display zeigte eine unbekannte Nummer mit langer Vorwahl, also vermutlich aus dem Ausland. „Hallo Herr Kommissar!", meldete sich eine freundliche Männerstimme. „Sie wissen, wer hier spricht?"

„Ich kann es mir denken!", antwortete Kurt.

„Wo genießen Sie den Start ins neue Jahr? Ich selbst stehe in einer Telefonzelle unterhalb der Stufen zur Basilika „Sacre Coeur". Es ist wundervoll hier. Man kann wirklich ganz Paris überblicken."

„Was wollen Sie, Herr Schiller?", fragte Kurt kurz angebunden.

„Nichts weiter. Aber ich wollte mich nochmals bei Ihnen bedanken, denn ich kann mir vorstellen, wie schwer es Ihnen gefallen sein muss, mich gehen zu lassen!"

„Nein, das können Sie sicher nicht!", entgegnete Kurt.

„Ich hätte jede Ihrer Entscheidungen akzeptiert und war bereit, mich abführen zu lassen."

„Ich weiß. Aber bitte versuchen Sie, mir niemals wieder über den Weg zu laufen, denn beim nächsten Mal werde ich nicht anders können, als Sie zu verhaften."

„Ist versprochen!", stimmte Nikolai zu.

„Eine Frage habe ich noch!“, warf Kurt ein.
„Ja, welche denn?“
„Unter welchem Namen haben Sie Ihren Flug nach Paris angetreten?“
„Herrmann Gessler!“, sagte Nikolai Schiller und legte auf.

Danksagung

Bei allen Leserinnen und Lesern bedanke ich mich von Herzen, dass Sie mein Erstlingswerk „Eins“ gekauft haben. Dies und die vielen positiven Rückmeldungen haben es überhaupt erst ermöglicht, dass Sie nun „Zwei“ in Händen halten, oder auf Ihrem E-Book-Reader lesen können.
Nach dem Erfolg von „Eins“ und den vielen positiven Kritiken war der Anspruch an mich sehr hoch, den ich Ihnen gegenüber zu erfüllen hatte, ein ähnlich gutes Buch zu schreiben. Ich bin sehr zuversichtlich - ob es mir jedoch gelungen ist, entscheiden letztendlich Sie. Viel Freude beim Lesen und eine besinnliche Adventszeit wünscht Ihnen

Ihr Jeremias Trumpf, Dezember 2013

Es wird weitergehen! „Drei“ kommt bestimmt!

Die Handlung des gesamten Buches, sowie alle darin vorkommenden und handelnden Personen sind völlig frei erfunden. Etwaige Ähnlichkeiten zu lebenden Personen sind rein zufällig und nicht gewollt. Die Handlung spielt größtenteils an Orginalschauplätzen, wobei der Autor sich teilweise erlaubte, diese im Rahmen der künstlerischen Freiheit zu verändern. Einige Schauplätze sind ebenfalls völlig frei erfunden. Auch hier sind etwaige Ähnlichkeiten zu real existierenden Orten oder Gebäuden rein zufällig und unbeabsichtigt.

Die Organisation und die Arbeit der Polizei wurden ausführlich recherchiert und der Autor nahm u.a. den Service einer Autorenberatung durch die Berliner Polizei wahr. Zugunsten einer kurzweiligen Handlung, sowie der Spannung, wurden jedoch Arbeitsweisen und Vorgehen vereinfacht bzw. modifiziert.

Neckarufer-Verlag

Außerdem im
Neckarufer-Verlag erschienen:

„EINS“ von Jeremias Trumpf

Im Spätsommer 2012 versetzen zwei Serienkiller Stuttgart in Angst und Schrecken. Die Anatomie der Morde könnte unterschiedlicher kaum sein. Die Ermittler Kurt Schockenried, Dennis Rathvan und Tatjana von Senden, von der Kriminalpolizei Stuttgart, erhalten Unterstützung durch die Psychologin und Profilerin Jessica Dornfeld vom LKA Baden-Württemberg. Während Kurt um seinen Ruf, Dennis mit seinem unzuverlässigen Mitbewohner und seinen konservativen schwäbischen Nachbarn, Tatjana mit sich selbst gegen die großen und kleinen Ängste des Alltags, und alle zusammen gegen einen merkwürdigen Geruch im Polizeipräsidium kämpfen, verfolgen sie Spuren durch die ganze Stadt. Vom Monte Scherbelino über das Große Haus zum Bismarckturm und vom Drei-Farben-Haus in der Innenstadt über Botnang in den Klingenbachpark nach Stuttgart-Ost. Über das Stuttgarter Rathaus führen die Ermittlungen unter anderem zu einer Dating-Agentur und auf einen Friedhof nach Berlin-Charlottenburg. Viele merkwürdige und gleichermaßen amüsante Begebenheiten sind ständige Begleiter der drei Kommissare.
Die Lösung des Falles ist völlig überraschend und nicht vorhersehbar. In einem spannenden Finale bleiben Verluste nicht aus.

Taschenbuch, 330 Seiten. ISBN Nr.: 978-3-00-041523-4

Erhältlich in gut sortierten Buchhandlungen
und als E-Book unter www.neckarufer-verlag.de